剧本游戏

角色、故事、交互性及沉浸体验

田大安 著

ZHEJIANG UNIVERSITY PRESS

浙江大学出版社

·杭州·

图书在版编目（CIP）数据

剧本游戏：角色、故事、交互性与沉浸体验 / 田大安著.—杭州：浙江大学出版社，2023.3（2025.8重印）
ISBN 978-7-308-23543-3

Ⅰ.①剧… Ⅱ.①田… Ⅲ.①文学写作学 Ⅳ.①I04

中国国家版本馆CIP数据核字(2023)第033327号

剧本游戏：角色、故事、交互性及沉浸体验
JUBEN YOUXI JUESE GUSHI JIAOHUXING JI CHENJIN TIYAN

田大安　著

责任编辑	顾　翔
责任校对	陈　欣
封面设计	VIOLET
出版发行	浙江大学出版社
	（杭州市天目山路148号　邮政编码310007）
	（网址：http://www.zjupress.com）
排　　版	杭州林智广告有限公司
印　　刷	杭州钱江彩色印务有限公司
开　　本	880mm×1230mm　1/32
印　　张	11.25
字　　数	252千
版 印 次	2023年3月第1版　2025年8月第3次印刷
书　　号	ISBN 978-7-308-23543-3
定　　价	68.00元

走进去，成为另一个人；走出来，成为全新的自己。

剧本创作是发展的关键

　　有一天，我梦到一只煮熟的龙虾被扔在地上，我的味蕾被激发，我产生了强烈的吃掉它的冲动。可是，那只是在梦里。梦中，我是闭着眼睛的，可是我感觉自己看到了那只巨大、红彤彤且发亮的龙虾。在梦里，我似乎还嗅到了一股香气。

　　沉浸于这样的梦，直到自己坐在一张堆满海鲜的餐桌前。那儿不只有龙虾，还有生蚝、扇贝，以及其他令我垂涎的良馔佳肴。我并非一个贪图美味的人，但我对海鲜情有独钟。我获得了一种近乎在天堂中的那种自由而愉悦的感受。

　　可是，越美妙的梦醒得越快。在惺忪迷离中，我眨着眼睛，望着微光中带着房顶灯暗影的天花板，现实开始在我身上浮现：浅浅的饥饿感来了。我留恋那个梦，可是却回不到梦里。

　　人们并不总是被动地进入梦里，人们也会主动地追求梦，营造梦境，艺术由此而产生。在我们沉浸于梦境的当下，梦里的世界与生活的世界孰幻孰真？

剧本游戏在很大程度上就是在为我们搭建一场似曾相识的梦。

在未来，每个城市或许都会拥有叫"剧本游戏一条街"的地方，各家店的门前分别悬挂着"科学探索""情感沉浸""冷硬推理""历史还原""欢乐到爆""悬疑恐怖"之类的招牌，或者像不同风味的菜馆一样分布在城市的各个角落。

好吧，就让我们一起了解一下剧本游戏吧，看看它到底有何迷人之处。作为一种具有高度容纳属性的娱乐方式，它似乎正在铺就一条条从现实到梦境、从现在到未来、从单纯娱乐到沉浸教育等的新路径，成为最具成长性的新产业之一。我们需要全景式地探索它，深入地了解它、解构它，看清它的形式与本质，以及有关它的一切。

剧本游戏（狭义称剧本杀，或谋杀之谜）是游戏与戏剧的融合体，由实况角色扮演游戏（LARP, live action role playing）发展而来。剧本游戏大多拥有一个明确的主题和独特的情境设定，玩家在其中各自扮演角色，围绕这个主题和情境，根据预设的机制、玩法和文本的规定，通过对话和其他形式进行互动，沉浸其中，或揭秘谜案，或寻求还原完整的故事，或完成某项任务。

剧本杀也正是剧本游戏中最典型、最原始的一个类型。近些年，中国的剧本杀线下店呈现迅猛发展之势。2019 年市场规模突破百亿元大关，而仅隔一年，线下剧本杀店就达 5 万余家，几乎每个中等以上城市都出现了剧本杀店。同时，线上剧本杀也同样火爆。2022 年 7 月，天眼查专业版数据显示，中国有超过 2.1 万家企业名称或经营范围含"剧本游戏、剧本杀、桌游",且状态为在业、存续、迁入、迁出的剧本杀相关企业,消费者人数达千万余。而从剧本创作、剧本发行、专业培训、场馆经营到消费者引导等的一条完整的产业链基本形成,一些大型投资机构和营销平台也踊跃参与其中。剧本游戏也在不断进化,精致的游戏场馆、专属设计的服装道具,为玩家带来了越来越多样化的游戏体验。

遍地开花的剧本杀体验店,让知名影视 IP 与剧本游戏进行联动,将线上和线下紧密结合起来,实现商业上的双赢。比如,拥有大量粉丝群体的动漫、小说作品,通过授权代理的方式,推出相关的剧本游戏;热播影视剧也会推出由剧情衍生的线下游戏,推动影视剧粉丝在线下消费,同时,也在剧本游戏爱好者中推广剧集;某款推理类手游,将游戏的后半程放在线下,以剧本游戏的形式进行,将线上玩家引入实体店中。

与单向观影不同,剧本游戏更侧重玩家的参与感。为此,可以说剧本游戏是集文娱、表演、交友等功能于一体的活动。玩剧本游戏的过程离不开阅读,每位玩家都会有相应的阅读任务和互动交流任务。将阅读和表达结合起来,一场剧本游戏不仅是一场读书交流会,还附带了演讲、辩论、表演,这无疑是对玩家表达能力的考验和训练。

此外,通过演绎历史人物学习历史文化,通过模拟案件普及法律知识,通过扮演探险小队了解自然科学,通过改编经典名著沉浸体验文学……剧本游戏开创了寓教于乐的教育新模式,其因具备一定的文化传播潜力而更值得关注。

剧本游戏还能够和旅游产业结合,如利用民宿等场地场馆优势,将一些客源不足的宾馆和 KTV 改造成剧本游戏的主题场馆,以剧本游戏盘活沉没的资源。

剧本游戏毕竟是一个新兴发展的行业，有着众多的演绎方向和发展空间。目前关于剧本游戏的理论尚不完备，各种实践探索也正在进行中。但剧本游戏已逐渐在小众市场形成了成熟的产业链，行业内的版权意识越来越强，剧本的发行以及市场化运营也越来越规范。

虽然剧本游戏在中国的演绎越来越多姿多彩，类型也越来越丰富，但真正优秀的原创剧本仍然是凤毛麟角，而优秀的剧本无疑是剧本游戏产业的灵魂。所幸，越来越多的剧作家、小说家和热爱文学创作的年轻人愿意投入这个行业中。

本书便是一本为创作者提供专业基础知识和方法指导的工具书，本书对这一崭新的产业门类进行了理论与方法梳理，并结合相关案例汇集而成。本书通过系统性论述，帮助读者掌握剧本游戏的概念及其属性、类型和历史嬗变，洞察剧本游戏的现状与发展趋势，并开宗明义地为创作者提供理论指导、创作方法与相关实例。对于新手来说，不要希望读完任何一本书或者听过几次培训课就可以成为剧本游戏创作的高手。只有在亲身体验中，才能获得更全面、准确的认知，并以开放的视角打破固有模式，推陈出新，为剧本游戏的发展带来更多可能。

目 录

9 故事分拆与情节遮蔽

10 剧本游戏的文本构成

11 犯罪心理学和核诡设计

1

概述

一、剧本游戏的属性、缘起与发展

在一个装饰华美、富有戏剧氛围的房间里闪烁着迷幻的灯光，数位身着奇异服饰的年轻人围坐其间，他们的身份分别是探员、导演、女主角、男主角、女配角、狗仔队长……在大戏将演的时刻，女主角神秘被杀。意外发生的命案让剧组里所有人都成为犯罪嫌疑人。然而，谁才是真凶？又有着怎样的动机？留下了哪些线索？这些人物之间的关系如何？曾经发生过哪些事件？

在接下来的三四小时里，他们要在这间灯光闪耀的房间里搜查证据、彼此问询、共同讨论、博弈对抗、推理演绎，完成自己的任务，还原事件真相。这种由玩家分饰剧本角色并按照剧本要求进行演绎的游戏，就是剧本杀——剧本游戏中较为流行的一种。

1. 剧本游戏是什么？

"游戏"对应的动词是"玩"。剧本游戏就是让玩家遵循剧本的要求（规则和机制）有意义地玩。

所有的游戏都是建立在某种规则之上的，而剧本游戏中不只包含剧本故事、人物，也包括玩的规则与机制。规则和机制本身不是游戏，让玩家通过交互产生体验才是游戏。因此，游戏不能独立于玩家而存在。

剧本游戏中的玩家不仅是遵循规则和机制进行交互（做出选择）的行动者，他本身也是让其他玩家能够在游戏中玩下去的一部分。剧本和剧本中故事、人物与规则机制所构建的游戏系统提供了一个玩的空间。玩家玩游戏的过程其实是表演和进行选择的过程，而玩家的这些表演和选择会对游戏系统造成影响。在这个意义上，任何一位玩家都承担着角色的任务，因而成为游戏机制和规则中的一部分，不可或缺。

"有意义地玩"，是指区别于电脑游戏输入、输出式的交互模式，在剧本游戏中，玩家的交互过程包含听、说、思考以及表情与肢体行动。当玩家的表演和主动进行的选择能够带来相对应的结果时，这个游戏就是有意义的。

2. 剧本游戏的核心功能与基本特征

剧本游戏是以玩家为中心进行推理和演绎的游戏。每位玩家都有属于自己的角色和人物剧本，玩家需将自己代入其中。剧本游戏的核心玩法在于角色扮演，剧本游戏因而具有情境体验和社交两大核心功能。

剧本游戏让玩家在游戏中完成身份的转换，变为剧本故事的参与者，和剧中人物共情。不同的角色分配，为各个玩家带来不一样的身份体验。剧本游戏在玩法上的最大特征是"互动"，即以交互性方式为玩家打造具有剧情支撑的角色体验。互动是指玩家与玩家、玩家与剧本角色之间互相作用、互相影响，从而产生一定的心理反应机制。

一般而言，剧本游戏具有三个基本特征。

（1）每个玩家都拥有人物剧本，有着规定的目标和任务。

（2）玩家扮演剧本中的角色，在交互中去拼接情节，呈现完整的故事。

（3）场景化。无论线上还是线下，剧本游戏都力图创造一个剧本故事中的场景，以便为玩家带来身临其境之感。

由此可见，剧本游戏是一种交互游戏，一般由文学剧本、角色扮演和实景体验组成。剧本游戏不仅仅是一个游戏，更是一个集知识属性、心理博弈属性、强社交属性于一体的娱乐项目。

剧本游戏区别于文学、影视及其他艺术形式的地方，在于剧本游戏的对象不再是被动地阅读、旁观、欣赏的受众，而成为活动的主体。另外，剧本游戏需要相对平均地分配角色的戏份，以免让同样作为消费者的玩家受到不平等对待。

3. 剧本游戏的缘起

剧本游戏最早的形态可以追溯到欧洲的桌面游戏——剧本杀。"剧本杀"一词起源于西方的"谋杀之谜"，这是指玩家到实景场馆体验具有推理性质的项目。剧本杀的规则是，玩家先选择人物，阅读人物对应剧本，搜集线索后找出活动里隐藏的真凶。

如今的剧本杀不再仅限于"破案侦凶"这样一种模式，其主题和内容更为丰富多样，而"故事演绎""角色扮演""互动社交"作为核心功能被延续下来。因为内涵更为宽广，所以称之为"剧本游戏"更为贴切。

简而言之，剧本游戏就是在剧本指导下进行角色扮演的互动游戏，而"破案侦凶"仅作为一种主题和玩法被保留下来。然而，"破案侦凶"仍然是剧本游戏中最重要的主题和玩法之一。毕竟这样的主题具有恐怖和刺激参与者肾上腺素的元素，在这种主题之下，便于营造一种突破平庸、带来惊奇的气氛，能够让玩家通过演绎剧本中的角色，找出真凶或者隐匿自我身份，沉醉于破解、还原谜案真相的过程。

剧本游戏是一种角色扮演游戏，和其他类型的角色扮演游戏有着诸多的相同之处。剧本游戏根据场景与设备的不同大体可被分为桌面游戏、实景游戏和线上游戏三种基本类型。而实景游戏和线上游戏都可以被看成桌面游戏的再发展。

桌面游戏为我们提供了剧本游戏的一个典型样式。桌面游戏通常分为三大类型，分别是英式侦探桌游、德式版图桌游、美式冒险竞技桌游。如今的国产剧本游戏有囊括三者之气象，呈现出多元化的探索态势。

4. 剧本游戏的发展

在体验方面，为了满足玩家们的需求和期待，即使是破案侦凶游戏也不再局限于单调的推理，而更多强调角色扮演。毕竟，只有游戏者进入角色，才能从理智和情感上获得更丰富的体验，过足戏瘾，更真切而深入地完成对游戏文本的演绎，参与并完成剧情的"再创作"。

所以"情感＋智力"的沉浸与投入，正是剧本游戏的魅力所在。

一个被用于游戏的剧本不应该只拥有完整而严谨的结构，能够形成一个合乎情理、自圆其说的逻辑闭环，还应该通过剧情和场景，让玩家投入感情，获得灵魂的净化和思想的启迪。一个合格的剧本游戏的诞生，必然要经过产生创意、建立叙事结构、设计内容和测试、投放几个阶段。

在进行文学和艺术创作时，创作者需要建立产品思维，其中鲜明的形象、生动的情节和精彩的语言都可以成为剧本游戏的亮点，当然，结构、逻辑和玩法更为关键。剧本创作者首先要了解剧本游戏的实现形式，是线上游戏还是线下游戏。故事需要独特而具有感染力。而为了实现角色之间的互动和对故事的推动，创作者还需要设定贯穿游戏的主线和引导机制，规则简洁，逻辑合理，便于玩家理解和操作。另外，对于场景和道具也应该有相应的考虑。

剧本游戏的人物剧本与其他艺术类型的文本有着某些共性特征，它规定每个玩家都需要遵从角色的需要而行动。每位玩家都是作为角色进入一个戏剧性的结构当中的，是否存在触发玩家情绪、情感、个性和内心需求的情境设定，能否带来戏剧化体验，是检验一个剧本游戏成功与否的关键。因此，在主题、题材和玩家体验方面，依然值得创作者进行更多样、更深入的思考。

二、角色扮演游戏的演进及形态

1. 角色扮演游戏与剧本游戏本为一体，但重心与视角不同

角色扮演游戏至少要由一个主线故事贯穿起来。"剧本"与"角色"相依而生，互为一体。剧本中注定存在角色，而角色的一系列行动则形成故事，即为剧本。所以说，"剧本"是"角色"存在的基础，"角色"是"剧本"的灵魂。为此，角色扮演游戏与剧本游戏二者相依相存，浑然一体，或者说是"一种游戏的两种表述"。

在所有类型的剧本中，人物必然跟事件相关联。角色扮演游戏不应该单纯由人物组成。一个角色扮演游戏，如果在介绍一番人物和一些基本的人物关系之后，没有具体的事件发生，或者贯穿游戏的仅是一些不足挂齿的鸡毛蒜皮的小事，如何吸引玩家的参与呢？除了人物介绍和人物关系之外，剧本游戏需要有具体的

事件，能将人物统摄起来。

同样，剧本中不可能只有事件，而无事件的主体。即使发生地震或者宇宙大爆炸这样的事件，其中也必然有地球和宇宙这样的角色。

角色扮演游戏和剧本游戏的侧重有所不同：一个将角色（人物）塑造作为重心；另一个将剧情（故事）叙述作为重心。另外，"角色扮演"凸显的是"顾客视角"，这种叫法在社会上更为盛行；而"剧本游戏"更多带有"生产者视角"，是更加专业的称谓。当然，在某些角色扮演游戏中"故事性"并不是最重要的，而仅仅是游戏的背景说明，但故事性较弱并不等于故事不存在。而剧本游戏是由一个人或者几个人，遵照某种主题、情境和故事的预设，以角色的身份去参演的互动游戏。

追溯角色扮演游戏的发展过程，能够让我们更明白剧本游戏的本质和发展趋势，有益于创作者追根溯源，获得再发展的动能和新方向。

2. 角色扮演游戏及其分支

角色扮演游戏，按载体可分为桌上角色扮演游戏、电子平台角色扮演游戏、实况角色扮演游戏。

桌上角色扮演游戏（tabletop role-playing game）是最早的角色扮演游戏。这种游戏一般由一次小型的社交性聚会开始。首先，游戏管理员（GM，game master）会介绍游戏世界和其中角色的概况，随后其他玩家会描述他们的人物的下一步动作，游戏管理员会依靠游戏系统进行判断，并描述发生的结果，有些时候需要游戏管理员自我发挥。

电子平台角色扮演游戏通常直接来自桌上角色扮演游戏，桌上角色扮演游戏中成熟的规则通过编程手段被"转化"到电子平台中。电子平台角色扮演游戏也包括仅能离线进行的游戏类型。这些电子平台角色扮演游戏和桌上角色扮演游戏一样，注重游戏中的故事、虚拟世界的风光、对所扮演人物的塑造。不同的是，在电子平台角色扮演游戏中，游戏管理员的职位由计算机担当，而计算机的处理性能能让游戏摆脱桌面上的纸牌和模型的束缚，直接模拟出游戏故事所描绘的虚拟世界。

在互联网技术迅猛发展的背景下，电子平台角色扮演游戏得以广泛流行。在电子平台上，游戏管理员负责协调各位玩家间的沟通，以便游戏顺利进行，而玩家直接通过服装扮演、打斗表演等形式进行游戏。

在实况角色扮演游戏中，参与者不是用语言来描述，而是用肢体动作来模仿所扮演的角色，并持有能够体现这个角色形象的道具，游戏场所也会营造故事设定的氛围。在某些游戏中，玩家依靠"石头剪子布"之类的活动来象征性地解决角色之间的冲突，一些实况角色扮演游戏也会利用气枪或泡沫武器来模拟"对打"。

角色扮演游戏按游戏方式可分为模拟角色扮演游戏、角色扮演冒险游戏、角色扮演音乐游戏、策略角色扮演游戏、动作角色扮演游戏（见表1-1）。

模拟角色扮演游戏（role-playing simulation）的一个非常好的运用是直观教学，可以让玩家在一个拟真电子环境下扮演各种各样的职业角色，助力建筑、精密操作、医学方面的研究。带有网络链接的在线角色扮演模拟游戏还可以锻炼玩家团队协作的能力。

角色扮演冒险游戏（role-playing adventure game）是结合了冒险游戏和角色扮演游戏的游戏类型，一般会重视探索，但同时也很突出对于主角的塑造。

角色扮演音乐游戏（role-playing rhythm game）是结合了角色扮演和音乐游戏元素的游戏。

策略角色扮演游戏（SRPG，strategy role-playing game），也可被称作战术角色扮演游戏（tactical role-playing game），这类游戏在日本十分流行，常见的有战棋类的角色扮演游戏。

动作角色扮演游戏（ARPG，action role-playing game）中的所谓"动作"，是说角色的动作（特别是攻击动作）与玩家的操作（如点击鼠标）密切相关，即玩家在玩动作角色扮演游戏时像是既在玩一款动作游戏，又在玩一款有剧情的角色扮演游戏。

按主题分，角色扮演游戏可被分为恋爱角色扮演游戏、角色扮演解谜游戏、战争冒险游戏。

角色扮演游戏还有一个旁支——大型多人在线角色扮演游戏（MMO，massive multiplayer online role-playing game）这是一种网络游戏，玩家控制一个角色在一个虚拟世界进行活动，而这个虚拟世界有足够多的玩家在一起玩。

表 1-1　角色扮演游戏的分支

角色扮演游戏分支	按载体分	桌上角色扮演游戏
		电子平台角色扮演游戏
		实况角色扮演游戏
	按游戏方式分	模拟角色扮演游戏
		角色扮演冒险游戏
		角色扮演音乐游戏
		策略角色扮演游戏
		动作角色扮演游戏

角色扮演游戏分支	按主题分	恋爱角色扮演游戏
		角色扮演解谜游戏
		战争冒险游戏
角色扮演游戏旁支	大型多人在线游戏	大型多人在线角色扮演游戏

3. 目前剧本游戏的主要形态

目前剧本游戏分为线上和线下两个大类，而线下剧本游戏店又有桌上剧本游戏、实景剧本游戏、全息剧本游戏等多种类型，相对应的价格和体验也不尽相同。

线上剧本游戏： 通过线上 App、小程序等进行游戏的剧本游戏，通常为语音交流模式，也有文字交流的模式。线上剧本游戏消费成本低，"拼车"效率高，不受地域限制，因此有一定的受众，但是线上剧本游戏的剧本往往体量较小，沉浸感也不足。

桌上剧本游戏： 最普通的线下剧本游戏，通常为一群玩家聚集在房间内，阅读剧本、搜证、推理、复盘等环节都在一张桌子前完成的剧本游戏，部分圆桌剧本游戏也有换装、演绎等环节。

实景剧本游戏： 可进行实景搜证的剧本游戏，沉浸感更强，剧本的游戏时间较长。实景剧本游戏的地点将不再局限于某一个房间，而是类似于密室逃脱，拥有多个房间、地点供玩家探索。实景剧本杀的玩法和呈现形式也多种多样，包含实景搜证、NPC[1]（非玩家角色）互动演绎，以及更复杂的服装、化妆、道具、声

1　NPC：NPC 是 non-player character 的缩写，指非玩家角色，是游戏中的一种角色类型。这个概念最早源于单机游戏，指的是电子游戏中不受真人玩家操纵的游戏角色，一般由计算机的人工智能控制，是拥有自身行为模式的角色，后来这个概念逐渐被应用到其他游戏领域中。而在卡牌或者桌面游戏中，NPC 通常可以被分为剧情 NPC、战斗 NPC 和服务 NPC 等，NPC 则由 DM（组织者，又称主持人）或裁判控制。

光电效果等。

全息剧本游戏：使用了全息投影设备的剧本游戏。部分线下剧本游戏店会在房间装修中安装全息投影设备，并且购买或定制对应剧本的全息投影素材。受限于技术和成本，全息投影的范围通常仅限于一个房间内的三面墙壁，但带来的沉浸体验依然很棒。

三、剧本游戏的产业生态

剧本游戏中隐藏的是情感和人性。和所有商品一样，剧本游戏并不神秘。相比其他类型的游戏，剧本游戏更能够激发人们的情感。玩家通过游戏能够感知转瞬即逝的情绪，比如欢乐、气恼、厌恶，而体验这些情感正是游戏存在的意义和魅力所在。

"体验是游戏的核心，玩家需要在游戏中拥有掌控感。游戏设计者需要创造奇妙、有趣的体验过程，玩家的兴奋感来源于玩家的自主意识。"谷歌前 CEO 埃里克·施密特曾如此说道。

剧本游戏有线上和线下两种方式。线上 App，玩家在同一个网络空间中以声音扮演角色展开游戏；而线下实体店通常根据剧本设定布置场景，玩家同处一个特定空间中，通过语言、表情、肢体动作等表演故事。这样的游戏过程也被玩家们称为"打本""玩本"和"盘本"。

过去数十年的信息革命创造出了一个全新的虚拟世界，而今天这个虚拟世界已经开始深刻影响现实世界的运转。在线游戏为数亿玩家创造目标、荣耀、交互和情感，它击中了人类精神的核心，并且将现实世界中匮乏的奖励、挑战和伟大的胜利呈现在玩家面前。

在某种程度上，如今的线下剧本游戏是对线上游戏的迁移，并因此形成新的产业生态。当然，线下剧本游戏因场景和技术条件不同，又呈现出诸多线上角色扮演游戏所没有的特点，因此变得更加富有魅力。

玩家与玩家通过面对面的互动，总比通过网络互动更能获得丰富体验。线下比线上拥有更多的"真实感"，线下剧本游戏能给予玩家更丰富的体验。对于感受细腻敏感的人而言，人类的一颦一笑、俯首低眉、举手投足都构成迷人的魅力。

作为商品，剧本游戏兜售的就是人类神秘的情感体验、内心的渴望、蕴藏的知识和成功的荣誉感。

通常线下剧本游戏整个过程所持续的时间长短不一，但基本上需要数小时。众多线下剧本杀店一天只能安排上午和下午各一场。在一场常规四小时的剧本游戏里，玩家可以变身为任何一个角色，可以是古代的王侯将相，可以是魔法使者，也可以是现实生活中的人物。玩家置身于一个特定的场景中，开启别样的人生，按照剧本的指导去完成所规定的任务，通过 DM 引导、场景搭建和音效等获得身临其境的体验。玩家在剧本游戏中可以跳出平凡的现实生活，成为不可或缺的角色，这本身就带给玩家一种成就感和荣誉感。

剧本游戏的红火，带动了一波全新的创业风潮。随着线下门店以破竹之势迅猛增长，相关的剧本写手、发行商、装修商、道具服装商纷纷跟进，围绕剧本游戏，已经衍生出创作、包装、宣传、发行、开店指导、专业装修、人员培训、服装道具等一系列专门业务。

创作者群体壮大的直接原因是剧本游戏市场的需求爆发。由于剧本游戏的故事特性，一个剧本玩家们通常只玩一次，即使是多支线、多结局的剧本，玩家二刷的概率也非常低。因此，随着剧本游戏行业的发展，市场对新剧本的需求日益旺盛。

目前主要的剧本购买渠道包括发行商、平台、城市展会三大类，针对预售的独家本或城市限定本一般只能在展会上抢购。

剧本游戏的创作发行流程，通常是这样的：由作者原创一个剧本，将剧本交由编辑或监制评价修改，再由剧本杀店家组织测试，反馈意见后作者再修改，剧本定稿后交由发行商印刷销售。在收益结算上，创作者可以拿到销售额的 20% ~ 50% 的分成，一个剧本的收益具体由剧本级别、作者名气、销售情况共同决定。

目前市面上剧本销售类型分为三种：独家本（一个城市仅有 1 个授权名额）、城市限定本（一个城市有 3 个授权名额）、盒装本（不限授权名额数量，只要想买都能买到）。三种剧本的质量要求不同，相应的价格也不同，独家本高于城市限定本、高于盒装本。

创意是迷人的，游戏是迷人的。二者相加，那应该更是迷人的，所以许多人被其吸引而投身到剧本游戏的创作之中。剧本游戏的创作虽然门槛不高，但创作一部优秀的剧本游戏也不是一件容易的事。剧本游戏创作需要兴趣的支撑，因为收入并不能被准确预估，同时创作过程非常辛苦，最终能否上市发行也有很大的不确定性，因此创作者必须以兴趣为支撑，持续性地投入其中。

四、剧本游戏的分类方法及主要类型

剧本游戏内容和形式的丰富性基于人类情感和体验需求的多

样性。在不同的类型中，总有一个能够与具体的玩家产生情感与灵魂的谐振。为此，剧本游戏具有心理学上戏剧性疗法的功能和特点。

谋杀之谜是剧本游戏中最经典的一种类型。谋杀之谜通常以一桩或多桩案件为轴心，玩家们通常都是出于各种各样的原因共处一处并成为命案的嫌疑人，玩家需要通过蛛丝马迹推理出真正的凶手——"剧本杀"之名也由此得来。也有极少数剧本并不以命案为核心，甚至根本不存在命案，但依旧遵循着谋杀之谜的结构和玩法。

如今，剧本游戏的类型走出了谋杀之谜的限定，呈现出百花齐放的态势。根据游戏的玩法和带给玩家的体验，市场上流行的有推理本、还原本、机制本、阵营本、氛围本、情感本等，衍生出各种门派和风格。从题材上划分，可以有古风、校园、欧式、民国、谍战等类型。但某些所谓的类型可以被视为主题、背景和商业推广的标签。商业推广的标签并不一定适合作为新类型。各种新异叫法仅为突出差异性和亮点而存在，这些差异性和亮点并不具有真正的革命性。

进行必要的理论化梳理，能加深对剧本游戏本身的认知，也能给后续的创作提供指导。为此，剧本游戏的类型应是在剧本游戏发展到一定数量时经过归纳得出的。诚然，多角度而交叉的类型标签，增加了剧本的辨识度，但也因叫法太多而让人感觉混乱和莫名其妙。

当众多的剧本游戏不断涌现，其结构、形态和模式经过大量的探索与实践得以在市场上呈现，带来题材、风格、玩法和体验上较大的差异，从而由实践升华为理论。

　　剧本游戏可根据剧本所包含的主题与内容进行分类。剧本游戏的"剧本"是整个游戏的活动指南、概要和蓝图。诚然，剧本游戏的剧本不同于电影、电视剧的剧本，也不同于话剧和舞台剧的剧本，更不同于小说。它与电影、电视剧剧本和话剧剧本的最大不同之处在于，观众和演员们之间没有"第四面墙"[1]，"观众即演员"——他们不是通过"观看"，而是通过"参演"，通过"玩"来感知和体验这个剧本。

　　另外，参演电影、电视剧和话剧的演员对整个剧情预先是了解的，而剧本游戏的"演员"则对自己正在参演的剧情处于懵懂状态之中。游戏的特征正因为如此而得到了凸显。

　　游戏大师克里斯·克劳福德这样定义游戏：游戏是一种能够让人从主观上联系到部分现实的封闭性系统。在此，我们由剧本游戏的本质属性入手，破除置景、年代、服饰等外在表现，着重从主题、结构和风格等方面进行基本类型的划分。

1. 根据是否使用超自然元素进行分类

　　可以将剧本游戏分为本格本、变格本两个大类，以及杂糅衍生的新变格本（本格、变格及新变格，这些名词来源于日语，原指日本的小说流派）。

　　被誉为"日本推理之父"的江户川乱步是"本格"一词的开创者，同时，也是变格、社会、新本格等流派的引导者。

　　本格本基于现实世界，是以科学依据和常规情理进行逻辑推理的游戏剧本。

　　变格本是指科学无法解释的超自然现象，变革本即加入了超自

1　第四面墙是一面假想的墙，是隔在舞台（银幕）与观众之间透明的墙，也是将故事与现实世界分隔开来的屏障。

然元素的设定，赋予角色某种超脱自然束缚的能力，比如神性的感知力、特异功能，通常以灵异、妖魔、科幻等为调性的游戏剧本。

新本格本继承了本格本中的逻辑推理和相关主题，又在剧本游戏中加入新奇元素而脱离常规，从而形成一种介乎本格与变格之间的新类别。

本格本以现实逻辑推理为核心，变格本以神秘元素为核心。本格本需要比较缜密和新奇的设定，但容易出现玩家难以代入、体验比较枯燥的情况。而变格本可以通过一些设定，增加趣味性和反转，这样即使推理较弱，玩家体验也会很好。

2. 基于玩家体验，可以分为硬核推理本、情感与氛围本两大类别

硬核推理本和情感与氛围本之间的区别是鲜明的，动用的是人类大脑的不同功能区域。当然，人类大脑本身处于高度的协作之中，总是我中有你、你中有我。理智与情感，既可能相互促进，也可能相互抑制。

硬核推理本需要完全凭借逻辑和证据的力量，剧本游戏的主线就是找出凶案的凶手，行凶的手段和线索要经得起推敲。硬核推理本是剧本游戏的最原始类型，曾经的英式桌面推理游戏谋杀之谜风靡一时，便是经典代表。

推理和解谜两大要素，是剧本杀里的核心玩法。硬核推理本通常指这种剧本游戏逻辑通顺，丝丝入扣，推理严谨，高能烧脑。在复盘时将所有故事碎片融合在一起，会让玩家"犹如在密林中行走"，终而由混沌走向清晰，最后获得一种真相大白的感受。"走出混沌就是一种幸福"（迪兰·托马斯诗句），那种恍然大悟正是硬核推理本最具魅力的体现。

侦探小说可以被视为创作推理剧本游戏的重要资源。

侦探小说开山鼻祖埃德加·爱伦·坡写过五篇推理小说，开创了密室杀人、安乐椅神探、破译密码、不可能真凶、心理盲区五种诡计模式。

阿瑟·柯南·道尔笔下的福尔摩斯探案几乎涵盖了推理小说的所有方向，他在福尔摩斯系列中运用了大量的物证推理，比如通过凶手的脚印判断凶手的身高、用熄灭的烟灰来判断个人习惯等。

侦探女王阿加莎·克里斯蒂的《东方快车谋杀案》开创了一人一刀的全员行凶的模式，《罗杰疑案》开创了叙述性诡计，《无人生还》开创了暴风雨山庄，《ABC谋杀案》开创了连环犯罪模式，另外，阿加莎·克里斯蒂也是写心证推理小说的大师。

心证推理与物证推理不同，心证推理可以在缺少物证的情况下进行推理。有一种诡计模式叫安乐椅神探，就是典型的心证推理，小说中马尔普小姐就是坐在安乐椅上一边织着毛衣，一边听着或看着命案的线索，凭借推理找出真凶的。

被封为"密室之王"的美籍侦探小说家约翰·狄克森·卡尔设计出50余种不同的密室，代表作《三口棺材》《犹大之窗》《歪曲的枢纽》《绿胶囊之谜》，以不可能犯罪诡计作为核心骨架，推动形成了兼具复杂的剧情、精妙的诡计布局、超常的氛围、缜密的逻辑推理和生动的人物形象的侦探小说风潮。约翰·狄克森·卡尔的《燃烧的法庭》将侦探推理小说推向了一个新高度。与以往的密室凶杀案不同，作者尝试了将中世纪的灵异传说自然地融入，并不断反转剧情，让读者从一开始认定这是一部灵异小说，逐渐转变并接受这只是一个披着灵异外衣的普通凶杀案，直到结尾再次确认小说开头的传说并不只是传说。

"黄金三巨头"之一，被誉为"逻辑之王"的埃勒里·奎因兄弟的"国名"系列的9部作品和"悲剧"系列的4部作品堪称具有巅峰水准的逻辑推理小说。

另外，阿尔弗雷德·希区柯克导演的电影也具有推理追凶游戏的特色，他的作品因富于幽默、擅长制造悬念而广受追捧，在悬念技巧设置、审美效应等方面也有独到贡献。

情感与氛围本注重情感，如亲情、爱情、友情等的表达。情感与氛围本尤其凸显了剧本游戏的社交属性，因此大受女性玩家欢迎，很快就形成与硬核推理本分庭抗礼之势。从情感与氛围本开始，推理就不再是剧本游戏的唯一玩家体验了。剧本游戏也从原先单一的推理、解谜而多样化起来。现在流行的剧本游戏更加注重玩家体验和情感沉浸环节。从激发玩家的不同的情绪看，情感与氛围本具体可以被细分为情感本和氛围本，情感本包括哭哭本等，氛围本包括恐怖本、欢乐本等。

情感与氛围本在中国最具代表性的诸如《金陵有座东君书院》《古木吟》，以及获得影视授权而改编的《大话西游》。

剧本游戏《金陵有座东君书院》里面既有笑点，又有泪点，被玩家称为"最好笑又最好哭的剧本"；《古木吟》被誉为最好的催泪剧本，开篇吓人，结局催泪，是恐怖与情感的完美结合；剧本游戏《大话西游》的主题氛围就是基于情绪的，寓庄于谐，无厘头的剧情和台词吸引了大批原有电影的粉丝。在游戏的过程中，悲喜交加，"笑着笑着就哭了"，或者"哭着哭着又笑了"，玩家代入其中，情绪富有起伏，情感得以涌现。

3. 从剧本结构和玩法上，可分为故事还原本、机制/阵营本等

故事还原本的意思是说，这个剧本更侧重于对整个故事的还原。在故事还原本中，玩家的主要任务就是还原故事，而在其他的剧本游戏类型中，故事还原是次要任务，而不是核心任务。

这个类型其实本格本和变格本都有，它和传统的推理本是不一样的，题材并不局限于凶杀探案，而呈现出多样的主题，主旨仅在于让玩家通过各自视角和所掌握的线索，通过零碎的细节像拼图一样把故事拼完整，还原事实真相。

故事还原本最大的亮点在于情节设计方面，优点是故事性强，能够更好地引导玩家沉浸其中。适合共情能力强，喜欢体验不同人生和精彩故事的玩家。相比推理本而言，对玩家的逻辑推演能力要求较低。

所谓机制本就是在剧本游戏过程中通过特殊的机制，如通过比赛或小游戏等玩法来获得剧本当中的优势，让玩家获得某种技能，获得某种线索。比如：加入类似大富翁或者石头剪刀布这种活动来帮助获取更多的线索。

而所谓的阵营本，就是分队进行游戏，玩家分成明确而对立的两个团队，并结合游戏机制进行对战。

在机制/阵营类型的剧本游戏创作中，总是离不开"机制＋人物"的模式。建立机制是剧本创作的最关键所在，人物塑造则处于第二位。

机制本会在故事线上设置游戏，让玩家改变角色，或者给角色增加武器和技能。有趣的机制往往离不开"玩耍＋挑战""奖

励 + 目标"的模式，能让玩家玩得起来，对自己或别人发起挑战，并得到奖励，实现一个明确的目标。

阵营本是玩家互动频繁、参与感强的一个类型。每个阵营本的对抗形式各异，挑战通常在于玩家之间相互猜身份、猜阵营。同时，玩家可以伪装自己的身份或者阵营。在找到相互信任的队友后，可以进行配合，共同完成所在阵营的目标。阵营本的设计重点在于技能和如何展开对战。对于剧本游戏创作者而言，建立机制应在设计阵营之前，因为机制才是这种类型剧本游戏的核心，而诸如技能、人物、故事也都是围绕剧本的关键机制而展开。

目前，市场上销售的产品大多是两种类型的结合。机制本和阵营本的共通之处在于，二者都需要引导玩家每步要做什么，思考该如何选择，并建立选项思维。这样的剧本游戏有很强的参与性，任何人触发了机制都必须做出选择，即使什么都不做，也会得到一个阶段性的结局或者是最终的结局。这种"选择—触发—再选择"的过程，在剧本游戏中会不断循环，而不是一次性呈现。机制贯穿游戏的始终，但玩法可能只适用于某一个环节。

当然，在机制 / 阵营本中也不可忽视推理。机制 / 阵营本可以与本格、变格、还原、硬核推理、情感沉浸等多种元素和玩法相结合，因此机制 / 阵营本可玩性更强，也更有趣。比如：玩家参演的角色有很多技能，可以和 NPC 进行交易，可以满场跑动；融合推理可以让追凶变得更加复杂，比如与侦凶团队相对抗的不只是凶手，还有帮凶和阻挠探案者，由此增强了社交体验，游戏性更强。

4. 从剧情和流程上，可以分为封闭本和开放本

封闭本是指剧本用分幕式呈现给玩家，玩家们一开始不知道自己的身份，任务存在阶段性，剧情固定，流程也是固定的。

玩家选择好自己想要扮演的角色，阅读背景故事和人物剧本。故事开始时，玩家进入剧本角色进行自我介绍，之后讨论和搜证，找到某些固定和隐藏的线索来供大家研究，线索可以是公开线索或者非公开线索，玩家指证凶手并完成自己的支线任务。

开放本剧情开放，允许玩家自由发挥。比如，在追凶的剧本游戏中，玩家如果正确指认凶手故事会有一种走向，指认失败则故事会有另一种走向。

开放本一般没有固定的流程，每个玩家都需要从自己的剧情和别人的剧情中得知自己完整的故事线。玩家们可以互换线索或者进行私聊，完成自己的支线和隐藏任务。在流程上需要一个DM进行把控。DM包含导演、裁判、公证人等多种身份，因此在剧本游戏里起到至关重要的作用，是剧本游戏中关键剧情的连接人物。最后不仅仅需要指证凶手，还需要填写报告单，搞清事件的真相，了解每个人隐藏的事件。

5. 其他分类方法

另外，根据参与游戏的玩家人数可以分为一人本、两人本、三人本、四人本、五人本、六人本、八人本等。人数在 1～4 人的剧本游戏一般很少在线下出现，一般都出现在线上，或者是一种没有DM 的剧本。对于经营剧本游戏的店家而言，人数过少时，开一场游戏的收益很低。所以，目前剧本角色主要以 4 人以上居多，大多数介于 6～9 人。在创作剧本时，进行角色规划时一般就要定好是几人本。因为构建故事和框架时要尽可能多地让每个角色之间产生

联系，避免其中某个人物过于边缘化，从而导致玩家体验不好。

根据游戏过程中是否需要 DM，可以将剧本游戏分为 B 端本和 C 端本。B 端本是有店家派员参与的剧本，即需要 DM 的剧本；而 C 端本是完全由玩家自行游戏的剧本，没有 DM 也可开始，消费者可以购买后自行玩耍。B 端本的资料构成主要有剧本文本、组织者手册、线索、其他材料（道具、音频、信件等）；C 端本的资料构成，主要有剧本文本、玩家手册、线索、其他材料。

根据剧本的发行和授权范围，可以将剧本游戏分为：盒装本、城市限定本、独家本。盒装本，即剧本资料可以由个人和店家自由购买；城市限定本，即剧本所有权方在一个城市仅授权 1 家、3 家或根据情况而定；独家本，即剧本由一家独享经营权。

剧本游戏的分类见表 1-2。

表 1-2　剧本游戏的分类

分类标准	类型	含义
从是否使用超自然元素进行分类	本格本	以科学依据和常规情理进行逻辑推理的游戏剧本。
	变格本	加入了超自然元素的设定，赋予了角色或世界以某种超脱自然束缚的能力，比如神性的感知力、特异功能，通常以灵异、妖魔、科幻等为调性的游戏剧本。
	新本格本	继承了本格本中的逻辑推理和相关主题，又在剧本游戏中加入新奇元素而脱离常规，从而形成一种介乎本格本与变格本之间的新类别。
基于玩家体验分类	硬核推理本	玩家完全凭借逻辑和证据的力量，游戏的主线就是找出凶案的凶手、行凶手段和动机。硬核推理本是剧本游戏的最原始类型。
	情感与氛围本	情感与氛围本凸显了剧本游戏的社交属性。情感与氛围本注重情感表达，如亲情、爱情、友情等。现在流行的剧本游戏更加注重切身体验和情感沉浸环节。从体验和市场诉求方面可以将此细分为：恐怖本、哭哭本和欢乐本。

续表

分类标准	类型	含义
从剧本结构和玩法角度分类	机制/阵营本	在剧本游戏过程中会通过特殊的机制来获得线索，游戏主要乐趣来源于机制和环节。比如，加入类似大富翁或者石头剪刀布这种活动来帮助获取更多的线索。而阵营本，是指分队进行游戏，玩家分成明确而对立的两个团队，并结合游戏机制进行对战。
	故事还原本	还原本的意思是说这个剧本更侧重于对故事的还原。还原本中，玩家的主要任务就是还原故事，而在其他的剧本游戏类型中还原故事是次要任务，而不作为重心。
从主题和题材上分类	恋爱本	以恋爱为主题。
	民国本	以民国时期故事为题材。
	古装/宫廷等	以宫廷和古代为背景。
从剧情和流程上分类	封闭式玩法	指剧本用分幕式呈现给玩家，玩家一开始不知道自己的身份，任务存在阶段性，剧情固定，流程也固定。
	开放式玩法	剧情开放，允许玩家自由发挥。开放式玩法一般没有固定的流程，每个玩家都需要从自己的剧情和别人的剧情中得知自己完整的故事线。
根据剧本的发行和授权范围分类	盒装本	剧本资料可以由个人和店家自由购买。
	城市限定本	剧本所有权方在一个城市仅授权一家，或者三家，或者根据情况而定。
	独家本	即剧本由一家独享经营权。
根据玩家人数分类	分为一人本、两人本、三人本、四人本、五人本、六人本、八人本等。	

当前流行的剧本大致可以被分为：硬核推理本（原始的类型）、故事还原本（硬核推理的衍生）、以纯真爱情为主题的情感沉浸本、主打情怀与情绪的主题氛围本，以及以选择与竞技为主题的机制/阵营本（玩法上更接近电脑闯关游戏）。其中硬核推理、故事还原、情感沉浸和主题氛围是最为典型的分类。

但这些类型的剧本游戏也在演进，如：硬核推理本注重追凶案件本身的丰富多彩，甚至会有多个复杂案件存在；故事还原本，侧重于对整个情节的梳理、拼接，探索自己碎片化情节链背后的完整故事和事实真相；哭哭本是以角色之间的感情线作为主导，引导玩家积蓄情绪并最终爆发；欢乐本则以创造快乐为唯一目的，剧本中的很多情节点会杂糅搞笑段子和趣味梗，也可以与机制相结合产生有意思的玩法；恐怖本，侧重给玩家带来惊悚和恐怖的体验，常有阴森诡异的场景布置和吓人的 NPC；机制本主要以某种独特的游戏机制贯穿整场游戏，玩家之间互相竞争或合作；阵营本则将玩家们划分为两个或两个以上的阵营，阵营之间竞赛或争斗，通常也以一部分的机制作为辅助。

当然，剧本游戏可以采取不同的标准进行融合和交叉，从而进行更细致的分类。结合目前市场的实际情况，一些作品的多种风格、门派交叉融合的趋势十分明显。在同一部作品里，逻辑推理与情感沉浸可以交融实现，也可以有机制贯穿其中，还可以在推理和沉浸过程中，将玩家所扮演的角色划分成对抗阵营，供玩家挑战的各种玩法。

所以一个剧本可以同时既是情感本，又是阵营本、欢乐本。不过增加了一些标签和分类，只是让从业者和玩家对于剧本游戏有个概念，方便玩家对剧本进行挑选。

此外，因为大多数玩家的兴趣点和擅长技能不同，有些类型的剧本也难以融合。最直观的例子就是情感本与机制本，情感和机制二者此消彼长——若机制竞争性和博弈性增强，则玩家会更加理性地去博弈、去考量如何操作，那么角色代入感就会下降，情感就难以积蓄、爆发。

目前，剧本游戏的分类仅基于对上市游戏剧本的归纳，而随着剧本游戏本身的演化，会引发新类型的诞生。我们相信，所有的文学、美术、音乐的门类与流派中的主旨、审美情趣和表现形式都可以融入剧本游戏中。我们可以期待，未来的剧本游戏同样可以是现实主义、超现实主义、诗意现实主义、心理现实主义、魔幻现实主义、浪漫主义、表现主义、印象主义、结构主义的，从风格、审美趣味与表现技巧上将呈现越来越多的新类型。

2

剧本游戏的创作

弗拉基米尔·纳博科夫说："能够讲述真相的只有虚构。"

创作剧本游戏，想法必不可少。当然，你不可能因为脑海中一闪而过的想法就坐下来创作你的剧本游戏。最初的想法往往只是一个模糊的概念，你如果想把这个想法最终变成一个能够上市运作的剧本游戏，就必须赋予这个想法更多的细节，必须让这个想法得以深入，这样才能让最终的作品符合行业基本特征和要求，并具有某种独特性。

如果想写剧本游戏，那么一定要做好前期的准备工作。而这种准备工作，光是看别人的剧本或者看影视作品是无法完成的。剧本游戏毕竟是个互动游戏，创作本身也体现为案头工作，但它和电影剧本、小说的创作有着巨大的不同。我们要做的不是将故事展现在观众面前，而是要让玩家进入这个故事，让他们相信他们是故事中的一员。

只有在玩过一些剧本游戏之后，你才会获得切身感受，产生贴近现实的想法。你会发现，你所需要的不仅是构建故事和塑造角色的能力，还有玩家的期待和市场空白——你一定不希望你会创作出一部重蹈他人覆辙的剧本，甚至比别人更逊色的同类作品。

　　作为一名合格的剧本游戏创作者，你无法绕过一些必然的步骤和环节，你必须了解一个剧本游戏的构成和创作流程。

　　"只有知道得越多，才能传达得越多。"只有拥有了对剧本游戏相对全面的认知，你才能更高效地发挥自己的创造力，呈现出具有个人价值的作品。剧本游戏的创作虽然没有想象中那么需要天赋，但系统化的训练和学习，即使是天才也必不可少。剧本游戏创作的许多技法，诸如作品结构搭建、故事情节编排与人物形象塑造等，其实可以学而得之。我们相信，只要对生活有观察、有思考，通过适当的学习和训练，多数人都可以创作出带给玩家美好体验、让玩家感受深刻的剧本游戏。

　　另外，毕竟剧本游戏是以文字作为表达形式的一种创作，所以要求创作者具备文字方面的基本功，如清晰流畅的文字组织能力。但剧本游戏对写作能力的要求并不是非常高。当然，对于某些拥有天赋的创作者来说，人物与故事似乎原本就贮藏在他们的脑袋里，他们创作时就会像被拧开了水龙头，情节会哗哗地流泻到纸面上。

　　剧本游戏最终考验的是人物刻画、故事构造和逻辑推理的能力。清晰流畅的文字可以给玩家带来比较舒适、痛快的阅读感受，而能够将人物刻画生动、行为逻辑展示无遗，对故事关键交代清楚，这才是合格的剧本游戏。

　　每个人都有自己擅长的领域，有自己所能驾驭的题材、人物、结构和叙事。而你现在需要寻找到属于你的题材、故事和角色，以及可能属于你的一切。

　　对于小说家而言，驱动他写下去的往往不是一个脑海中闪亮的故事，而是找到叙述的视角和引导他进入的情境。那种身心俱在的感受才能让他持续地写下去。

剧本游戏创作的核心内容主要有两点：剧本与玩法。游戏剧本的创作牵涉角色、故事以及故事场景的设定。概括而言，即什么人在什么地方发生什么事。所以如何塑造角色、构建故事，以及创建故事发生的场景是剧本的重心。"场景"的概念可以被扩展为故事中的"世界"——剧本中的时空。而游戏玩法，则体现于规则、机制与流程控制，乃至道具、服装、物品，以及音乐与场馆要求等元素。

剧本游戏最终是一个多专业合作的项目。而游戏剧本的写作则是一切的基础。剧本明确主题、提供创意、形成主线，成为整个游戏的指引。剧本赋予游戏灵魂和骨架，经络和肉血。

注意：请仔细分辨"剧本游戏"与"游戏剧本"，这两个偏正词组核心内涵不同。"游戏剧本"包含于"剧本游戏"之中，而"剧本游戏"是依照"游戏剧本"作为核心和指导的游戏。剧本游戏除了人物剧本、故事之外，还包括游戏的玩法、如何组织玩家和引导玩家等方面的内容。

一、剧本游戏创作流程

剧本游戏的类型不同，对应的创作方法也不尽相同，因为不同剧本游戏的玩法、流程、组织形式和追求玩家体验感各有侧重。剧本游戏的创作既要遵循传统文学作品的基本逻辑，也要遵循其本身特有的规则和流程需要（见图2-1）。

剧本游戏:
角色、故事、交互性及沉浸体验

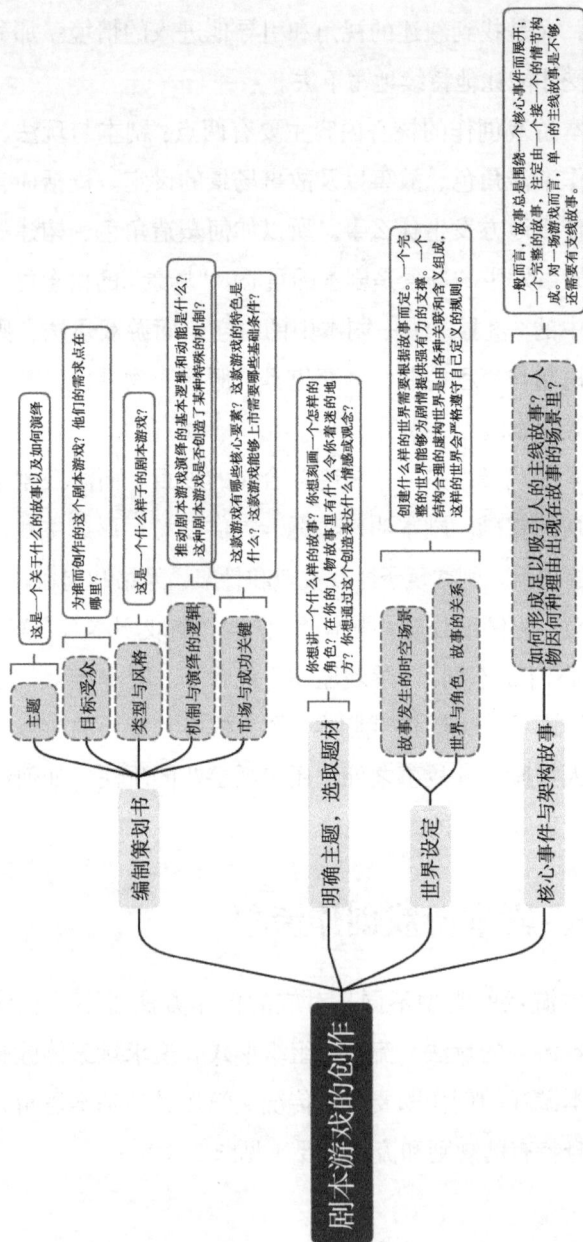

主题：这是一关于一个关于什么的故事以及如何演绎？

目标受众：为谁而创作的这个剧本游戏？他们的需求点在哪里？

类型与风格：这是一个什么样子的剧本游戏？

机制与演绎的逻辑：推动剧本游戏演绎的基本逻辑和动能是什么？这种剧本游戏是否创造了一种特殊的游戏机制？

市场与成功关键：这款游戏有哪些核心要素？这款游戏的特色是什么？这款游戏能够在市场上需要哪些基础条件？

你想讲一个什么样的故事？你想刻画一个怎样的角色？在你的人物故事里有什么令你想表达的地方？你想通过这个剧本表达什么样的情感或态度？

故事发生的时空场景：创建什么样的世界需要根据故事而定。一个完整的世界需要为剧情提供有力的支撑。

世界与角色、故事的关系：一个合理的虚构的世界是由各种关联和各自定义的规则。结构的世界会严格遵守自己定义的规则。

如何形成足以吸引人的主线故事？人物因何种理由出现在故事的场景里？

一般而言，故事总是围绕一个核心事件而展开；一定是由一场游戏的前因，对一条的情节而构成。一个一个的主线故事而言，单一的主线故事是不够，还需要有支线故事。

编制策划书 — 主题 / 目标受众 / 类型与风格 / 机制与演绎的逻辑 / 市场与成功关键

明确主题，选取题材

世界设定 — 故事发生的时空场景 / 世界与角色、故事的关系

核心事件与架构故事

剧本游戏的创作

图 2-1 剧本游戏的创作

32

剧本游戏从创意产生到最终成形，可以分为前期策划、剧本游戏创作和上市测试三个阶段。

前期策划阶段，主要确定大致的内容、剧本结构和基本方向性问题，为后面的创作理清思路，建立起框架。策划阶段的任务主要是要回答以下几个方面的问题：

这是一款什么类型的剧本游戏？突出怎样的主题？

这款游戏针对怎样的玩家？玩家从这款游戏中可以得到哪些收获？

这款游戏有哪些核心要素？这款游戏的特色是什么？有怎样的核心玩法和独特的机制？

这款游戏能够上市需要哪些基础条件？

以上问题更多是从剧本游戏的最终运营和市场化角度来思考的。当我们将以上问题思考成熟以后，我们就可以编制一个基础性的策划大纲。后面的创作将围绕这个策划大纲展开，如果随后产生更好的想法，我们也可以反过来对大纲进行修改，以保证最终呈现一个更加完美的总体方案。

大纲提供的是一个行动指向，而不是一条不容更改的路径。因为相比纯粹的初期设想，结合实践的思考往往会带给我们更多益处。

通常而言，游戏剧本的创作主要由四大部分构成：创作视角、元素与风格、角色交互（多主角与群像故事）以及将所有角色汇聚在一起的理由（即核心事件）。

对于创作者而言，首先需要选择好进入故事和走进人物的视角，选择或决定剧本游戏的元素和表现风格，完成角色的塑造，为所有角色安排行动与语言，创作角色交互的场景，并通过完成规定的任务而揭示出完整的故事和事实真相。

在剧本游戏中，你需要为每个玩家创作至少一个角色，而每个角色都是人物剧本中的主人公，拥有属于这个角色的故事。也就是说，与小说和电影剧本的创作不同，你的剧本故事最终由每个人物的故事构建起来——采取复调叙事结构组建起整体故事。类似于2015年荣获诺贝尔文学奖的白俄罗斯女作家 S. A. 阿列克谢耶维奇[1]的纪实文学作品，让不同人物说话，通过拼接亲历者和相关人物的回忆，来还原或呈现出整个事件。

二、编制策划书

编制游戏剧本的策划书，有利于我们更全面地掌握自己的创作任务，拥有从局部到整体，再由整体到局部的视角，从而更能够理顺剧本游戏的逻辑和内在联系，避免分散化叙述和零星创意对故事的整体结构造成伤害，或者背离创作的原则与目标。

没有策划书作为剧本游戏的创作指导，在创作过程中很容易步入歧路。尤其在多人合作完成的项目中，编制策划书更为必要。策划书将整个剧本游戏统摄起来，既起到梳理思路和流程的作用，也有着引导创作的功能。

策划书决定了这是一个怎样的剧本游戏，有助于凸显关键环节，并建立起剧本游戏的系统。有了这种系统性，才有可能成为可落地执行的项目。这是剧本游戏与小说和电影剧本不同的地

1　S. A. 阿列克谢耶维奇：白俄罗斯女作家，2015年荣获诺贝尔文学奖。她的纪实性作品有《切尔诺贝利的悲鸣》《二手时间》《战争中没有女性》《我还是想你，妈妈》《锌皮娃娃兵》等。

方。小说和电影剧本可以更多体现创作的即时性感受，而剧本游戏则必须更加重视系统性，以及相对平等地分配角色戏份，而这些都需要在早期的策划书中体现出来。

1. 主题——这是一个关于什么的故事以及如何演绎？

主题在作家的词汇体系里，时常是一个颇为含糊的词，诸如爱情、凶案、恐怖、文艺、社会，但这些并不是主题，而只是与背景或类型相关的东西。人们虽然会用一些关键词来表述主题，但真正的主题并不应该只是一个词，而是一个句子——能够表达剧本游戏核心内涵的明白而连贯的句子。一些作为主题的关键词，在传达中常有默认的省略。

我们究竟从接受一个主题开始创作，还是由一个故事提炼出一个主题？这是一个关于剧本游戏缘起的问题。由此，我们就需要明确我们针对什么样的玩家开发这样的剧本游戏，同时，对剧本游戏的类型与风格有一个基本的设想。

面对一个确定的主题，发挥想象力，从中引出故事。这就像命题作文，你的想象力所形成的故事需要围绕这个主题。

但最终的工作必然都要落实到故事的创作上。在小说和电影剧本中，剧本呈现的是整体的故事；而在剧本游戏的文本中，故事会以碎片的形式分散在各个角色的人物剧本里，故事演绎与人物塑造总是紧密相随的，所以故事创作与人物塑造是创作前期的关键。而这也正是策划书关注的核心。

故事：构建情节线——*事件、时间与地点、人物与人物关系（行动与语言）。*

人物：角色设定——*人物的历史背景、性格特征、行为和言语的动机及逻辑，以及如何展开行动。有几个角色？角色之间在*

特定的场景中构成怎样的关系？角色与角色是对抗关系、合作关系，还是既合作又对抗？这些角色对整个游戏（故事）有着怎么样的作用？每个角色分担什么样的任务？如此种种。剧本游戏的人物可以是动物、机器人以及人格化的物件。

2. 目标受众——为谁创作这个剧本游戏？他们的需求是什么？如何贴近他们的需求去创作故事和安排角色？

"一千个读者有一千个哈姆雷特。"剧本游戏也是一样的，对于不同类型的剧本游戏，不同类型玩家的体验也是不一样的。对于玩家而言，没有绝对的好本子或坏本子，只有适合他的本子。

3. 类型与风格——这是一个什么样的剧本游戏？它具有什么独特的色彩？

一个剧本游戏的策划书是创作剧本游戏的基础性文档，涵盖了这个剧本游戏的主题和风格、人物形象和场景、机制和特点，目标用户和实现技术条件等关键性内容。

4. 机制与演绎的逻辑——推动剧本游戏演绎的基本逻辑和动能是什么？是否赋予某种神奇性？

就像小说作者先从短篇小说做起一样，对于初创者而言，剧本游戏可以从盒装本做起。一般盒装本的搜证推理剧本游戏需要创作和编写的方案格式如下（见表2-1）。

表2-1　盒装本游戏的文本格式

一、剧本资料		
剧本名：	剧本类型：	剧本人数：
剧情简介：		

	二、人物简介	
	人物简介需要写明所有玩家角色的姓名、性别、年龄和介绍，字数尽量控制在 120 字之内。 例如：1. 刀鱼哥，男，22 岁。多次登上 *Mvoicer* 杂志封面的帅气模特。	
三、人物 剧情	1. 人物 A……	人物剧情部分包括所有人物的背景故事和时间线，人物之间要分开，如果要分幕，则按照如下格式创作。
	2. 人物 B……	特别说明部分加粗；每个人的个人剧本结尾要写个人任务。
四、线索 搜证	场景一：小刀鱼的卧室。 1. 一把带血的匕首； 2. 一双白手套。	线索搜证阶段包括场景和线索，对应的线索应该放在对应的场景下。
	场景二：小刀鱼的办公室。 1. 一张财务报表，里面有 100 万元的进账； 2. 一个打碎的瓷瓶。	作者需要根据剧本情况给予合适的线索安排，有些需要分两轮到三轮搜证，有些只需要一轮搜证。
五、圆桌 阶段	这里要明确最后投票的问题。例如： 杀死 ××× 的凶手是？ 偷走 ××× 的人是？	
六、真相 解析	真相解析需要包括以下内容： 1. 圆桌答案（写在最前面）××× 是凶手！ 2. 整体背景故事和设定（要让玩家清楚地明白整个剧本框架）； 3. 推理思路和关键线索（这里要写明，可以从谁的剧本中的哪一句话或者哪一条线索中得出什么，得到这些又可以推出什么，最终指向正确答案）； 4. 问题解答（推理思路是推理正确答案的，剧本中一定还存在一些其他的疑问，放在这个环节解释清楚）； 5. 总时间线（把个人时间线结合成为一个整体时间线，用第三人称描写，让玩家一目了然）； 6. 故事结局。	

说明：本格式由我是谜剧本游戏平台提供。

对于游戏剧本而言，策划书或者创作大纲不只是作者进行前期规划和创作指引所需，也是吸引和说服投资方的重要文件。投资方往往不会去读完你所有的文本文件。他们需要从你提供的创作大纲中看到你的创意点，包括剧本游戏的风格类型、故事与人物亮点，以及机制和玩法上的新异之处，从而做出投资决策。

有眼力的发行商和运营者可以依据策划书准确地看出这个剧本游戏的市场前景。一些创作者也会在拟定策划方案以后，主动寻求发行方和经营者的意见，以对后期的创作做到心里有数，避免因误入歧途而浪费精力和时间。

三、明确主题，选取题材

你想讲一个什么样故事？你想刻画一个怎样的角色？在你的人物和故事里有什么令你着迷的地方？你想通过这个创作表达什么情感或观念？

找到你创作剧本游戏的主题至关重要，它是一切的开始。

主题，是一个剧本的灵魂所在。不管是故事、人物、场景，还是故事中的核心事件，大多应该为主题服务。事实上，剧本中所牵涉的一切可能都围绕着主题而形成关联。正如莎士比亚说："即便是一只麻雀的死，亦有其特殊的天意。"莎士比亚所谓的"天意"，就是我们所寻找的作品主题。这样才能保证创作出来的剧本"灵肉一体""浑然天成"，才能让作品具有足够的统一性和完整性。

你想让你想象中的人物出世，从你的脑海中产出你的"婴儿"。剧本游戏和所有的创作一样，它的灵魂在于你有种强烈的冲动，这是你创作的原动力——渴望表达的欲望，意味你内心有一种渴望被别人听到的声音，虽然这对创作者来说至关重要，但是光有这种冲动是不够的。与"十月怀胎"的过程相类似，你需要在脑海中对这个主题进行一番"孕育"，让它慢慢成长，直至瓜熟蒂落成功"分娩"。主题在艰苦的酝酿中变得丰满，如此才会横空出世。

可能有人会说爆米花电影是没有主题的，观众看着爽就行。事实上，任何作品都试图表现某种主题。具有戏谑性的说法是：即使是无主题的某些作品，也在表现"无主题"这样的主题。只是有些主题比较隐蔽，不那么突出而已。

作为全球最成功的爆米花电影——"漫威超级英雄"系列也有很明确的主题。这个主题就是"能力越大，责任越大"，这个主题最早明确出现是在"蜘蛛侠"系列电影当中，而且从没有改变过。主人公遭遇的事件、他的抉择，乃至他的敌人的行为、每个人物的结局，都在诠释着这一主题。这充分说明，主题就是这个故事的灵魂所在。

有些作品不止一个主题，可以是多主题的，或存在隐性主题。

顾仲彝在其《编剧的自我修养》一书中说："主题思想包括两个方面：客观方面就是题材本身所提供给我们的、是客观存在的一面；主观方面是作家根据一定的立场观点所选择、处理、描写和评价的主观看法。主题思想是作品的灵魂，是组织题材、取舍题材，使其能构成一个统一而完整的有机体的中心力量。"

主题就像一颗恒星，以无形的力量将相关元素统摄到自己的身边。主题主要通过人物、故事、场景等形而下地显现，而不是像鲜红的标语那样自明地存在着。

主题赋予剧本游戏创作的方向，回答这是一个关于什么的剧本游戏。而你所创作的主题，可以是你身边报纸、电视剧中那些能够吸引你注意的人物与事件。认真思考你的主题，并在创作中通过你设定的人物和故事表现出来。

主题可以用某些关键词来概括，也可以用凝练的一句话来表述。

关键词意味着表达的省略，而不是表达的缺失。关键词的表述需要这些关键词本身能够带来发散性想象力，带给人一种大致的印象。关键词的表述诸如复仇、纯爱、友情、团队精神等。

句子化的表述如：发生在一艘漂于海面的游船上的决战。也可以以代入性的疑问来显示主题：赤手空拳的船员能够战胜一帮武装起来逃到游船上的凶犯吗？

所谓作品的题材，是指支撑故事主题的关键材料。如何让这个确立的主题能够通过对人物和故事的演绎而树立起来？当然，题材需要创作素材的支持。

如果说，主题是光芒与火焰，那么题材就是产生光芒与火焰的燃料——木材、油或其他可燃物，以及让这些物料燃烧起来的契机。没有题材支撑的主题是空洞的主题，难以对人产生感召力，让人产生认同感。

正是这些关键素材才让主题得以突出，在作品中得以表现。从某种意义上讲，题材就是故事的"执行方案"。一个合适的题材，一定是从故事主题衍生而来。

举例而言，对"正义必胜"这样一个俗套的主题，我们应该如何选取合适的素材呢？正义的对立面是邪恶。如果我们用青少年的情感纠葛和暴力犯罪来反映这样的主题，很可能会对玩家形成误导。对于人生观、世界观并未成形的孩子们而言，他们的某些不当行为并不真正能够说明他们是邪恶的。到底什么样的对手才是邪恶真正的代表？这样分析过之后，我们会更多地从人性和社会方面寻找典型，选取真正适用的素材。

就剧本游戏的选材而言，不宜存在过于露骨的情色、暴力和血腥场面，或者对罪犯的崇拜和美化，这样既违背社会的公序良俗，绝大多数玩家也会难以接受。

四、世界设定

在找到题材之后，紧接着就要设定游戏的世界。

什么样的人物？什么样的故事？发生在一个什么样的世界？这是在剧本游戏创作之初必须要回答的三大问题。

在人物和故事的塑造与成形过程中，必然要有一个"那究竟是一个什么样的世界"的背景设定。

一个结构合理的虚构世界是由各种关联和含义组成的。这样的世界会严格遵守自己的规则，创作者需要不断地挖掘这些规则所包含的深刻含义。

游戏剧本创作和小说、影视剧本写作有着很多共通之处，都需要在开始之前先行构建一个世界，一个完整的世界能够为剧情提供强有力的支撑。

创建什么样的世界需要根据故事而定。世界是人物导入的前提。在什么样的世界——魔幻世界、灵异世界、超现实世界、科幻世界等，人物才有什么样的行为。

设定世界就是要为世界制定出一套规则。这里的规则可以被理解为这个世界诸多事件发生的基础理论。如果世界缺乏基础，那么就会丧失说服力和真实感。

世界的设定通常从"宇"和"宙"，即"时间"和"空间"两个维度出发，进而拓展到这个世界生活着怎样的人，有着怎样的科技水平、道德水准和行事规则。还有，这个世界人的外貌特征如何？有何语言习惯和特殊的本领？设定世界的时候可以像设定角色那样列出一个表。

创作者以"世界应该是什么样"这一问题的答案为起点，能够理清思路，建立起一个世界的轮廓，并逐渐丰富它。

世界中所有可以观察到的事实都能够共存，这个世界由大量的信息互相交织而成，甚至会超出故事中实际涉及的内容。这就是为什么那些最优秀的虚构世界虽然拥有庞大的故事内容可以挖掘，但是这些内容几乎不会展示在玩家面前。

每个时代有每个时代的背景，每个时代的科技、经济、制度、人文环境等状况不同，为此，我们必须对那个世界有一些基本的认知。如果我们构建的是一个全新的虚幻世界，那我们必须重建那个世界的运作机制，既要有全面的设定，也要有技术层面和细节的设定。

世界设定表并非每个条目都是必要的，取舍很重要，往往需要结合游戏主体、游戏系统、游戏故事、玩家信息接收处理能力等问题进行筛选表现。

这种基础有时候来自现实。比如一个人从百米高楼跳下而不会摔死，则必须拥有某种魔法或者特异功能，这样才不会失去真实感。蝙蝠侠从高处跳下不会被摔死，是因为他能够像蝙蝠那样飞翔；蜘蛛侠从高处跳下不会摔死，是因为他可以抛出富有弹性的丝线。当然，对于那些有悖于当今现实的东西，我们惯用的技法就是"时光穿越"，比如让一个现代人穿越到唐朝使用手机。我们可以通过解释所制定的规则，让某些荒谬的设定变得真实可信。

这个世界的力量遵照什么原则运作？有着哪些独特的规则？它们的物质载体和文化表现是什么？对于诸如科幻、魔幻、灵异题材所处的世界设定，你需要构建的包括但不限于时间、空间、力量体系，还有气候、地形、水文、矿产或魔法元素，以及这个世界的种族矛盾、势力范围、政治局势、群体气质、风土人情等，甚至还要给人物建造全新的心理机制——不同于常人的人生观、情感和价值取向。

世界是存在于游戏系统之中的，因此，编写游戏系统文档可以被视作一种构建世界的工作。世界的设定不是有趣元素的简单堆砌。如果世界中混杂着许多互相之间毫无关联的信息，即使这些信息单独看来可能很有趣，这些设定也是没有意义的。

任何一个世界都不是由一元构成的整体，往往包含着对立的观念和元素，阴阳互补，刚柔相济，善恶交变，世界总是在矛盾对立中获得平衡。故而剧本游戏所设置的世界也应该包含多种对立的元素和观念。

如果要设置具有一致性的世界观，需要面对的挑战是：理解这个世界观所有内在的关联。剧本游戏中的每个部分都需要在不同层面上和其他部分的内容相匹配，比如历史、物理，以及文化等。

比如：你的剧本游戏题材取材于史前文明，你就需要了解那些非信史时期三皇五帝的传说；如果取材于西方，则需要了解希腊神话等；如果你的剧本游戏关涉《魔戒》中那样的世界，你则需要构思海洋、山脉、气候、植被、矿藏，并弄清楚这些元素之间的关联性。

当然，我们熟悉的世界是我们所创建世界的必然参照，它的合理性也正建立在我们所能理解的基础上。同时，不要偏离故事的世界背景去刻画人物，不能在一个超高文明的世界流淌着低俗的语调，不能在蛮荒的山区呈现的都是娇弱不堪的人，不能在一个现代法治社会去刻画古代传奇中那样打家劫舍、滥杀无辜的人物和场景。

为此，为了让人物与世界相依相存，需要：在微观层面上，整理人物关系，写出人物小传；在宏观层面上，构思世界、国家、种族的前史和未来走向，并以编年体形式写出来。

1. 世界：故事发生的时空场景

总体而言，剧本游戏的世界分为两种：一种是现实世界，一种是架空世界。

现实世界就是历史或现实处于真实背景下的世界。游戏背景选择现实世界的第一个好处是，可以降低玩家的理解成本。比如，写一个发生在 2022 年的故事，玩家们对此都有着切身的了解，他们知道角色不会在几分钟内从上海飞到北京。现实就是现成世界的边界，创作者无须对现行世界做太多的设定。如果想构建一个 100 年以后的世界，那么可能就是另一番景象，也许那时人们会背着一个旅行包模样的飞行器，像今日穿行在马路上的汽车那样在天空飞行。

游戏剧本采用现实世界的第二个好处，就是可以唤醒人们的普遍记忆和增加历史厚重感。特别是有关历史题材的剧本，剧情可以与历史大事件相关联，创造出与时代同呼吸的沉重感，从而拥有某种深刻性。

而架空世界与现实世界相对应，是一个完全靠想象力所创造的世界，它至少在当下看来显得虚幻，却有着"存在的合理性"。架空的世界脱离了现实世界里的那些约束，更能够让创作者放飞想象，给角色和故事创作更多的发挥空间。比如漫威的超级英雄系列电影，赋予了某些角色现实生活中普通人所没有的超能力。无论是蝙蝠侠还是蜘蛛侠，他们能够更自由地被自我目标和欲望所推动，做成令人惊骇的大事。

架空世界里有着在现实中看来完全不可能的设定。为此，创作者必须对不可能事件的发生做出合理性的解释，获得观众或者剧本游戏玩家的认同。为此，在对一个架空世界进行设定时，必然要付诸相应的笔墨。比如有一部叫《时光旅行者的妻子》的电影，里面的主人公可以进行时光穿越，但每次穿越时光以后，都会成为一具裸体。依据"物体不能随时光穿越而穿越"这种设定，我们可以产生更多的设想，比如他身上所附带的其他物件，除使用的手机、心脏支架、腹中未消化的食物，是否也应该因为时光穿越而消失在另外的时空里？

这一切如果不能得到很好的解释，就会使整个剧本游戏存在逻辑漏洞，从而使玩家迷惑，难以认同。如果玩家不认同对这个世界的设定，如何能更好地体验这个剧本游戏？所以思虑周全，建立严密的逻辑对架空世界尤其重要。

角色、故事与故事所发生的世界三位一体，角色的衣装、观念、行为必然带有那个世界的烙印。故事总是发生在特定的时代背景和宇宙空间里，游戏的场景呈现出那样的世界，为了增强所设定世界的可信性，应该把设定世界所具有的特征进一步细化到场景里。

剧本游戏本质上是一个角色扮演游戏，玩家在场景之中时常会有互动，所以在场景中要尽量采用有利于玩家代入的设置。架空世界同样也要有具体的场景，需要从视觉、听觉、嗅觉、触觉诸方面营造一个肉身可感知的幻想世界。

2. 世界与角色、故事的关系

泰南·西尔维斯特在其《体验引擎: 游戏设计全景探秘》一书中说道: "所有的地方都会讲故事。我们可以探索任何空间,以及那里的人们和历史。游戏设计师可以把这种方法嵌入游戏中来讲述一些故事。我称之为世界性故事 (world narrative)。世界性故事指的是一个地方所发生过的故事,包括它的过去以及相关联的人们。这些故事是通过建筑物,以及身在其中的事物来进行叙述的。"

中国传统小说和评书通常在开篇就会交代时代背景,比如: "东汉末年,皇帝昏聩,宦官专权,民不聊生,且天遇大旱,一时饿殍遍野……"描述出当时社会的政治、经济、人文、气候等情况,这就是在构筑故事发生的"世界"。在一个悲剧性的时代,群体犯罪获得了某种正当性,于是英雄辈出,烽火燎原,人们生活在兵荒马乱之中,各种耸人听闻的奇谈怪事都可能发生。这样的时代在文学中最富有传奇性。

当你有了一个完备的世界观之后,你还需要用故事把它呈现出来,并且不断用故事使它发展下去。有时候,是以世界为起点创作角色和故事,比如《魔法帝国》所描绘的世界中会有王国、公主、谋士、大臣、剑士、起义军等,有起义军就有战斗,战斗会带来冲突,冲击着整个王国的基础,故事和人物就在这样的"世界"中次第展现出来。世界设定能够拓展角色设定的范围,但是也会限制设计角色的自由度。

在创作剧本游戏的人物剧本时,写人物小传的功能相当于做细小的齿轮,需要极有耐心地梳理他们的境遇、他们的人际关系与性格间的关系。这些小齿轮又在一定程度上决定了整个世界的宏观历史走向。

3. 世界设定本身就是在叙述故事

剧本游戏跟影视作品一样，任何时空场景都会带有情感和信息。剧本游戏的世界呈现于场景和舞台上的布置，剧本游戏就是通过环境来说明某些情况的。当你看到一个像宫殿一样的建筑，你就会穿越到古代，脑海中就会出现皇帝、皇后、宫女等形象。

世界设定在剧本游戏中是十分必要的，可以替代在角色剧本中很多需要阐释清楚的背景以及某些事件。想象一下，如果你突然闯入一个陌生人的家中，你自然会像侦探一样探索这个空间，研究它的建筑结构，以及摆放的纪念物、墙上的照片等。如果看得足够仔细的话，你就能够拼接出一段历史，房屋主人曾经经历的某些事件，从过去一直延伸到现在。即使你没有看过哪怕一个字的描述，也没有见过其他任何人，你也已经了解了一种环境和某些剧情。

在尼古拉斯·凯奇主演的电影《天使之城》中，天使们都穿着黑色的衣服，他们在黎明和黄昏时集合，他们永生不死，不会有饥饿感，不会有痛苦。他们可以看到人类的一举一动，而人类却往往看不到他们（天使可以在人类面前现身）。天使无法体验人类对于食物、冲浪的那种喜悦。天使爱上人类，就必须变成人。而天使要成为人，就要让自己从高处坠落，然后落在一个窘迫的处境里。而当天使坠落成人，他就面临人类的生老病死。编剧就是在故事的讲述中完成关于天使所处世界的设定，或者说，是在进行世界设定的同时叙述故事。

各个时代都有对应的时代特征。即使是剧本游戏，也应该严苛考量物品、人物衣着、生活习俗、思想认知等所体现的时代特征。就像有太多的古装剧成为"装古剧"一样，我们需要警惕不能将这个朝代的人和物一味地、臆想似的挪用到那个朝代之中，产生类似于关公战秦琼式的笑话。

假如，你写了一个以汉代为背景的剧本，你不能让一个汉代的人染上梅毒（因为梅毒来自美洲，在地理大发现之后才在全球流行开来），你不能让汉代的人像今天的人一样围坐一桌合餐（因为那个时代的人们实行分餐制，吃法更像西餐），你也不能让汉军操练时立正稍息向前看（因为这是普鲁士步兵的操典）……

剧本游戏中世界可以用文字来进行描述，也可以用音频、视频等来表达。用声音或者视频来代替文字，其功能更强。通过声音我们可以感知到角色的情感。同时，声音还可以记录文字所无法记录的内容，比如，如果熟悉了其他角色的声音，那么我们就能够在最终遇到他们时认出他们来。视频则比音频更进一步，视频能够展示更多的内容。比如，我们可以通过播放到一半的电视节目、宣传影片、家庭录像，以及监控录像来叙述一些故事。

剧本化的故事从开始到结束都是一个情节接一个情节地叙述，而世界设定中的故事天生就具有从一般到具体的特性。世界设定的一个优点是它允许玩家反复地体验剧本游戏内容，因为如果没有复盘或者进行最后的还原，玩家并不都能在第一次玩游戏的时候发现所有的细节，最终也并不都能得到事实真相和完整的故事。

在游戏引导的过程中，我们需要注意线索出现的顺序，需要玩家沿着特定的路线进行探索。比如，在凶杀案中，当关键线索（比如尸体）出现后，血迹这样的线索就变得毫无意义，我们要将非关键线索放在前面，将关键线索放在后面，这样才能带给玩家层层递进、渐渐逼近真相的感受。

但当某个场景作为故事背景时，就不再遵循线性叙事方式，场景中所包含的信息，将以发散的方式呈现于玩家面前，我们不能强迫玩家在游戏的过程中遵循指定路线。所以在事件设定中，如何保持事件以正确的顺序被依次触发，需要创作者加以考量。

当然，剧本游戏也可以完全由支线故事构成，这些支线故事围绕一个主题展开，核心事件被隐匿核起来，或者根本不存在核心事件，玩家亦可通过支线故事建立彼此之间的联系。同时，感受主题氛围和特殊环境本身就可以成为剧本游戏所追求的目标。就像古巴著名作家吉列尔莫·卡夫雷拉·因凡特的小说《三只忧伤的老虎》，整部作品充满大量的语言游戏、文体实验、文本互动、反常排版。小说描写了 20 世纪 50 年代末哈瓦那的几位艺术家的某些事迹，并没有明确的故事线，各色人物以其独特的视角和声音呈现一段"剧目"，但小说真正的主角并不是他们，而是文学、电影、音乐以及回忆中的城市本身，各个篇章共同构成一场盛大而炫目的演出。

五、核心事件与架构故事

"哪里有生命，哪里就有事件的开端。"故事有时来源于我们的灵感，但更重要的来源是生活。在我们的身边，或者关于过去的记忆中，也许就有我们所需要的故事的原型。另外，图书、电影、报刊等都可以成为我们故事素材的来源。

剧本游戏的故事构架往往需要以一个核心事件作为主线，完成主要角色的刻画。

角色塑造与故事的构架往往合为一体，交融并行。人物塑造主要由他的历史、行为逻辑和性格特征构成。

故事的框架类似于故事的大纲，但是与大纲又有一点不同。大纲是一个剧本的骨架，可以直接拿给发行看，有经验的发行看到你的大纲就知道你故事的主题及大概内容。但大纲往往只是一个创作的纲领。而故事的框架，其实是对自己创作思路的一种梳理，让创作思路从点到面，从头到尾，有一个较为清晰的脉络。所以框架的构建过程，也是创作者对作品进行整体思考的过程。虽然最终成形的作品不一定完全符合当初的架构，但一定是在这个架构的基础上衍生出来的。

比如在《西游记》中，西天取经是核心事件，形成故事主线。师徒四人西行途中遭遇各种妖魔鬼怪并与之斗争，一路艰辛，历经九九八十一难，而"三打白骨精""三借芭蕉扇""火焰山"等都是故事的情节链（当然，章回体小说中一个章节常常就是一个独立而完整的故事）。在这个故事的叙述中，为了凸显三个徒弟的不同个性，分别设置了收降他们的支线故事。

1. 一般而言，故事总是围绕一个核心事件展开

无论是主线故事还是支线故事，都是事件的展开，起伏跌宕，形成发展的弧线。

人物因何在特定的场景中活动？展开故事，一定是有某种原因和前提的。而这个原因和前提，就是整个故事的核心事件。比如，一帮亲友为庆贺某人的生日而聚到了一起；又如，在宾馆和酒店这样的场景中，一些陌生人相聚了，在这种陌生人相聚的场景中发生了失窃或者其他某种事件；再如，一个电影剧组到一个孤岛上去拍戏，却发现女主角在一个夜晚神奇地死亡了，而这成为关于"这个剧组里究竟谁是凶手"的故事所需要追踪的核心事件。

对于剧本游戏而言，游戏中的每位角色因何聚到了特定的场

景之中？一般来说，核心事件至少有两个：一个发生在过去，即角色曾经的遭遇和背景；一个发生在今天，即玩家所扮演的角色此刻的行为。过去的事件，是此刻角色出场的原因和前提；而今日的事件，是过去事件所导致的行为结果。所谓"知过往而追来者也"。

比如，在日本动漫作品《名侦探柯南》中"20年后的杀机"一集中就有这种结构的典型案例。

20年前，强盗案件的3个歹徒杀死了他们的主谋——叶才三。在分配好一切后，他们消失在夜色里。故事回到了现在，柯南、小兰和小五郎因猜中了报纸上的旅游竞猜广告而登上了名叫圣佛尼号的豪华船只。在船上，三人相继遇见了同为乘客的鲛崎、龟田、蟹江、海老名、鲸井和矶贝，几个人一起欣赏西坠的夕阳。到了晚饭时分，服务生说出还有一位叫叶才三的乘客正在休息，几人大吃一惊，连忙跑去查看，结果房间空无一人。事情越来越诡异，叶才三早就应该死了，为什么他会出现在这艘船上？随后，被邀请登船的人以各种不同的方式被杀。

过去的事件——主谋被杀，导致了当年的当事人被邀请到游轮上，一个个死去，就成为今天的事件，这就是一个拥有内在逻辑且合乎情理的核心事件。

绝大多数事件都有"关键问题"和"关键人物"，所以，C位角色总是存在的。如果剧本游戏仅有单一的核心事件，有可能会导致边缘角色的存在。这样就会导致戏份分配不均，让某些玩家感到被冷遇，或者玩得不过瘾。而剧本游戏需要尽量保证各位玩家的参与度。特别是在七人以上的剧本中，很难让所有人都在核心事件中处于关键位置，而视角又各不相同。所以，在很多剧本当中，都是用事件链去取代核心事件，即用两三个相互关联的事件来平均分配角色。但要注意的是，事件链彼此的关联要足够密切，不然容易变成两人一组各说各话的局面。

事件链的运用就像追光灯一样，打在每个角色的身上，让每个人都能够感受到"脸上有光"，都有被照耀的时刻。那个时刻，人物成为 C 位，成为焦点，成为那个时刻的主宰，体验到一刻的荣光。

2. 人物成就了故事

剧本游戏本身依托于故事而产生角色。为此，构想一个完美的故事是写作剧本游戏的起点，有了故事，之后有了人物，以及供人物演进的一切。

总体而言：故事与人物，是剧本以及剧本游戏的两个中心要素。所以，编制故事与塑造人物正是创作任务的重中之重。当然，故事与人物总是相伴而生，在某种程度上可以说，是人物成就故事，也是故事创造了人物。

"人是历史的产物，而又是人创造了历史。"这样的论断依然适用于剧本游戏，就像"蛋生鸡，鸡生蛋"一样：角色为故事而生，而角色又推动了故事，决定了故事的诞生。

针对不同的剧本创作者，有的创作者是先有人物形象，而后再为人物铺陈故事；而有些创作者是因为先拥有一个不错的故事，后为这个故事创造出一个个人物形象。

故事与人物同样是剧本游戏的两个中心问题。就目前的剧本游戏市场而言，绝大多数都以故事作为第一卖点。在某种程度上可以说，故事是剧本游戏之母，是剧本游戏创作的起点。

3. 如何形成一个故事

当你的心中有了一个大致的故事，就需要为之增加许多细节。故事由诸多的情节构成，为了编制一个好的故事，你需要去完成一个接一个情节的勾画，每个情节都可以被视为一个独立且与其他事件紧密关联的事件。

故事，是一个整体的情节；情节是一个个分散的故事，一个完整的故事，由一个接一个的情节构成。为了构架好故事，需要为这个故事创作一个个丰满的情节，情节是故事的细节性展开。而要完成一个完整的故事，则需要对情节进行积累和创作。只有丰富而生动的情节，才能保障整体故事的成功。

情节可以被视为故事中的一个个细节，是一种分段的小故事，是故事的"血肉"。所以，情节创作是整体故事构建的必然过程。如果将故事视为房屋，那情节即为砖石。故事依存于情节的积累，情节遵循故事的需要，二者相依相存。主题宏大的故事，更需要从精细化的情节入手。

当然，故事的展开——情节的发展，由人物的行动与言语推动着。而情节会形成情节线，人物之间会发生事件、产生关系。

而情节从何而来？作为一名剧本创作者，无论是接受到某个机构的委托，还是自己有了一个故事轮廓，首先要做的就是为这个有着模糊构架的故事编写情节。而编写的情节需要对玩家能够产生足够的吸引力。当然，对于具有同样轮廓的故事，你可以尝试从多种角度多写几个情节介绍，这样也等同于让自己从不同的角度去"透射"这个故事，可以为自己后续的创作带来更多的思考。

这里所言的情节，是指剧本游戏中一连串事情的框架、梗概和构想。情节可以是短短几行，也可以是洋洋洒洒很多页。但是，你必须准确而富有魅力地介绍这一连串的事情。

情节的展现注定是完成创作必不可少的过程。在此，我们需要积累一个完整故事的所有的情节，并且使它们能够有机联系起来。如果，我们是为玩家做一个情节介绍以作为项目的推荐，情节是否能戳中目标受众的兴奋点，是首先需要思考的焦点问题，多提供几个情节，肯定比只提供一个情节要更有胜算。

如果把整个故事视为一条珍珠项链，那么，每个情节都可被视为珍珠。打造一个个闪亮的情节，然后对这些情节进行串联，这占据着剧本创作的二分之一的任务。

举例来说，某个剧本描写三名盗窃犯在一艘渡轮的故事，盗窃犯需要乘坐渡轮逃到对岸去。由于技术性要求，盗窃犯们必须依靠船员将他们摆渡到对岸。而船员们则需要通力协作，控制住这三名持有武器的盗窃犯。

针对这样一个故事，我们可以将其分解成若干个情节。而其最主要可能由如下若干个情节构成。

盗窃犯如何装扮成普通的游客，发出过河的诉求？

掌舵如何识破他们是盗窃犯？

盗窃犯被识破以后，如何诱惑或强行让船员们驾船过河？

船员们出现分歧，有人在金钱诱惑下试图说服其他船员帮助其渡河。

船员如何统一思想，听从舵手的指导与盗窃犯斗智斗勇？

盗窃犯们产生意见分歧：是投案自首，还是冒着更大的风险？

拥有故事初始构想之后，我们必须去完成一个接一个的情节创作。我们将讨论是什么驱使故事人物如此行事。我们还将检验你的前提、主题和叙事问题，这些核心元素使你的情节在故事中运转起来。如果，这个故事最终由六个或者七个情节构成，如何使这些情节形成一个富有冲突起伏、富有高潮而吸引人的故事，我们需要有一个结构化的思考，而这就需要我们有一个关于故事走向和叙说层次的策划案。待以上问题规划好之后，我们就需要寻找支撑故事和人物的细节，以及人物的精彩对话。

游戏剧本采用的是"复调叙事"的结构。每位由玩家扮演的角色都拥有自己的人物弧线和故事弧线，每个角色都是自身故事的"主角"。整个游戏剧本是由每个角色的支线故事构成，这些支线故事共同钩织（讲述）着一个主线故事。而这个将所有支线故事统摄起来的主线故事中必然有一个核心事件。这些角色因核心事件相聚，或与核心事件相关。

支线故事是整场游戏的经脉，而主线故事为整场游戏的骨架。

六、故事与叙事技巧

剧本游戏虽然最终文本构成与小说、戏剧、电影等文本有着完全不同的形式，但其中人物的塑造、氛围的烘托、情节的铺陈与故事的叙述等关键环节有着诸多相通与相似之处。尤其在构建剧本游戏中的故事与人物时，小说、电影和戏剧的叙事技巧和创作手法有着许多可借鉴之处。

常规而言，剧本游戏带给玩家的主要乐趣有两点：一是，场景化的角色扮演；二是，通过角色去探索故事。在每位玩家拿到独立的人物剧本之后，玩家依然不能得知故事的全貌。玩家必须在交互中才能最终揭开谜底。

而故事是指一系列事件的汇总，细节缺失也意味着事件的缺失。人类是擅长联想的动物，人类的大脑会不由自主地通过联想将两个事件联系在一起，并对其做出解释，使两个事件维持连贯性。连贯性是这种行为的重要特点，并且联想激活也是人类无法自主控制的行为。联想相当于在人类脑海中不断汇成一张蜘蛛网（思维网）：一个事件会不断激活另一个事件，另一个事件还会激活其他事件。而其中只有少部分事件是被我们所意识到的，大部分事件都是我们无意识、未察觉到的，并且能引发记忆的事件也会触发相应的情感，情感反过来会去强化这段记忆，这一切行为在一瞬间即可完成。

电影、小说、电视剧等传统的媒介同样可以带动读者的情感，触达人物心灵。那么游戏与这些媒介之间有什么区别呢？《模拟人生》的设计师威尔·赖特说："游戏可以给人带来不一样的情感体验，是在看电影的时候从来没感受到的骄傲或者内疚。"

而场景化的剧本游戏带给玩家的体验则更进一步。剧本游戏可以运用优秀小说与电影中有吸引力的策略与技巧来创造体验。比如，电影中导演通过特别的镜头与音乐来传达感情、渲染情绪，剧本游戏也可以运用视觉语言和音乐。除此之外，剧本游戏还特别强化了交互性，给玩家提供实体场景化的沉浸体验，这是影视和单纯的文学作品所做不到的。

玩家通过剧本游戏感受人物内心和另一个世界，其体验比单纯观看影视作品和玩电脑游戏要更丰富，所激发的情感也会更充沛。玩家的体验受到联想和行为结果的影响，联想则包含了情景、行为、结果、情绪等概念。

我们每个人的人生就是一个故事，故事思维让我们思考那些没有确定答案的问题。人类对故事的喜好是一贯的。古人喜欢听故事，现在的人依旧喜欢，不管科技进步到了怎样的地步，人们依旧会痴迷于故事。任何一款游戏都会过时，但剧本游戏承载的故事可能永远不会过时。比如，前些年异军突起的"愤怒的小鸟""种菜""吃鸡"之类的游戏，都在火过一段时间以后逐渐变得过时，但是像《西游记》里西天取经的故事却流传甚久。

剧本游戏中的故事对玩家们意义何在？除了可以让玩家移情之外，还可以发挥玩家的表演才能。如果这个游戏有一个出色的故事，那么10年之后玩家依然会偶尔回想起当时的感受。因为故事本身是生活的比喻，其核心是人性中的矛盾与冲突。人们在故事中可以发现自我。虽然，外在的刺激因人而异，且有时效性，但人类对自身的关注是普遍且永恒的。

简·K.克莱兰在其《情节线：通过悬念、故事策略与结构吸引你的读者》一书中说："但凡成功的情节或故事，都需要围绕冲突展开……要让冲突推动故事发展，这个冲突必须与故事相关联。读者必须能够对你选择的冲突以及人物对冲突的反应产生共鸣。冲突可以是具体的，比如战争或战役。冲突也可以是情感的，比如欺凌。冲突还可以是精神上的，比如某人失去的信仰……最重要的一点是：故事必须与冲突有关，别无其他。"

这对创作剧本游戏中的人物与故事有着非同一般的指导意义。

1. 线性叙事：强调故事的完整性、时空的统一性、情节的因果性和叙事的连贯性

故事是指从最初到最后的时间内一连串的相关事件。叙述机制是指讲述故事的技法，包括叙事者、叙述视角、叙述的时空顺序、叙述手法等。这里主要讲线性叙事和互动叙事两种方法。

线性叙事是一种经典叙事手段。它注重故事的完整性、时空的统一性、情节的因果性和叙事的连贯性。线性叙事的主要表现形式有：（1）常规线性叙事，即按照正常时间模式叙事；（2）多线性叙事，即由很多个小故事组成，在一个时间段由其中的一个故事串联起其他故事；（3）回忆叙事，即遵循从现在到过去的叙事手法，对事件进行回溯，属于插叙的一种，但当过去的故事结束后，读者往往会被带回现在，从而形成一种环形结构；（4）环形结构叙事，即故事的开头与结尾相互辉映，可能是由回忆叙事造成的；（5）倒叙线性叙事，即按照反正常时间叙事；（6）乱线性叙事，即整个故事把所有片段、情节、人物全部搅乱，让人无从得知现在、过去和将来，只能靠观众凭借自己的记忆力将顺故事；（7）重复线性叙事，即故事叙述在时间上会有一个重复的时间点，其中每个故事都会从这个时间点上再次开始。

　　无论其表现形式如何，只要遵循时空的统一性、情节的因果性和故事的完整性，都属于线性叙事。我们常说的倒叙与插叙（电影中的闪回），都是线性叙事的一种形式。倒叙和插叙都是为了更好地服务线性叙事。如果为了情节的张力而仅仅采取复线推进也可被视为线性叙事。如结构主义大师、秘鲁作家巴尔加斯·略萨的长篇小说《公羊的节日》，在第一章、第二章、第三章分别围绕一个人物进行叙事，而第四章再接上第一章，第五章接上第二章……前面看似独立的人物与情节，在后半部分才产生交叉，相互补充，相互辉映，变得格外精彩。这种平行多线的叙事结构带给读者带来极为美妙的阅读感受。

　　阿根廷作家胡利奥·科塔萨尔在其长篇小说《跳房子》中，呈现出另一种故事组织结构的艺术性：在不同的阅读次序下，读者会获得不同的故事。比如，按照正常的排列顺序阅读，即读完第一章，读第二章、第三章……这样读完全书，与按照打乱章节顺序跳读，所获得的故事和感受完全不同。阅读的先后，决定故事的因果链是不同的。在书中，作者推荐了至少三种阅读次序，从而让读者获得至少三种不同的阅读体验。

在《跳房子》中，每个章节都像是砖石，不同的搭建方式会形成不同的主线故事，但无论采用哪种阅读次序，故事本身遵循的依然是线性叙事。

2. 非线性叙事：以心理现实代替客观现实，以碎片化代替完整性，以时空混乱代替有序，以人的内在感受代替因果

与线性叙事相对立的是非线性叙事。在某些文艺作品中，创作者模糊时空秩序和因果链，从人们的感受出发，进行诗化的叙事，以心理现实代替客观现实，以偶然性代替因果性，以开放结局代替闭合结局，以时空混乱代替时空秩序，以情节破碎代替情节的连贯与完整……非线性是时间的省略、重复、倒退，闪回是其主要手段。

法国作家帕特里克·莫迪亚诺的小说《暗店街》塑造了一位寻找自己身份的男人，该小说讲述主人公数年前因偷越边境时遭遇劫难，受到极大刺激后，丧失了对过去生活的记忆。他给私人侦探于特当了8年助理侦探后，开始用探案技术在茫茫人海中调查自己的身世和来历。他通过种种线索搜集到许多片段，而这究竟是他的一生，还是他冒名顶替的另一个人的一生呢？他神秘的过去，被掩藏在德占时期的巴黎。《暗店街》呈现给读者的仅是碎片化的情节、梦魇般的世界和难以拼凑完整的故事。

中国作家余华先生具有文本探索性质的小说《第七天》，在某种程度上打破了线性叙事的惯例，他以魔幻主义的笔法创造同时存在又相互对立的生死两界，让主人公杨飞的亡灵游离在生死之间。

在生与死的多重叙述中，他塑造了一群麻木行走于其间的亡灵。

中国导演姜文的电影《太阳照常升起》也是一部打破线性叙事结构的作品，作品以分散化的主题——"疯""恋""枪""梦"来进行组合，时间和因果线被忽略，各个分主题都以一种浓郁的诗意化的画面来呈现，影片追求的是人们心理上的现实，色彩斑斓，而极具想象力。

非线性叙事的主要出发点在于人物的心理，而非现实的事件，随着人物的回忆随意跳跃时空，情节不完整，偶然性得到增强，结局自然也暧昧不清。

3. 互动叙事：依靠的是规则与机制，通过偶发性而触动故事流向的改变

互动叙事更多被运用在角色扮演的电脑游戏当中，倡导玩家对故事演绎的选择性和主导感。玩家的角色身份得以强化，但故事性却被相应弱化。

互动叙事是一个新兴的领域，既非线性叙事，亦非非线性叙事。在互动叙事中，事件的发展和演变遵循一个更大、更复杂的因果逻辑。互动叙事实际上可以是线性的，因为其因果链和内在秩序难以被清晰地看出，所以又表现出非线性的特征。互动叙事跨越了传统文学作品和影视作品单向信息传递的概念，基于交互开辟出更加引人入胜的叙事新方式。

互动叙事依靠的是规则与机制，而不是由主线故事来推进游戏的进程。互动叙事类似于混沌学 [1]（Chaos）中的演绎模式，一个

1　混沌是决定动力学系统中出现的一种貌似随机的运动，其本质是系统的长期行为对初始条件的敏感。如果一个系统对初态非常敏感，人们就称它为混沌系统。研究混沌运动的一门新学科，叫作混沌学。混沌学发现，混沌运动这种奇特现象，就是由系统内部的非线性因素引起的。

初始的触动（小事件）将改变整个故事的走向（见图2-2）。混沌学中的动力来自系统内部，而在游戏中，玩家是作为一种外力利用游戏机制而对叙事过程产生影响。在一个被改动走向的叙事中，其走向又可能因为另一个触动而被再次改变……从而也具有体系上的敏感性，情节不会遵循由初创者规定好的主线演进。

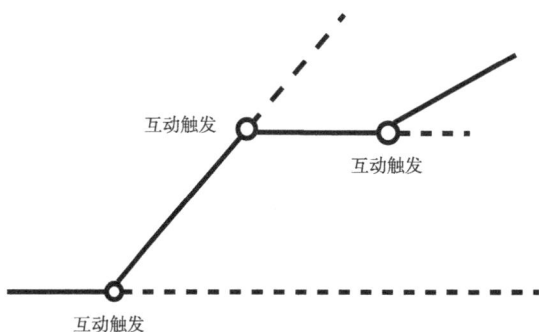

图2-2　互动叙事改变故事发展方向

对于剧本游戏而言，玩家不只是角色扮演者，同样也是故事的改编者。他们不只是延续固定的故事线进行演绎，而是通过触动游戏机制，遵从相应规则改写故事。

"在多人参与的事件中，任何一个人的任何一个行动都会改变整个结局"，这让结局的走向变得不明朗。在剧本游戏中，互动叙事本质上需要对事件进行精细化加工，完整的故事被分解成一个个信息单元，被分散而独立地存在于彼此相连的文本之中，只有在玩家交互中才会形成相互补充，使玩家得出结果。

互动叙事的机制内在性地鼓励玩家组队玩游戏，通过对细节的补充和观察，不断联想产生新的故事联系，玩家也会不断从组队玩的过程中获取顿悟，享受着自己编写和主宰故事的乐趣。

互动叙事和线性叙事，都是叙事的一种手段。但线性叙事由于心理模型的干扰而难以包含抽象的原因。同时，线性叙事也不能满足心流[1]理论的要求，线性叙事会中断玩家与游戏的互动，不利于心流的形成。互动叙事则不会干扰玩家，从而被动呈现故事内容，在这个过程中玩家依旧能维持与游戏的互动所构成的体验。

如环境式悬疑戏剧杀《切西娅》就使用开放式故事结构，观众（玩家）可以根据主创者提供线索的不同和审讯方向的不同，拼凑出不同的故事线。专业演员演绎剧情，观众（玩家）参与侦探团，通过搜证、审讯、案情讨论，对剧情发展形成影响。《切西娅》具有互动叙事的特点，观众（玩家）从中获得了一种"自主决定一切"的沉浸体验。

叙事机制是一种为达成某种体验目标所创造的手段。

剧本游戏的可玩性主要依靠角色演绎和剧情挑战，叙事机制影响着玩家的选择和某些策略的制定。通过做出某些选择和选择某些策略应对挑战，玩家可以获得正面反馈，从而获得心理层面的认可和鼓励；出于享受正面反馈带给自身的认可，玩家会重复执行这一行为过程。在游戏过程中，互动叙事具有动态变化的属性，会不断让玩家调整策略和进行选择，从而使玩家能够长时间沉浸于游戏环境中。

七、组织情节

对于小说家来说，最困难的部分并不是把文字在电脑键盘上

1　心流（flow）是一个心理学术语，最初是由匈牙利心理学家米哈里·齐克森提出的。他对心流的描述如下："心流是一种注意力高度集中的状态，等同于全神贯注于某种活动的感觉。"

敲打出来，而是挖掘记忆、想象与思考的部分，比如在脑海中构建相互关联的角色、背景、主题以及剧情等。剧本游戏的创作者也是如此。

在故事与人物关系中，我们需要有素材收集和处理的技巧，情节可以来自创作者个人的经历、阅读过的书、观看的影视剧以及听说过的事件。这些素材经过适当的处理，可以为我所用，成为故事的某个情节。

请记住，完整的故事由多个情节构成，而写好每个情节是一个可以按照策划书和步骤来完成的任务。虽然，每个情节都可以被分成三或者四个部分来写，但其连贯性是必然的，剧本游戏的节奏感也正体现在情节设置之中。以一个吸引人的情节开头——你必须有一个故事，而这个故事必须以一个潜在的、主要的冲突为基础。在设计情节时，运用这些核心要素来为故事选择合适的节奏。

情节即人物的行动以及言说。这在剧本游戏创作中，需要以可见、可听和可感知的方式呈现出来。每个情节的展现，都是要使玩家进入一种全新的情境，去感受人物的历史、内心和性格中的东西。人物的行为和言语必然藏着人物的历史和秘密，而人物的行为和言语本身也可能是具有表演性的，是为了欺骗其他角色而设定。而这种"欺骗性的表演"也深化了这个人物，赋予了人物复杂性。一个"沉默如谜"的人注定是一个难解之谜。而让剧本游戏中的角色说话和行动起来，正是一种解谜之道。

而剧本游戏之所以有趣味，充满探索和参与的乐趣，正由于每个单一的情节可能并不都在揭示真相，故事和人物的复杂性需要体现在不同的情节之中。矛盾、冲突更能反映出人物的特征、性格和内心。因此，每个情节的高潮都能更好凸显人物。

情节就像被打散的拼图，当将所有情节都被拼接起来，才可以发现故事的全貌。而情节的拼接，要在脑海中和实际写作中去完成。

情节的写作考验着我们对生活的观察力和想象力。对于创作，我们不必遵从别人的建议，我们最终也不可能将一个作品的失败归咎于别人。我们对作品首先要有更深入的理解和自己的观点。

1. 构造故事情节链的方法

（1）根据场景来构建。就像戏剧往往根据场景来划分，我们也可以将每个场景下发生的事件视为一个情节。如"林教头风雪山神庙"可按照林冲的活动场景概括情节：酒店遇故交、市场买刀寻敌、看管草料场、风雪夜山神庙复仇。

（2）根据线索来构建。即按照一定的时间线，或者人物及事件发展的固定逻辑，将故事划分为一个个情节。线索是贯穿整个作品情节发展的脉络，它可以是某人、某物、某种情感、某个事件，还可以是时间、空间。阅读小说时抓住线索是把握小说故事发展的关键。线索有单线和双线两种。双线一般分明线、暗线两种。

（3）根据叙述结构来构建。可以先给各段落标上序号，然后按照情节的开端、发展、高潮和结局来切分文本层次，进而组织情节。

2. 情节的发展需要遵循人物的设定

究竟什么是合理的情节？事实上，不同的人身处同样的情境会做出不同的行为，所以情节自然与设定的人物个性有着必然的联系，而创作者需要做的是将言语、行动进行整合，使之符合策划书中设定的人物特征。比如，我们要刻画一对情敌面对他们共同情人的场景，二人正在对峙。如何表现这对情敌则必然遵循他们的个性。如果两人中有一人是易冲动的，则容易大打出手；而也可能仅是一场文戏，两人的对抗通过温文尔雅的对话来展开，其言语的交锋以及内心较量的激烈程度可能比公然的打斗更激动人心，并带来更多乐趣。

在众多的矛盾的处理方式中，我们可以进行多种设想，最终找到最具有戏剧性和最符合人物特征的表现方式，而不是简单化地表现人物，或者仅从表面寻求矛盾的解决之道。

如何创造一个有吸引力的开头？最好是在情节"起"的阶段创造一个谜，一个能够激发别人关注的待解之谜，也便于让自己能够随之展开，为这个"谜"铺设新的谜面。经典的开头可以是这样的一个模式：什么人在什么地方发生了一桩匪夷所思的事情。

一个传奇性情节的开头像迷人的小说开头一样，时常带有扑面而来的画面感，往往又打破常规认知。比如，风靡世界的被视为"邪典"的文学作品《百年孤独》的开头是这样的：

许多年之后，面对行刑队，奥雷良诺·布恩地亚上校将会回想起，他父亲带他去见识冰块的那个遥远的下午。

这样的一个开头，好比一场刚刚开始的足球赛，解说员一上来就告诉了观众本场比赛的结果。仅仅40多个字的一句话，表达了过去、现在、未来三种时空概念。这种时空概念构造了一个新的世界：在一个不确定的现在，用未来的角度回忆过去，形成一种几乎前所未有的"跨时空叙事"。这种方式重新定义了时空概念，仅仅存在于人类大脑里的时空，超越了目前任何电影镜头的表达叙述方式。电影镜头根本无法表达，唯一的办法是旁白。

这样的一个开头，与小说的人物、内容、风格和故事情节紧密相连，过去、现在、未来穿插交会，循环往复，展现了无比辉煌的人类的思想。

文学作为一种语言艺术，由于它诉诸抽象的文字符号，对它的接受必然结合对一定语词的理解、组织、选择而进行，唯其如此才能唤起相关文学形象。这样的一个开头，读者固然有强烈的代入感，但对于剧本游戏而言，则不便用画面表达，也不利于引导玩家进入角色。

因此，剧本游戏的情节描写必须建立在流动的画面和语言之上：让人物动起来！一部小说的神奇性的开头未必适合剧本游戏情节的写作。我们需要时刻提醒自己，剧本游戏的情节描写必须建立在流动的画面和语言之上。

比如：

在最后一班渡轮准备靠岸时，一个船员发现三个陌生人跳上了他们的船。

又如：

走进厨房时，我看到奶奶正在对着一只咕咕冒气的水壶呜呜地哭泣。

或者直接以激起疑问方式开头，如：

最近，村里关于二丫的传言有些多。

类似于"在某时某地发现某个有悖常规的事情"是一个十分有画面感的表述，同时能够很快地使人物代入场景中，当然，也由此让人产生疑问——陌生人为啥在船靠岸时跳上船？三个陌生人上船究竟要干什么？以及，奶奶为啥在厨房哭泣？她烧水打算做啥？或者，二丫做了什么？村里有哪些传言？

好的开头，会带来全新的起点，体现出创作者的灵感和创意。灵感和创意需要通过精练的语言进行表达，这样才能够激发读者/玩家的好奇，或者引起他们的情感共鸣，也为推动情节的发展提供动力。

故事的开头十分重要，当然，每个情节的开端也同样重要。一句话可以塑造出整个氛围，建立一个直观可感知的世界，一个全新的、可观可听的世界。一句话可以延伸出故事，一句话可以包括事件发生的时间线。每个情节的开头都像一个引子，这是情节的"起点"，在此展开一个有悖常规的情节，便于后面展开陈述，从而进入"承""转"的阶段。

剧本游戏追求的不是单纯的文本阅读，小说和剧本可以让读者只依靠阅读完成对作品的体验，而剧本游戏必须要让玩家能够玩得起来，而不只是读起来过瘾。剧本游戏不在于形成文本资料，还需要开发人员添加图片、音乐、背景设计与场景设置等内容，才能最终成为供玩家使用的商品。

所以，剧本游戏不只要玩家看，更要给项目开发人员看。而他们也对剧本游戏的创作有着特殊的文本形式要求和内容要求。

3. 每个情节都是一个故事片段，遵循 TRD 发展模式

剧本游戏的情节写作要求，必须充盈画面或可听到的语言。像小说中那些抽象化的描写是无用的，创作者必须靠画面和语言这样的元素来传递信息。

顾仲彝在其《编剧的自我修养》一书中说："没有紧张、深刻的矛盾冲突在事件和人物性格后面潜伏着、活动着，就不可能产生强烈的感情、情绪的压力、干脆利落的细节和任何戏剧性的突

转、发现和对比。"

关于情节，创造者需要更多地尊重自己的灵感和创作时的感受，一个接一个地完成。每个情节都必然经历起承转合的过程，有起因、发展、高潮与回落，而这也正是情节写作可以遵循的规律。任何一个情节都可以被分成四个部分：开端、发展、高潮以及结局。那些让人欲罢不能的故事，无论是硬核推理、机制还原、欢乐气氛还是恐怖游戏，都充满了令人意想不到的转折。

情节的"起承转合"，也可以被简化为简·K.克莱兰所谓的TRD的三个环节。

TRD指的是三种具体的情节营造策略，这些策略通过营造"我迫不及待想知道接下来发生了什么"这样的悬念而紧紧地抓住了受众的好奇心。

T即twist（情节转折）：让你的故事剑走偏锋的事物。

R即reversal（情节逆转）：把你的故事引向相反方向的事物。

D即danger（高危时刻）：给故事增加紧迫感和恐惧感的事物。

"冲突造就情节"，拥有"情节转折之王"之称的简·K.克莱兰如是说。当情节转折、逆转和高危时刻的出现恰到好处时，故事的节奏会加快，人物的行为也变得更加专注。你可以在设计情节、形成扣人心弦故事的过程中运用TRD策略。谁渴望什么？找出动机，解开更深层次的含义，通过故事激化冲突。

剧本游戏中能够提升玩家兴奋度的手段和方法，就是出乎玩家意料的剧情反转，但任何反转都是有逻辑的，而不能让玩家不明就里，不能用一种似是而非的理由支撑反转。所以，铺陈是反转的基础，如何利用伏笔增加情节的起伏与层次感，是一个剧本游戏创作者应该具备的技巧。

在叙述中不要记流水账和进行太多无关主旨的冗杂描写，一定要抓住关键，凸显关键片段和重要线索，此外表现人物的心理过程更有利于人物刻画和对情节的推动。

无论是哪种类型的故事，无论故事的长度如何，使用令人惊讶的 TRD 策略都是大有益处的。要让 TRD 策略发挥作用，故事的构架需要围绕冲突展开，而在每个情节的创作中，TRD 策略都可以起到指导作用。

在硬核推理类的剧本游戏中很容易看出这些原则是如何应用的，比如善与恶、混乱与秩序、有罪与无罪。而在其他题材的小说中要看出这些原则的运用，就不那么容易了。

事实上，无论是新手还是经验丰富的玩家，细究之下都不知道情节设计是如何发挥作用的。他们仅仅知道如何讲故事，然后就乘兴而为了。

这个关于情节创作的设计策略是具体的，这些策略把理论概念转换为作品的实践。

4. 从小说人物到游戏中的人物

小说可以由叙述人直接描写人物隐秘的思想和隐藏的行为动机，描绘人物的心理活动流向；而在剧本里，剧中人物被创造出来，依靠的仅仅是他们的台词，即纯粹的口语，而不是叙述性语言。在剧本中，创作者必须以每个剧中人的身份代他们写下个性化的语言。

剧本游戏中的剧本，不只是"代言体"，而且是剧中人物反向要求创作者提供他们所需要的言辞。剧本游戏相比由创作者主导的小说和电影剧本，更有一种反向作用力。创作者需要站在剧中人物的视角来为角色提供适合的表达。

如果，你曾是一位小说作者，习惯于小说的写作风格，而现在想从事剧本创作，你必须认识到小说与剧本创作的差异。而将小说改变成剧本是一个不错的训练方式。

日记记到此处就结束了。上面还注明了日期：1943 年 9 月 7 日。可是不知为什么，他竟在上面画了一条线。看来他是另有主意了，因为没有什么特别的事情可写；也许是写日记这种事情让他感到无聊了吧。

将军轻蔑地把日记本扔在椅子上。

"有什么令人感兴趣的事吗？"神父问道。

"这是一个多愁善感的哭鼻虫写的日记。"

神父拿过日记本，翻开了第一页。

"他没在任何地方写自己的名字。"将军说，"只写了身长，一米八二。"

"这正是 Z 上校的身长。"神父说。

两个人互相凝视了一秒钟，然后都把目光转向一旁。

"注明是哪一营、哪一团没有？"

"只写了师，是'钢铁师'的。除此之外再没有任何证明。"

"怪事！"

"有一些关于'蓝色营'的话。不过，并没有写有关 Z 上校的事。"

"这是 1943 年的日记。"神父一边翻着日记本，一边说，"关于'蓝色营'是哪个月写的？"

"在开头和结尾，就是说在冬天和九月。"

"九月里上校已经不在人世了。"神父说。

"那当然了。"

……

将军一边吸烟，一边想：全部情景就是这样。不这样的话，一个逃兵还会有其他不同的下场吗？稍过片刻，他对自己补充了这样的一句话。

以上是阿尔巴尼亚作家伊斯梅尔·卡达莱的小说《亡军的将领》[1]第十二章开头的片段，我们来尝试将它改变成剧本，可能成为这个样子。

宾馆的房间　夜　内

【将军在一本打开的日记本上画了一道横线，上面有一个明确的日期：1943 年 9 月 7 日。

【他把日记本轻蔑地扔到一张椅子上。

神父："有什么令人感兴趣的事吗？"

将军："这是一个多愁善感的哭鼻虫写的日记。"

【神父拿过日记本，翻开了第一页。

将军：他没在任何地方写自己的名字。（停顿片刻）只写了身长，一米八二。

神父：这正是 Z 上校的身长。

【两人互相凝视了一秒钟，然后都把目光转向一旁。

神父：注明是哪一营、哪一团没有？

---

1 《亡军的将领》：阿尔巴尼亚的伊斯梅尔·卡达莱的成名作，小说以一名意大利将军在一个神父的陪同下，赴阿尔巴尼亚搜寻意大利阵亡官兵遗骨为主要情节线，作者巧妙地将他所熟悉的故事编织进去。作品并非直接描写战场上的刀光剑影，而是全力去展示各种人物对战争的思考和心态，故事中套故事，多层面、多方位、纵横交叉、上下贯通，全面地描绘了反法西斯民族解放战争的画面。

将军：只写了师，是"钢铁师"的。除此之外再没有任何证明。

神父：怪事！

将军：有一些关于"蓝色营"的话。不过，并没有写有关Z上校的事。

神父：（一边翻着日记本，一边说）这是1943年的日记。关于"蓝色营"是哪个月写的？

将军：在开头和结尾，就是说在冬天和九月。

神父：九月里上校已经不在人世了。

将军：那当然了。

【静默，将军一边吸烟，一边在想。

将军：不这样的话，一个逃兵还会有其他不同的下场吗？

电影或话剧剧本明确了出场人物的动作和台词，以及相关的场景。但是，剧本游戏是要让玩家进入"将军"或者"神父"的角色，为此，每个角色必须要有代入感。既要为角色规定好动作和台词，也要为布景人员指明场景，为灯光照明人员指定时间。

以将军视角进入的剧本，大概是这样。

宾馆的房间 夜 内

在一本打开的日记本上画了一道横线，上面有一个明确的日期：1943年9月7日。

我把日记本轻蔑地扔到一张椅子上。

神父走过来，问道：有什么令人感兴趣的事吗？

我说：这是一个多愁善感的哭鼻虫写的日记。

神父拿过日记本，翻开了第一页。

我说：他没在任何地方写自己的名字。（停顿片刻）只写了身长，一米八二。

神父说：这正是 Z 上校的身长。

两人互相凝视了一秒钟，然后都把目光转向一旁。

神父：注明是哪一营、哪一团没有？

我说：只写了师，是"钢铁师"的。除此之外再没有任何证明。

神父：怪事！

我说：有一些关于"蓝色营"的话。不过，并没有写有关 Z 上校的事。

神父说：（一边翻着日记本，一边说）这是 1943 年的日记。关于"蓝色营"是哪个月写的？

我说：在开头和结尾，就是说在冬天和九月。

神父说：九月里上校已经不在人世了。

我说：那当然了。

……

我保持着静默。一边吸烟，一边继续做沉思状。

我说：不这样的话，一个逃兵还会有其他不同的下场吗？

小说和电影都给观众提供了一个全知的视角，而在剧本游戏中我们所能够带给每个玩家的都是独立个体的视角。譬如，一部电影即使是单一视角，即使其间有切换，也是有观众心理曲线存在的。导演会默认观众看到第三个视角的时候，对第一、二个视角的故事就已经了然于心，并能将前后剧情连接起来。电影剧情中配角的部分有被镜头忽视的地方，那叫留白，但将电影改编为剧本游戏，即便基本人物关系和剧情不变，在剧本游戏中也需要交代清楚配角剧情。因为，在剧本游戏中，如果不作弊，玩家是不可能看到别人的剧本的。

将小说或者电影中的故事改编成剧本游戏，这本身是可行的，但应该了解文字的表现形式和其他视听语言的表现形式的不同。从一部电影的诞生来说，一个文学剧本改编成分镜头剧本会有一次变化，分镜头剧本拍出来又会有一次变化，后期剪辑时可能会再度出现变化。

电影中的观众拥有"上帝视角"，而在剧本游戏中，玩家却深陷"角色的个人视野"之中。作为戏中人，他看不到戏外的人物与景观，他必须以自身所扮演角色的视角去亲身体验剧中的一切。

在剧本游戏中，每个矛盾冲突都会给人物带来新的选项，而通过矛盾冲突来设置悬念至关重要，这是重要的体验引擎，是吸引玩家持续玩下去的关键，以此牵动玩家注意力和激发思考，并让其沉浸其中。

八、事件、情节与场景

事件等于主人公的命运的展现，"故事，就是生活的隐喻"（罗伯特·麦基语）。

故事的主人公需要一个目标，并且观众需要认同主人公要实现的这个目标，即主人公的动力源要足够充分。主人公踏上旅程追寻自己的目标后，他会遭遇一个又一个事件，事件即故事主线下一个个完整的故事单元，如同一串珍珠项链上的珍珠。

为什么要写事件？因为事件最能展现人物。一个人坐在你面前沉默不语，你或许不知道他的性格。比如，在地震突然发生时，男主人不顾家小独自一人冲下楼去，从中就可以看出"在生死面前，其所器重者为何"。又如，突发大火，有人被困在火场，身处现场的一帮人面对此时此景如何行动，能够恰如其分地体现人物个性。是逃离灾难现场和甘当看客，还是冷静报警？是在情况紧急时冲进火场，还是拿着灭火器冷静理性地施救？只有在事件中，主人公的真实一面才得以呈现。诚如前文所说，事件等于主人公的命运。

若无冲突，故事中的一切都不可能向前发展。也就是说，正是冲突造就了一起起事件。美国畅销书作家詹姆斯·斯科特·贝尔说："猫坐在自己的垫子上，故事是不能这样开始的。猫坐在狗的垫子上，故事要这样开头才对。"

艺术家的任务就是勾住我们的兴趣，抓住我们的注意力，"让猫坐在狗的垫子上"，然后带着我们在时间中穿行，却不让我们意识到时间的流逝。在音乐中，这种效果是通过声音来达到的。

"事实上，并不是猫抢占了狗的垫子。而是狗的垫子原本可能就是猫的。"这种狗既占有猫的财产，而又从道义上攻击猫的事情，在这个世界上时有发生。

生活就是冲突，冲突是生活的本质。怎样才能使内心的混乱归于宁静？作为一名创作者，如果发现自己对头脑、肉体、情感和灵魂的冲突没有兴趣，则说明你对这个世界缺乏了解与思考，也没有感情。因为这个世界上，总是有许多人都忍受着物质上匮乏的痛苦生活，疾病交加，食不果腹，在专制与暴力下惊恐不安，对下一代过上幸福生活亦不抱希望。

为了让故事产生纠葛，作者必须循序渐进地制造冲突，一直到人物求索之路的终点。

人物内心的冲突与外在的冲突，在《肖申克的救赎》里体现得都比较充分。妻子的出轨，在自己家里与情人幽会的画面，带给主人公强烈的内心冲突，使他确实产生"杀人"的动机。他也曾烦闷酗酒并拔出枪，有过行动上的准备和心理上的挣扎。当然，仅仅就被冤枉这一点并不能反映主人公的性格和思想，他在无望中寻找希望并获得救赎，才是影片最大的亮点。

"变化"形成了故事。区分"事件"与"场景"的就是"变化"。"变化"是故事的根本。没有变化的那叫"人物状态"。主人公的处境在变化，主人公的行动在改变，主人公的遭遇在变化。人物原先的状态被打破，则产生变化。打破又分为两种：第一种是外部冲突打破，即角色遭遇的突如其来的事儿；第二种是内部打破，则是"内心冲突"，或者说"内心戏"。

在影视作品中，核心事件往往就是人物的命运脱离了常规的范畴和"舒适圈"，面临着变故。比如，《肖申克的救赎》中主人公面临了一连串的变化，起先是妻子的出轨，其内心产生干掉那对"奸夫淫妇"的想法。但是，他选择宽恕，却遭到了冤枉，被判了终身监禁。在那个看不到希望的地方，他渐渐平静下来，没有认命，而是主动寻求改变。随后，他施展才干被监狱长所用，直到他知道了妻子被害的真相，他试图申诉的信件被扣押，并且明白监狱长不会让他离开监狱。于是，他开始为越狱做准备，不声不响而又不停抗争，直到最后成功越狱并让监狱长等一帮人受到了惩罚。

我们天然渴望故事。故事由有意义的事件构成，事件发生在场景中，场景被用来呈现事件。一个场景中发生的事情也许不会非常戏剧化，但应该有始有终，有发展过程，且应该有意义。

"事件"是完整的单元，有开始、经过、结果。将事件连续的章节以"起承转合"或者 TRD 的形式创作成小故事的手法称为"场景序列"（scene sequence）。

场景序列概念可能比较抽象，简单来说，就是将期望重点表现的场景或者元素，改写成结构完整的重要情节或独立故事。场景序列的思路不仅能让开端和结尾更加精彩，在"需要以渐进过程凸显高潮"和"提升角色表现力"的场景中也会产生不错效果。在此，我们需要明白事件、情节和场景之间的关系。

如果我们把文学作品或者影视作品看作一个宏观的"大故事"，那么场景就是这个"大故事"的组成部分，即"小故事"。之所以说场景是一个个小故事，是因为一个场景中的事件应当有自己的叙事性和完整性，即"能够清楚地讲明一件事"。相较于定义比较明确的"场景"，"情节"的定义更加灵活。情节既可以指某个场景中发生的事情，也可以指整个故事中发生的一系列事情。

在电影剧本中，每个场景都以场景标题（scene heading）为起点，而场景标题里则涵盖了"内 / 外景""场合""时间"三个要素，可以明确地让读者知道这个场景中的时空信息。而场景中的重点则往往是"人物的行动"以及"人物之间的互动"。于是，场景的构成要素则与文学基础理论中的小说三要素——人物、环境、情节存在了共通之处。

在不同语境下，场景的含义并不相同。有时候，场景又仅仅指物理场景，它更多突出静态的"景"，而非有人物活动的动态的"景"。比如故事发生在酒店大堂，酒店大堂就是物理意义上的场景，是故事发生的空间。

虽然，单个的"场景"未必能构成一个完整的事件（这也是为什么会在"场景"之上，还有"序列"），但是每个场景的存在都会有它的意义和作用。当它们被组织在一起，就能构成更加庞大、更加完整的意义与表达。因此场景可以说是比"事件"更加精确的碎片。而场景与情节的关系，就像是拼图碎片与完整拼图的关系。

　　总的来说，作为基础的叙事手法（narrative device），场景和情节的关系与概念应该在各种叙事类作品中是共通的。所以不论是文学、戏剧还是影视，相关概念的定义和作用是相似且通用的。

剧本游戏中的"奥卡姆剃刀定律"

　　奥卡姆剃刀定律：如无必要，勿增实体。

　　奥卡姆剃刀定律在剧本游戏中可被理解为简单与复杂定律：把事情变复杂很简单，把事情变简单很复杂。这个定律要求我们在处理事情时认清剧本游戏的本质。剧本游戏追求的是玩家体验和社交功能，而不是情节和流程的复杂化，不在于有多少令人眩晕和耀眼的东西，而在于激发情感、启发思考、调动忘我参与的热情。

　　对于剧本游戏创作者而言，并不是要让玩家在游戏中忙得团团转，被复杂的故事和过多的线索弄得云里雾里。事实上，你应该以尽量简洁、有效的情节和线索设置，让玩家能够有眉目，却又被引向歧途，结局却令人意外。不让玩家迷失和陷于手忙脚乱之中，才应该是你的追求方向。

　　简单的故事、机制和互动模式，往往更具有力量和成效。与主题无关的复杂，只会带来玩家精力和情感的浪费，而剧本的最终效能往往来自单纯的设定。复杂，需要与我们所追求的玩家体验和玩家的收益相关，让他们觉得玩得爽，也玩得值。真正有效的内容通常隐含于繁杂之中。从简到繁，再由繁到简，找到关键的部分，去掉多余的环节和内容，也许成功并不那么复杂。

3

角色与故事的关系

一、角色与主题

主题最终需要通过故事的发展来表现，而故事则主要通过角色的言行和选择（行动）来表现。"人是世界的主导，塑造世界的只有人。"故事在很大程度上就是在表现人物，或者说故事就是人物的表演。

在文艺创作中，有些作品侧重人物塑造，有些作品侧重故事性。角色与故事相互依存，无论孰轻孰重，二者都密不可分。依然以一群盗窃犯逃到一艘渡船为例，船员们面临着"自利与正义的两难选择"。剧本游戏的类型类似于阵营本，现在每个船员都面临着这样的选择。

选项1：接受盗窃犯的贿赂，将他们送到对岸。

选项2：迫于现实的威胁，表面上顺从盗窃犯的意愿，暗中等待机会进行反制，并报警。

选项3：进行直接对抗，力争将其制服。

无疑，选项1是舍弃正义，背离原本"正义战胜邪恶"的故事设定，但为了表现人性的复杂性和增强故事的精彩程度，若干名船员中可能有人选择被收买，或者产生了动摇；在船长的带领下，船员与盗窃犯斗智斗勇，多数船员听从了船长的意见选择选项 2，将盗窃犯们逐个隔离开来再采取行动；其中有一个性格鲁莽的船员选择了选项 3，他因为进行直接对抗而受伤。

每个角色都因为拥有不同的行为选择而让玩家真切体会到"自利与正义的两难选择"这样的主题。而故事也正是基于每个角色的行为选择而得以发展。多样化的角色设定使故事的表现更立体、更精彩。

在这三名携带武器的盗窃犯中，也有准备投案自首、争取有立功表现的人。在这样复杂的两种阵营中，其实都有着坚定和不坚定的角色。每个人基于自身所面对的现实情势，有着不同的行为表现，这些行为表现展开交织就形成新的情节。

选择 1 的船员，他其实成为盗窃犯阵营的人，他会有帮助盗窃犯的言行和表现，而他也成为船员这个阵营的对手；

选择 2 的船员，会有自发的行动表现，会团结其他船员并试图瓦解盗窃犯逃窜的信心，自然成为故事主要的推动力；

选择 3 的船员，因为受伤而难以在后续发展中参与具体行动，但他的受伤可能会激发船员反抗盗窃犯的决心，并让心存善念的盗窃犯产生动摇。

不论玩家选择怎样的角色，随着故事的发展都能够体验到两难选择的游戏主题。

以大家所熟知的《水浒传》为例，故事的主题是"官逼民反，民不得不反"，主线故事是"跪着造反"，各路英雄被逼上梁山，与朝廷展开对抗。而在这个过程中，每个人物都能够"殊途同归，同聚一个山头"。于是,延伸出"林教头风雪山神庙""武松醉打蒋门神"等章节。英雄上梁山,犹如角色赴主题。

互动交往、参与乐趣、训练扮演或逻辑推理能力,是其"游戏性"的主要体现。剧本游戏与其他文艺类型有所不同,就在于它侧重于游戏的交互性,它需要激发玩家的代入能力,即让玩家能够玩得起来。在此过程中,可以有竞争与合作,有任务与挑战,有探索与对抗……这些互动、推理、演绎都遵循着人物的要求和故事的引导,而不是任意增加一项游戏活动来打发时间。

二、角色与故事

每个人物天生都带有故事,每个故事天生都拥有人物。但不同的创作者拥有不同的创意源泉和激发灵感的因素。

剧本的创作一般有两种方法:一种是先有想法,然后按照这种想法去创作剧中的人物(角色),将人物装进故事里;一种是创造一个人物,由人物的目的和意志产生推动力,在人物身上产生需求、动作和故事。比如:我们先构想出大闹天宫这样的故事,然后创作出一个不安分的泼猴形象,将这个泼猴取名为孙悟空,通过这个故事完成了对人物的塑造,这是一种方式;如果创作者的脑海里先有了一只泼猴的形象,这个形象不时在脑海闪动着,形象极为分明,然后根据这只泼猴的个性而编造出其闯入天宫打闹一番的故事,这是另一种方式。

两种创作方法基于创作者的灵感来源,要看创作者的脑海里究竟是先有故事,还是先有人物。人物推动故事发展,而故事让人物变得生动。就像孙悟空这样的人物必须借助大闹天宫这样的故事彰显出个性，而猪八戒这样的角色只能在高老庄闹上一闹，这表明了人物与故事相互成就的道理。

在矛盾与冲突中更能够凸显人物的个性和形象，而矛盾与冲突也正是故事的精彩所在。高潮之所以成为高潮，也正是因为其展现了矛盾和冲突的爆发。角色身处剧本所创造的矛盾和冲突中，正是通过自己的言行推动着故事的发展。

对于剧本游戏而言，每个角色都有自己的意志、目的和感情。在角色与角色的关系中，往往需要有对立、竞争、冲突或者合作，所以角色在剧情中有着和人们在现实生活中一样的内心纠缠。剧本中的角色也时刻面临着行动的选择，而这种选择正推动着整个故事进行下去。

1. 通过叙述事件，让角色富有魅力

剧本游戏的创作者和玩家都期待角色是富有魅力的。毕竟，平庸的角色很难激起玩家的兴趣，而创作者在创作这个人物时，也希望他富有某种特征。而所有角色的魅力和个性都需要充足的信息支持和合适的情境，这样才能让角色立住，让玩家对角色的行为有足够的理解，并能够产生情感共鸣。

因为剧本游戏毕竟是个游戏，当有着平淡生活的普通人来到游戏之中，或多或少会希望自己玩的人物有着特别的人生。所以在剧本游戏中对于现实的考量可以弱化一些，剧本游戏的剧本也不需要像电影那样把每个场景都写出来，它只需要一个包含故事复盘的组织者手册（类似于电影剧本中的大纲）和几个人物小传。在写人物剧本的时候，我们可以参考编剧技巧中对人物的塑造方法。

为了让角色能够激起玩家的兴趣，角色的创作需要注意如下三点：

（1）让各个角色都拥有与其他角色不同的定位和外在特点；

（2）让角色具有与众不同的性格特征、行为习惯和心理机制，凸显其个人的魅力；

（3）让每个角色的目的、意志、感情和行动与故事关联起来，每个角色都需要参与到故事的演绎之中。

只有将角色的个性特征、定位与故事统一起来，才能让角色与故事一起活色生辉。人物是剧本游戏的重中之重，角色的方方面面我们都要设置周全，如此这个角色才会在创作者脑海中活灵活现，创作者也才能写出一个鲜活的、容易使玩家代入的角色。不过，大家需要注意的一点是，和电影截然不同，每个玩家都是自己剧本中的主角，所以创作者要尽量减少边缘角色，照顾每个玩家的感受。

2. "平行角色，多维视角"：剧本游戏中的人物关系与叙述视角

剧本游戏中的人物，与小说和影视剧的最大不同，就是出场的玩家角色都应该拥有均等的地位，属于剧本中的平行角色。剧本游戏在人物关系和叙事角度上，一般表现为"平行角色，多维视角"。

在小说和影视剧中，故事大多是围绕着主角展开的，不管是主线剧情还是支线剧情，主角基本上都会参与，或者说都会与主角有关；其余的登场角色，往往只需与主角建立某种联系就好。但是在剧本杀里，所有的主线剧情都必须和所有玩家角色有关，而所有的支线剧情，也都需要和全部或多数玩家角色有关。既不能在主线故事中漏掉某个角色，也不能写一条和多数玩家角色无关的支线，否则在实际游戏中，就会产生边缘角色，将某些玩家晾在一边。

除了角色和剧情的联系以外，剧本游戏中的人物都是主角，会形成平行分布的人物关系。也正因为每个人都是主角，因而在

叙事上曾表现为"多元视角"，也就是说每个人物都拥有自己的角度，通过角色的"复线叙事"来完成对整个故事的构建。

剧本游戏中，每个人物都从自身视角来演绎故事，正因为角色的身份和所处事件的位置和关系不同，导致各个人物看到、听到的信息不同，其动机、行为和出发点也不同，所以，在剧本游戏中，玩家每个人都不具备上帝视角，不是全知的，各自带有自身的"狭隘性"，正因为每个人所掌握的信息、动机和出发点不同，才让互动变得必要和精彩。

所以，在剧本游戏的人物关系以及信息设置中，必须从"信息分散化布局"的角度去构建人物关系，也就是说，不能出现信息分布偏差。如果出现某位"吃信息"太多的角色，则其就可能成为 C 位角色，而导致其他角色的边缘化。

人物和故事都是信息的载体。所以，我们应该从"人物掌握的信息量均衡"的角度，来构建围绕某个事件所形成的人物关系。剧本游戏中的角色掌握的信息量不能说完全相同，但也应该大致相同。这就是通常剧本游戏中"人物视角"的要求。当然，某些具有探索性的沉浸型话剧本身由专职演员承担主要角色，而当有玩家参与互动体验时，则会打破这样的规则。

根据信息均衡构建人物关系，可试举一例。假设在一个剧本里，有甲和乙两个角色，甲和乙是同事关系。所以，甲对乙掌握的信息和乙对甲掌握的信息应该是均衡的，两人都差不多了解彼此。但是，假设又出现了一个丙角色，他是乙的女友。这时候，乙和丙因为情侣关系而拥有比较多的了解，但甲和丙之间是存在隔阂的，甲不知道丙的职业背景，而丙也不知道甲的性格。对于这个三人本游戏而言，乙就成为人物关系中的 C 位角色，拥有最全的视角，掌握着比甲和丙更多的信息，乙就会成为"吃信息"的 C 位角色。

如何打破由人物关系的不同而带来的信息不均衡问题呢？

首先，我们可以重新定义三人之间的关系（见图 3-1），如果我们将甲丙设置为兄妹关系，这样就让三人关系更复杂，从而重新让信息变得均衡，让人物在剧本中更加平行化。

其次，我们也可以引进一个丁角色，她可以既是甲的女友，又是丙的闺蜜，同时是乙的同学。这时候我们可以发现，甲乙丙丁四个角色都能够满足互相知道谁是什么身份的情况——甲可以知道乙丙丁的具体情况，乙能够知道甲丙丁的具体情况，丙能知道甲乙丁的具体情况，丁又能知道甲乙丙的具体情况。这样一来，四个角色的信息量基本上就达到了某种均衡。

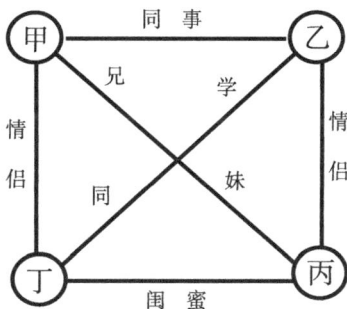

图 3-1　信息均衡与人物关系示意

三、关于角色的定义与设定

当我们设计好主题、核心事件和故事框架，人物就应该登场了。

剧中人物，也时常被称为"角色"。什么是"角色"？《现代汉语词典》这样解释"角色"：戏剧、影视剧中，演员所扮演的剧中人物。当然，在文艺作品中，"剧中人物"不一定是人类，它可以是动物、植物，或者一个没有生命特征的物件。剧本游戏中的"角色"是指拥有自己的形象、个性、目标、意志和情感的个体，它通过行动、言语和相应的扮相来传达自己。

创造角色或剧中人物的创造，就是要赋予设定的人物一定的形象和个性，让他通过自身的言行而"活"起来。创作人物是一种独特的挑战，因为在真实情景中，一个活生生的人是那般多变。许多著名作家，都在为领悟艺术的精髓、掌握创造鲜明的人物形象的技巧而不懈努力。例如，美国小说家亨利·詹姆斯在《小说的艺术》这篇文章中就提出了一个问题：除去事件的结果，人物是什么？除去人物说明，事件又是什么？

在文艺作品中，人物总是与事件相随，人物推动事件的发展，事件塑造着人物。在电影《霸王别姬》中，"霸王"和"虞姬"面对日本兵，他们的表现各不相同，他们情有所钟而又命途殊异。在爱恨惆怅中，张国荣再次扮演虞姬，假戏真做，自刎于霸王面前。这种交错纠缠的情境设置令人扼腕长叹、发人深思。

剧本游戏中的角色都注定要在故事中发挥作用，无论你是一名侦探、一名凶手，还是一名受害者，每个角色都是这个故事中不可或缺的一部分，都对推动情节发展和剧情的演绎承担着某种功能。

人物的内在品格导致了事件如此这般发生，而事件如此这般发生诠释并界定了人物的思想、性格。同理，在剧本游戏中，角色的设定不仅仅依靠外表的装扮，为了让人物更立体、更富有深度，我们必须从其性格特征和思想上去表现这个人物。

人物创造需要有丰富而扎实的细节，他的家庭背景、成长经历、居住环境，不只是他的穿着、打扮，还有喜欢开什么样的车、喜欢什么样的画和什么样的音乐，以及他的言行。所以，对于所要创作的剧本游戏中的角色，创作者需要为每个角色编写一个人物传记，或者编写一个前史，这样能让自己深化对人物的认知，便于塑造这个人物和把握这个人物。

创作剧中人物，也可以为这个人物编织一个关系网，不仅设定他的身份，还有他的事业、梦想、希望和志向，以及他的出生日期、家庭成员、朋友关系等。创作者越清楚剧中人物的背景，就越会让自己的视角更开阔。设置人物的背景以及众多的细节，可以更好地去展现人物，让其变得真实可感，从而为构建符合人物命运的故事带来帮助。

根据剧本游戏的实际需要，我们可以遵照表 3-1，对每个角色有一个基础性设定。

表 3-1　角色设定表

名字：		性别：
年龄：		职业：
相貌：		体格：
性格：		
家庭和社会背景：		
特长：		
标志化动作 / 口吻：		
人物小传：		

给游戏中的角色起一个好的名字十分重要，我们常说"名如其人"，名字可以有效体现角色的特征。名字的发音和用字能够带来丰富的想象：当我们听到"兰婷""蕾梅黛丝"的时候，不会想到一

位抠脚大叔，而会自动浮现一个楚楚动人的少女形象；"大锤"的名号，大概率是一位敦厚、极具憨态的男子；在听到"牛魔王"时，我们也会在脑海中自动产生关于胡子拉碴的成年男性的幻想。

相貌和体格是角色最为外化的特征，既能强化人物的外在形象识别，也便于服装师、化妆师等技术人员进行后续的工作。

给角色设定职业和年龄，便于表明角色之间的关系，便于玩家对这个角色有最直接的主观感受，获得某种直接的印象。此外，年龄的大小也影响着角色之间的关系。

性格表明角色的情感表达方式和行为倾向，有助于创作者创作故事，也便于玩家理解。

特征、标志化动作/口吻，都在对这个人物进行定位，并赋予其符号化的特征，以起到划分和突出的作用。

人物小传，既给予游戏中的人物一个设定，对其成长经历和故事中的角色做一个概要说明，也传递他在剧本游戏中所承担的任务与使命。

在剧本游戏中，登场人物≠玩家角色，还可以是 NPC 或者死者。在这里把所有核心故事链所涉及的人物都罗列出来，并且画出人物关系图，然后再将人物分别归类为 NPC、死者和玩家可以扮演的角色。

至于哪些是玩家可以扮演的角色，就涉及我们所创作的剧本究竟是几个人在玩。一般来说，目前主流的剧本游戏的可扮演角色以五到八个居多，不过随着市场的发展，四人本和九人以上的团建本也有比较大的市场潜力。目前，市场上最多的是六人本和八人本，六人、八人是比较适宜的玩家人数，可以组建两个不同的阵营。另外，六人本和八人本的故事和剧情的复杂程度也比较好控制。一线城市的一些大店，更喜欢八人本，这样可以最大化单个房间和时间段的收益；二、三线城市或一些小店，更喜欢六人本，这样比较方便玩家组局拼车。

四、如何塑造富有魅力的角色？

遵照前述，如果你已经构建了一个剧中人物的生活基础和结构，说明你已经走进了你的剧中人物，现在就是要让他在行动中展现出来。而如何在零散杂乱的人物的图谱、画像中去真正地创建你的剧中人物，让他成为一个有血有肉的、活生生的人物呢？

简而言之，如何让剧本游戏中的角色更具有魅力，而不会让玩家在进入角色时觉得这个角色就是胡乱编造的，或者对角色根本提不起兴趣？所以，剧本游戏的角色需要让玩家能够产生情感共鸣才算成功。而角色的个性和形象的塑造究竟应该落到哪些地方？

塑造富有魅力的角色的目的就是激发玩家作为人类特有的本性，从而发挥激发想象、触及心灵、发掘智慧、打动情感和鼓舞精神的作用。

在以文字表达的剧本中，人物是什么？当然，人物有其外在的形象以及特征，诸如身材、相貌、服装与装扮，以及年纪、职业、经历等所给定的标签。但是，对剧本中的人物，我们需要根据他的行为加以判别。正如亚里士多德曾说过的那样："人生由行为构成，而且它的终点是一种行为方式，不是一种身份和地位。"

我们塑造一个富有魅力的角色，无疑需要给予剧中人物以目标和动机，需要通过言语和具体行为来展现他的智慧、品质和才干。对一个角色的个性特征，需要围绕故事所展现的他的行为的总和来了解。

判断一个人不是听其如何说，而是看其如何做。悉德·菲尔德说："出色的人物，是剧本的心脏、灵魂和神经系统。"故事是通过人物来讲述，并由此吸引玩家去经历那种融入日常现实的普世的情感历程。

创作富有魅力的角色是使剧本游戏成功的重要手段之一。不具有典型性的人物注定不是富有魅力的人物。而塑造典型的人物，需要创作戏剧性冲突。没有冲突，人物就没有行动；没有行动，就没有人物性格和内在品质的暴露，这样典型的人物就无法树立；没有典型人物的支撑，故事也就难以出彩。

美国著名作家、编剧弗朗西斯·斯科特·菲茨杰拉德说："当你开始着手创造一个个体时，你就是在创作一个典型。"他的作品注重对于自身生活的真实呈现、叙述有意思的故事和美国都市生活的摩登气息。他的每部作品中都有典型化的人物。比如，《人间天堂》中的以泽尔达（后来成为他的妻子）为原型创作的光彩夺目的女郎，导致当时的全国女孩争先效仿，他对"物质女郎""时尚女郎"进行了"典型化"。《了不起的盖茨比》以 20 世纪 20 年代的纽约市及长岛为背景，讲述了主人公贫穷的农家子弟詹姆斯·卡兹经过一番努力，终于步步高升，并更名为杰伊·盖茨比的故事，生动地刻画了在"以财富的多少来评判一个人成功与否"的时代背景下，背离了传统清教徒式的道德观念和宗教信仰所推崇的"勤劳节俭"等思想，追求个人财富、享受物质生活的奉行消费享乐主义的一群人物的典型形象。

弗朗西斯·斯科特·菲茨杰拉德还说，一个人应该包容两种对立的观念。那种非白即黑的观念既极端又幼稚，因为它背离了这个生活的事实和世界的真相。世界之所以乖谬就是因为矛盾双方既相互对立，也相互依存。就像我们的谚语既说"一个好汉三个帮"，又说"凡事终究要靠自己"。

梁漱溟先生曾以斗鸡做比喻来讲述人生的不同修养阶段。人一辈子首先要解决人和物的关系，再解决人和人的关系，最后解决人和自己内心的关系。就像一只出色的斗鸡，要想修炼成功需要漫长的过程：第一阶段，没有什么底气还气势汹汹，像街头无赖；第二阶段，争强好胜，俨然如爱指点江山的年轻人；第三阶段，虽然好胜的迹象看似全已泯灭，但是眼睛里精光尚在，气势未消，依然容易冲动，还未能做到气定神闲、淡然自若；到第四阶段是"呆若木鸡"的境界，看似呆头呆脑，却身怀绝技、秘不示人，堪称"猝然临之而不惊，无故加之而不怒"，这样的鸡踏入战场才能稳扎稳打、战无不胜。

梁漱溟先生关于"斗鸡的四个阶段"的论述，完全可以作为我们对剧本人物性格塑造的一种参照。

文学作品可以呈现真实的生活，也可以呈现纯粹的理想，追求心理上的真实。其抗拒的是一种"虚伪"：不真诚的叙事往往既违背现实，也违背人们的心理。当然，剧本游戏作为人们逃离现实的一场游戏，可以逃离生活和现实，而追求某一种理想中的极致。

简而言之，剧本游戏中的角色塑造，首先要赋予其行为动机，心理描写和人物刻画需要遵循人物的成长和生活经历，因而创作者需要提供人物行为动机和行为模式的幕后故事。

五、立体化展现角色

一个富有魅力或者具有典型的角色拥有怎样的共性？我们所谓的角色塑造所面临的主要问题就是构造他的生活基础，然后注入能够提升或者扩展其形象的素材。在一个人背景资料充足和生活基础牢固的前提下，我们需要为其导入情感脉络、观念，以及性格特征和行为倾向，让其变得立体化。

悉德·菲尔德在他的《电影剧本写作基础》一书中说：构成令人满意的人物必须具备四个特质。

> 人物有一个有力且清晰的戏剧性需求；
> 有独特的个人观点；
> 有一种特定的态度；
> 经历过某种改变或转变。

根据亚伯拉罕·马斯洛的需要层次理论，人类的需求从层次结构的底部向上，分别为生理（食物和衣服）、安全（工作保障）、社交需要（友谊）、尊重和自我实现。而戏剧性需求是指剧中人物所期望赢得、攫取、获得的东西或达到的目标。戏剧性需求驱使你的人物贯穿故事线的发展。而人物的戏剧性需求在剧本杀游戏中往往被称为角色所承担的任务，例如：侦探的戏剧性需求就是绕开迷障，找到案件的真凶；而凶手的戏剧性需求就是不被识破，逃脱法律的惩罚。

赋予剧中人物以某种鲜明的观念，无疑就是让这个角色更富有辨识度。观念，决定了这个人物观察与看待世界的方式。"世界即我所见"，"每个人看到的都只是自己希望看到的世界"。每个人的思想、情感、记忆反映着他所生活和所经历的外部世界。为此，每个人都只是自己生活的主宰。

为此，剧中人物的观念决定了剧中人的行动选择。所以，观念指导角色的行动。比如，剧中人物拥有了"生活不公平"的观念，他在面临选择时，就不会将"公平"作为自身行为的至高准则，他将成为容易妥协的人。所以，在剧本游戏中，无论设定的角色是警察、逃犯、医生、教师、商人还是平常的百姓，所有的人都会对某个事件拥有个人的观念。

相比观念，态度是一种更为明显的倾向和判断。对事物的见解、评价和判断都源于态度。观念与态度的关系就像部分和整体的关系，系统性的观念形成了态度，态度是一种理性判断的主张，而观念针对具体的问题点而发。态度，决定了剧中人物对某个事件是积极还是消极，是支持还是反对。

构建成功剧本人物的另外的关键是改变或转变，在剧本游戏中往往表现为故事的反转。比如：我们眼中的"敌人"，原来是埋伏的"队友"；原初的"盗窃犯"突然良心发现，成为一个"好人"。

人物的改变或转变需要有一个合理的情感框架，改变或转变是因为他突然意识到自己是谁或者别人是谁，从而有了出人意料的行为选择。英国剧作家及著名剧场导演、2005年诺贝尔文学奖获得者哈罗德·品特曾说："当你在创作人物时，他们也在急切地看着你——他们的作者。尽管听上去有点荒谬可笑，但我的确一直承受着我的人物带给我的两种痛苦：当自己在情节中对他们进行无情摧毁或肆意曲解时，我亲身见证了他们的苦难；而当他们刻意地回避我时，当他们退缩到虚幻或阴影中时，我则痛苦地感到自己无法适时地贴近他们。"

逆来顺受并不符合人类的正义观念，一个人不应该为本不存在的罪行受罚。在电影《肖申克的救赎》中，主人公安迪忍受了十多年的牢狱生活，在得知谁是杀害妻子的凶手，并明白监狱长永远不会让他出狱后，他意识到只有依赖自己才能重获自由。重获自由，这就是他的救赎。而最后我们发现其实他已经为越狱做了多年的准备。

在《活着》这部电影里，人物的改变或转变更为明显，人物命运紧跟时代背景而起起落落，这些人物有着因祸得福或因福得祸的转变。福贵是一个嗜赌如命的纨绔子弟，把家底儿全输光了，把老爹也气死了，怀孕的妻子家珍带着女儿凤霞离家出走，一年之后又带着新生的儿子有庆回来了。福贵从此洗心革面，和同村的春生一起操起了皮影戏的营生，却被国民党军队抓了壮丁，后来又糊里糊涂地当了共产党的俘虏。他们约定，一定要活着回去。历尽千辛万苦，终于平安回到家中，母亲却已逝去，女儿凤霞也因生病变哑了。一家人继续过着清贫而又幸福的日子。在"大跃进"中当上区长的春生不慎开车撞死了有庆，一家人伤痛欲绝，家珍更是不能原谅春生，"十年动乱"中春生遭到迫害，妻子自杀，一天半夜他来到福贵家，把毕生积蓄交给福贵，说他也不想活了。这时家珍走出来让春生到屋里坐。春生临走时，家珍嘱咐他好好活着。

六、创造角色的基本方法

剧本游戏最终呈现的文本虽然与小说、电影剧本和话剧的文本不同，但对于前期如何创造故事和塑造人物的技法有着诸多相同之处。对于剧本游戏的创作者而言，首先需要的是编织故事的才华，其次才是文学表达的才华。只有将两者很好地结合起来，才可以成为优秀的创作者。

剧本游戏区别于影视作品最大的不同在于，影视作品往往存在主角与配角之分，而在剧本游戏中，则首先需要尽量避免边缘化角色，玩家需要从自己的角度去参与与体验剧情，为此需要让每个角色都成为主角。因此，在剧本游戏的创作中，编剧需要给每个角色编织专属的完整故事线，为了确保互动充足，人物关系需要足够密切，角色之间需要建立交互网，这样才会让每位玩家都获得沉浸感。

剧本游戏的故事是通过富有画面感的描述、人物对白和情景设置来展开的。我们需要通过在特定的场景中借助人物的行为或对某种事件的反应来揭示人物。所以关于角色的塑造，必然需要通过一些细节来完成，这些细节既可以反映他的性格特征、品位、习惯，甚至也能透露他曾经做过什么。

进行角色塑造的方法有很多。有些人会因为电影、电视剧的角色而有所启发，或者利用杂志和报纸上的有关报道，发现自己所需要创作的角色的影子，他们收集众多人物的图片，将他们贴在自己工作的地方，让自己时刻与自己所刻画的角色待在一起。从不同的资料中搜寻能够激发想象或者能符合想象的人物加以仔细斟酌、鉴别，从而不断增强对角色的感知。

总体而言，角色塑造根据"先有人物，而后有故事"还是"先有故事，而后有人物"两类不同的塑造而显示出一定的差异。有些创作者对剧中人物要做很长时间的思考和酝酿，直到人物在自己的脑海里活了起来，然后才投入文本写作之中；另外有些创作者则会根据故事的需要列出人物的特征清单，根据一些关键词或者短句对人物做一个定性描述，列出人物具备的主要特征元素，扩充故事梗概或者勾画出行为图表之后再进行写作。

1. 撰写人物传记

有了关于角色的基本构想之后，完善这个构想的后续工作，可以通过撰写人物传记来进行。撰写人物传记无疑是一项对自由联想进行理性提炼的过程。人物传记可以包括人物从出生到故事开始之前的经历（人物前史），以及人物在剧中的所作所为。

人与人的差异既有表面上的，也有深层次的。外表与行动未必仅是人内心的镜像。人，是一种最善于伪装与说谎的动物。相比表里如一的人，表里不一者也许更多。所以，反映一个人的真实面貌需要从内而外，分裂的内外表现往往更能显示人性的真实。"荒诞，并非与理性相对，而是一种深刻的理性。"

人物前史在于揭示人物心理或身体上，那些因素的形成机制，告诉玩家是什么原因造就了这样一个人出现在你创造的故事中。

你的人物是男是女？在进入故事时，多大年纪？从事什么职业？出生在哪里？他们的亲属和朋友有谁？他拥有什么样的爱好、特长和技能？他的性格如何？在剧本游戏中他的作用是什么？……扩展开启，你可以为你的角色编写一个家庭图谱。他们的父母从事什么职业？他在成长过程中遭遇过什么？他与什么人有过交往或过节？角色与角色之间，构成怎样的关系？……

人物传记对于剧本游戏创作而言，具有十分重要的作用，它不仅有助于深刻而全面地揭示人物的内在特质，同时也是激发冲突、推进故事的动力源。

人物传记的某些部分可以被直接引用到你的剧本游戏的创作之

中，作为剧本游戏的组成部分。在小说和剧本中，人物就是他经历的总和。而玩家或演员也需要运用人物传记来塑造人物。

在剧本游戏中，你的人物和故事在你所设定的世界里必须具有真实感。同时，必须让你的人物拥有个性，如果你的人物太过平凡就会被所有人忽视。即使你费尽笔力就是为了展现他的平凡，也一定要给予他一个高光的时刻，让平凡闪亮，让普通人呈现英雄的一面。在小说、电影剧本和话剧中可以有配角，而你却必须让剧本游戏中所有的人物拥有不平凡的一面，或者在故事发展中拥有举足轻重的时刻。

在剧本游戏中，为了深入体会角色，创作者常常使用第一人称或第二人称来写人物传记。一旦你将人物传记完整地写完，你就对你脑海中那些不连贯的思想、感觉和情感进行了完整的梳理，并且使其落实到纸上和作品之中，你会发现你对你的角色有了真切的了解，这将有助于让你的角色富有情感与灵魂。所有的人物塑造，必须忠实于人的真实感受。这就要求你进入你所刻画的故事之中，去深切体会每个角色的情感。同时，你又不能仅仅以自己的感受来衡量所有人。所以，你需要了解别人的看法与感受。

2. 现场调查和文本调查

能够帮助我们创造出好角色的另一个方法就是调查。调查分为现场调查和文本调查。

先说现场调查。你可以通过人物采访的方式，获取他们的观念、思想、感受和经验，以及相关背景资料。比如，你根据你所设定角色的职业，找一些从事此类职业的人，对他们进行现场调查或与他们进行面对面的交流，这将有助于你更深切地了解你的角色及其生活的环境。通过调查，你可以记下你个人的观察和感受。

如果你在报刊上看到某个人的故事对你有所启发，你就可以进入当地与其本人取得联系，对他进行深入的了解，这往往也会让你有意想不到的收获。

文本调查就是你到图书馆、博物馆或某些教研机构，从书本、图片和其他各种资料上，获取你所需要的相关信息，这能为你的故事和角色塑造获得一些充实细节的素材。

调查能够有效地拓展故事线，为你带来专业知识和历史视野，让你获得创作的灵感，也是创作角色的一种重要方法。

3. 对白是塑造人物的一种工具

台词是刻画人物、展示情节、表达主题的主要手段，创作者必须使每个人物的台词都具有充分的独特性和表现力，能够集中概括地说明人物内心复杂细致的思想活动，从而刻画出人物的性格特征，以鲜明、生动的艺术形象揭示剧本的主题，体现创作意图。

"没有表述性的对白，事件就少了深度，角色丧失层次，故事也变得呆板。对白比其他赖以塑造角色的技巧（性别、年龄、衣着、阶级、演员阵容）都更有力地将故事提升到多面的生命层次，把复杂讲述的简单故事发展成全面的复杂性。"美国剧作家、编剧教练罗伯特·麦基在其《对白：文字·舞台·银幕的语言行为艺术》一书中说，"所有的对白都带着目的。"

在剧本游戏中，对白有着两大功能：一是推动情节 / 故事发展；二是揭示人物和塑造角色。好的对白就是剧本游戏精彩的一部分，甚至就是剧本游戏的一切。对白能够最为直接有效地反映人物的内心、动机、认知、行动目标和倾向。

有些创作者尤其擅长利用对白来塑造角色，写出极为合乎人物个性而又充满趣味的对白。要写出合乎角色个性和故事发展需要的精彩对白，自然首先需要创作者进入角色的内心世界，这样才能"发现它，说出它"。

为了写出合乎剧情和角色的精彩对白，你自然需要"让角色自己说话"。为此，你需要仔细揣摩角色的个性，创造出表述的特征，同时赋予说话者以韵律和节奏。在此，你需要想象自己在与一位你所熟悉的人展开对话，找到那种用词习惯、韵律和节奏。

有别于威廉·莎士比亚的古典戏剧，如今的电影和剧本游戏中的对白绝不是以优美的散文或抑扬顿挫的律诗方式说出来的，避免文艺腔更容易让玩家进入角色。

对白必须适合"读出来"和"说出来"，而不是"看起来"。有一些看起来很美的句子，却不一定适合读和说。人们日常的对话中常使用短语，而比较少使用那种缀满修饰的长句。对话，也时常会出现省略和跳跃。这些都是在运用对白时需要注意的事项。

以电影《肖申克的救赎》的一个片段为例，典狱长对新来的犯人这样介绍自己："我是诺顿，这里的典狱长。你们都被判有罪了，因此他们将你们送到我这里来。规则一，不得亵渎上帝。在我的监狱里不得有人亵渎上帝。其他的条例，你们慢慢就会知道了。"话说得简洁明了，却足以将故事建构起来。随后，有个犯人问："我们什么时候吃饭？"于是，就挨了一顿暴揍。这就是规矩。因为没轮到犯人们说话。

剧本游戏中，角色之间的对白往往会揭示故事线的下一个发展方向，在角色的对白中往往传递着某种事实和必要的信息。

对白除了能够延续故事线的发展，还可以揭示人物。剧本游戏中往往带有猜谜性质，一些人的身份是隐藏的（比如，追凶推理类剧本游戏中的"犯罪分子"），他们为了掩藏身份，时常用对白来构造骗局。

即使是骗子的语言也有真实的成分。骗子的伎俩之所以得逞，正由于人心的晦暗不明。碎片化地呈现事实，遮蔽部分真相，根据需要重新组合真实素材，付诸事件以妄自揣测的动机，向事件中注入偏狭的观念，都是骗子行骗的伎俩。剧本游戏中，角色与角色之间的对白可以阐明人物，所谓"话多必失"，话语间会流露出玄机。一个完全靠谎言构筑起来的谎言是最容易被识破的，所以，真正高明的骗子总是"在谎言中掺杂着真实的成分"。

关于揭示人物，美国剧作家、文学批评家亨利·詹姆斯创立了一种被称为"照明理论"的方法，提出将故事中的主要人物置于故事圈的中心，而故事里的其余的人物都在外圈围绕着他。每当某个人物和主要人物发生互动时，他就"照亮"了这个人物的不同的侧面。对白，揭示了人物的某些特质。

另外，除了对白中直接流露的信息之外，创作者可以运用潜台词。潜台词就是在故事场景中"没有说出口的内容"，也即"言外之意"。脱离台词表面含义的信息，通过说话人的表情、语气，可以将说话人在特定语境下隐含的情感和意欲等表现出来。在作品中可以衍生出隐喻的作用，也是增加作品深度的一种手段。

善于运用潜台词往往可以产生出人意料的结果。诺贝尔文学奖获得者，全球销量直追《圣经》的《百年孤独》的作者加西亚·马尔克斯一直拒绝将自己的小说改编成电影，他想保留自己小说带给每位读者的想象力，而不为电影所定格和具象。但他的好友弗朗西斯科·罗西导演一心想将《一桩事先张扬的凶杀案》搬上银幕，为此，他给身在巴黎的加西亚·马尔克斯打了个电话，说想和他一起吃个饭。在这之后弗朗西斯科·罗西从南美洲飞到了巴黎，两人一起吃了一顿长时间的午饭，其间无话不谈，但弗朗西斯科·罗西没好意思提出改编的请求，吃完后就匆匆地飞走了。直到第二天，弗朗西斯科·罗西郁闷地在一个酒吧喝醉了，他的编剧给加西亚·马尔克斯打电话说："你们真是一对白痴！弗朗西斯科·罗西大老远地飞到巴黎想请求你让他拍《一桩事先张扬的凶杀案》，可是他连问都没问一声。"于是，马尔克斯"一时软弱"给弗朗西斯科·罗西打了电话，说："嗨，弗朗西斯科·罗西，拍吧！"于是，弗朗西斯科·罗西得到了马尔克斯的口头授权。《一桩事先张扬的凶杀案》成为马尔克斯唯一被改编成电影的小说，而将其改编成电影就是导演老远飞去巴黎和老朋友吃饭时没有说出来的潜台词。

对白也是一种很好的转场手段。通过角色之间的对白，可以引入人物的回忆，将故事代入另外的场景中，这在电影中最为常见。对白具有压缩时间、重置另外空间、场景和故事的作用。

另外，在电影、电视中常常还有解说，就是借助画外音进行某些说明。剧本游戏常常由游戏 DM 来承担解说的功能。解说，就是将话题导入要进行的故事中，给予某些重要提示，具有交代角色和故事背景、引导故事线发展的作用。

4. 关于剧本游戏中的对白

对白往往来源于生活，但是你注定不会把在一个车厢里听到的人们那种乱七八糟的谈话放入你的作品里。人们的日常会话与剧本中的对白的不同之处，在于对白专注于意义，而会话则重消耗。即使在写实的场景中，角色之间的对白也不应刻板地模仿现实。因为剧本中的可信性与生活的真实性并无必然关系，作品总是"生活的升华"。角色说话时，应该有明确或者潜在的动机。在剧本游戏中，角色的语言一般肩负着六项任务：

（1）执行一个内在的行动；

（2）为行动增加场景，建构转折点和围绕转折点建构；

（3）角色言语中的陈述和暗示传达出信息和观点；

（4）独特的口吻和用词强化对角色形象的塑造；

（5）通过语言将其他玩家带入自己的故事中，由此产生互动；

（6）每个角色的对白让场景和角色形成了"戏剧性真实"，引导注意力。

好的对白总是能够更好地完善人物和故事，让玩家和谐一致地完成剧本游戏的任务，创作出丰盈的趣味性。在对白中，名词对应物体，动词对应行动。角色对白中所使用的词汇代表着他的所知所感、所见所闻，所以，主动、扎实、有感染力的语言能够唤醒人们的记忆和想象力，直击人物复杂的内心。另外，在不同的语境下说出的即使相同的话也可能具有不同的含义。佐佐木智广在其《游戏剧本怎么写》中说："感情动向决定台词意义：不同的角色在不同状态中，其个体情感具有差异，因此即使是同一句台词，也会表达出不同的意思（而一种类似重复蒙太奇的手法，就是在不同的感情环境下，让角色说出同一句台词，借以表达不同的情感）。"

在角色对白中，谁对谁说什么？这是一个重要的推动故事和让玩家产生互动的手段。为了让每个角色都富有魅力和某种不可知性，我们必须在每位角色的言语中有所省略，而不能将每个角色的想法、情感、欲望以及隐蔽的行动和盘托出，所以，游戏的玄机本身可能就藏在角色的对白之中。

尤其是在还原本的剧本游戏中，还原本通常由谜案、人物之间的关系、世界观三个层次构成。玩家在参与还原故事的过程中，除了完成合规的推理，还能得到关于自身角色、任务的线索和其他角色的各类消息，每个角色所发生的事件都是在玩家的对话中传达，这是游戏的主要乐趣。

区别于影视作品和戏剧剧本，剧本游戏是很少有台词的。少量的台词往往只提供了某些背景信息，玩家进入角色以后大都是临场表达。他们藏在角色的背后，在虚拟的世界中体验到尊重，不会有人忽略他们的言辞。他们通过角色在规定的剧情里与人进行着密切的接触和交流，他们的真性情在某种假面之后得以流露。其他玩家第一时间对你的所言所行给予反馈，与你产生情绪与情感上的互动。在剧本游戏中，玩家不仅仅是演员，也是台词的创作者。

5. 如何塑造一个成功的角色？

剧本当中有许多人物，这些人物性格和行为特征不同，在剧本中承担的功能也不同。如何让玩家产生代入感，这是剧本游戏中人物塑造的重点。在此，有三个比较成功的运用值得借鉴，即让人物拥有完整的故事背景、标志性的性格或动作特征，以及合理的行为逻辑。

（1）让人物拥有完整的故事背景

这是人物创作的基础，即便某些角色的故事并不在游戏剧本当中体现，仅在创作者的脑海中时，这个角色的生平也应得到体现。这类体现最好是"事件性"的，而非"设定性"的。

　　什么叫人物"事件性"和"设定性"？事件性，就是通过事件来体现人物性格和某些行为特征；而设定性，是指创作者将某些性格特征和行为特征赋予人物时贴给他们一个标签。我们来看如下两段对一个家庭母女关系的描写。

其一

　　甜美、单纯与内心的真诚不再出现。每个人都在对方的窥视和猜疑之中，各自有着"透明的封闭"。母亲试图动用成人的优势和权力操纵女儿，而女儿却在这种企图和威胁之下，离母亲越来越远。母亲由于单身，时常因为做家务而弄伤自己，时不时让自己流血。而月莲对流血异常恐惧……月莲迎来了生理上改变，因月经而惶恐。可是，母亲却毫无察觉。女儿随后在学校的表现也不尽如人意，成绩不断下滑，学会了旷课、逃学、抽烟、喝酒，和社会上的不良青年厮混。母亲对女孩越来越不满，充满愤怒。

其二

　　她大声地吼叫着，我要烧了这里。她真的在家中放起火来，她烧了自己的一件旧毛衣和几本书。房间里很快弥漫着一团烟雾，她妈妈将一盆水泼在她身上。火熄灭了，可是，她内心的火更大。"我要离开这里！"她吼道。

　　"可是，这里是你的家啊。"

　　"我不要这个家！我讨厌这里，我讨厌你们，我再也不愿回到这里了。"她从角落里拽出了一只红色旅行箱，开始收拾自己的衣物。

　　她妈妈看拦不住她，就坐在餐桌边的一张椅子上呜呜地哭了起来。

　　月莲提着行李箱走下了宿舍楼，可是，天空下起了毛毛细雨。而她没有伞，她就这样拖着那只红色的旅行箱离开了家。

　　待她重新回家时，已是两个月之后。也是在雨天，她依然没有伞，她独自站在雨中，不时用舌头去舔落在嘴唇上的雨水。她两手空空，她那只红色的旅行箱不知身在何处。

　　很显然，以上两段都在讲述"月莲与母亲的不和谐关系"。在第一段的描写中，更多是作家的设定性描述；而第二段的文字则是作家通过叙述事件来表现母女之间不可调和的关系。比较而言，设定性描述像是作者强加给人物的，而事件性描述则更容易令读者具有代入感。

（2）赋予人物标志性的性格或行为特征

　　赋予人物标志性的性格或行为特征，可以使一个角色鲜活起来并具有较高的识别度。如在上面两段的描述中，月莲被定义为"叛逆"，而月莲的叛逆也成为推动情节发展的动力。人物剧本中角色拥有的鲜明性格特征不依赖于创作者的简单设定，创作者应该通过描述系列事件来完成对其性格的塑造。

　　除了赋予人物性格特征之外，人物的行为特征也能够塑造人物的性格。最典型的如美国西部电影当中的某些角色，抽雪茄、打响指、托下巴、面对凶险表现得很冷静，利用这类能够体现心理活动的动作，即可较为突出地展现人物性格。

（3）使人物拥有合理的行为逻辑

　　合理的行为逻辑，即角色对某事的反应不能违背正常的逻辑和角色本身界定的范围，即使因为剧情需要做出有悖于常规和其本性的行为时，也需要给出恰当而充分的理由。

剧本创作，在某种程度上就是从混乱的人物关系中寻求与某个事件有关的联系和秩序。每个角色的人生都因为某个事件而相互交织在一起。创作者需要这种有益于展示现实生活的混乱，辅以事件年表、时间表、地图和人物关系，从中提炼要点，带入感情完成讲述，并斩除冗余。

在撰写故事的过程中，创作者就是在给自己讲故事，首先能够感动自己，之后才可能感动他人。每位想要从事故事写作的人都应深悉这一箴言，才会有更多优秀的作品诞生。

七、角色定位及相互关系

顾仲彝在其《编剧的自我修养》一书中说："戏剧是危机的艺术，危机是冲突的转折点。人物在一次次冲突中揭示了性格的变化或发展。人物经过这样一系列冲突之后，性格必然随之而起必要的变化，思想感情，甚至世界观，都得随之起变化。"

角色定位就是分配给故事中每个角色的立场，比如主角、主角的亲友和主角的敌人等。角色定位能够明确角色之间的关系，也能够帮助掌握各个角色在故事中应当采取的行动，以形成某种戏剧张力。

主角是推动故事线发展的中心人物，而辅助角色因某种关系和机缘而与主角所参与的事件形成关联。辅助角色也对故事发展有着不可或缺的推动作用，对于丰富细节和增加色彩至关重要。

常规化的小说、戏剧和电影作品，都会有主角和辅助角色（配角）之分。故事主角是推动故事发展的中心人物，主角的行动和选择必然要重于其他角色。而在线下剧本游戏中，为了避免每个人的参与感悬殊太大，往往弱化主配关系，平均分配戏码。但在故事中依然会有中心角色，比如在追凶游戏中具有特殊身份的侦探和凶手，必然会更多地吸引关注和话题。为此，在某些有挑战性的剧本杀游戏中，主角往往由专业演员参演，从而更好地带动其他玩家，引导其他玩家。

在某些文艺作品和游戏中，也会存在角色重复的问题。角色重复是指在文艺作品或剧本游戏内出现相似角色。但是只要定位有明显区别，即使外观相似，玩家也不会明显感知两个角色重复（比如，同卵双胞胎兄弟的身份，或者一个人分化成两个对立的自我）。

当然，一个角色可以拥有多种定位，越是重要的角色，其定位就越丰富。比如，周星驰的电影《功夫》中，主角出场是混混角色，努力想加入斧头帮，经过一番磨难，然后回归英雄本色，其人生的逆转跌宕增加了电影的魅力。

角色需要与故事关联起来，角色与故事需要有衔接点，才能活起来。当然，个人层面的理由不能违背公众化的认知，否则难以发挥其效力。比如，一个穷人可以因偷面包而得到世人原谅，却不能因为穷去杀死一个无辜的富人，这样就严重违背了社会的基本道德。另外，一个普通公民揭露和阻止犯罪，比警察去揭露和阻止犯罪更让人敬佩。因为对于警察而言，消灭坏人是他的职责和义务，而普通公民缺乏更有力的保障手段和后援力量，更需要勇气和内在的正义感。诚如海明威所说："我们需要了解的是人，而不是角色。只有对人性有所洞察，你才能塑造出真实可信的角色。"

奇幻小说《魔戒》讲述了魔戒圣战时期中土世界各种族人民为追求自由而联合起来，反抗黑暗魔君索伦的故事，书中融入了作者对二战的思考。作者约翰·罗纳德·瑞尔·托尔金对精灵、霍比特人、矮人、食人妖、炎魔都有生动形象的刻画，每个角色的命运都与自身种族相关联，每个种族和其所处的世界都有独特的设定，角色与故事相映生辉。

在剧本游戏中，根据角色与故事的关系以及对游戏的作用，角色定位主要分为四种。

1. 与剧本游戏直接关联的定位

（1）NPC 是负责让玩家与玩家进行交互的角色，在剧本游戏中时常作为背景中的人物出现在游戏场景中，一般起到辅助玩家的作用。创作剧本时，一般不会给 NPC 分配重要的定位。剧本游戏中的 NPC，主要的作用与功能如下。

玩家角色的协助者，以各种方式协助玩家进行冒险的角色，例如商人或牧师；

引导玩家角色执行任务的关键角色，又称情节触发类角色；

群众角色，没有具体背景、台词的角色；

玩家角色暴行的受害者（不论阵营），被施暴后其反应视游戏剧本需要而定，如扮演死者；

玩家攻关的障碍和敌人，在游戏中玩家打败他们，可得到经验提升和技能升级；

玩家队伍的伙伴，在战斗中帮助玩家的辅助性角色，但不受玩家控制；

提供事件的背景信息，又称为情报角色，能提供玩家关于游戏的信息；

为玩家提供激励，使玩家获得奖励，又称回馈类角色。

（2）DM：向玩家介绍游戏玩法的NPC。

2. 推动游戏剧本发展的定位：主人公阵营和敌对阵营

在阵营本游戏中，各种角色可以被分为正反两派，两大阵营"相爱相杀"，我们姑且称之为"主人公阵营"和"敌对阵营"。

在绝大多数文艺作品中，主人公往往都拥有正面的形象。在主人公阵营中，角色与角色之间的关系，常见有如下几种：伙伴、情侣与家人。

伙伴角色能够起到"绿叶衬红花"的作用，伙伴角色通过倾听与对话，帮助主角表现出更加真实生动的感情，强大的队友反而衬托出更为强大的主角魅力。情侣角色是伙伴角色的一个变种，特指伙伴角色中与主角有恋爱关系的角色，或者可能与主角发展出恋爱关系的角色。家人角色的作用就是以社会观念为基础给角色赋予某些内在的设定，比如通常我们会认为父母一定是好的，当父母吵架时我们期望他们能够和好。家人角色在初期登场不用付出任何努力就能有很强的存在感。

如果没有敌对力量，故事就没有了张力。就好比在游戏关卡中，如果没有陷阱、机关、谜题、障碍、隐藏元素和各类困境等，关卡就没有了挑战性，游戏也就毫无乐趣可言。

敌对阵营中的角色可以是：敌人角色、竞争者角色、难关角色。敌人角色的定位是与主人公敌对，妨碍主人公达成目的。将这种定位赋予敌人是为了强化主人公达成目的的意志，燃起玩家消灭敌人的热情。因为敌人是能直接跟主人公对抗的角色，敌人的强大也能让战胜敌人的主人公更加耀眼。

敌人角色主要分为两种：恶人角色和敌对角色。敌对角色并非像恶人角色一样绝对恶，而是通过与主人公的敌对行为实现角色定位。

难关角色的作用是在故事中设置非打败不可的难关。同时，难关角色在关键部分出场，也是验证主角实力成长的一种方式（比如验证数值成长、验证新技能等）。难关角色的好用之处在于能让流水账一般的故事产生起伏。

3. 辅助剧情发展的定位：给故事带来变化的定位

美国著名写作导师杰里·克利弗给出了如下两个公式：渴望＋障碍＝冲突；冲突＋行动＋结局＝故事。在剧本游戏中，能够直接带来"障碍"与"冲突"的角色主要有如下三种。

（1）叛徒角色。在塑造过程中，首先要将其描绘为一个"看上去怎么都不像叛徒"的角色，可以创造一个假叛徒来衬托真叛徒，此外还可以让叛徒角色与主角拥有共同的秘密或者计划，加深玩家对叛徒的信任。玩家信任感越强，叛徒叛变时玩家受到的冲击就越大。

（2）竞争者角色。竞争者角色以竞争对手的身份出现，其作用是通过与主人公竞争让玩家感受到竞争带来的满足感。通过竞争，主角的成长过程也会更加直观。

（3）敌人角色。敌人角色是从反面衬托主人公的角色。在某些游戏中，敌人角色构成了某种关卡，在其被击败的瞬间就完成了身为敌人的作用。如果之后不重新赋予其定位，该角色就会处于消隐的状态，因此需要给他们一个伙伴角色或者其他角色的定位，否则只能通过死亡、失踪、突然消失等方法将其从故事中抹去。

在推理本或者阵营本的剧本游戏中，给敌人安排伙伴角色也会增加游戏的精彩程度：敌人角色也需要伙伴角色，敌人伙伴反水帮助主角也是一个很有意思的手法。"无间道"系列电影就采取了"我中有敌，敌中有我"的角色设定，呈现警察与黑帮斗争的复杂性，让故事充满悬念。

在剧本游戏中，我们不能让辅助角色变成"沉默角色"，而要通过牺牲、反叛、特殊能力等加强戏剧性和冲突感，让每个人都体验到剧情的变化。即刻画人物需要弧线，一个人天生就公正，毫无私心杂念和行为污点，注定是虚假的。虚假本身是一种恶，甚至是最大的恶。依然以周星驰的《功夫》为例，如果我们把《功夫》改编成一个欢乐本的剧本游戏，周星驰扮演的阿星曾为了出人头地而欺凌弱小，对于猪笼城寨的乡民而言，他就成为一个"前敌后友"的人物。

角色的转变能够提升玩家对人物的认知，并增加演绎的趣味性。对于表演者而言，"没有小角色，只有小演员"。同理，"没有坏角色，只有不好的表演"。

对于剧本游戏的创作者而言，我们需要记住斯坦尼斯拉夫斯基的教诲："爱自己心中的艺术，不要爱艺术中的自己。"说得更明白一些，就是不要陷于自恋，而是要面向你所从事的工作，回到创作本身。

4. 补充和强化故事定位的 NPC

（1）缓冲角色：缓冲角色的作用就是缓冲玩家的情绪，比如：在紧张中增添趣味性；在悲伤和沉重的氛围中增加欢乐；在烧脑和神经紧绷中，获得片刻的放松。

（2）深论角色（此处参考佐佐木智广的分类与定义）：深论角色的作用是对发生的事件或者某人的言论提出疑问和反驳，深论角色发出"这怎么可能""为什么"之类的声音。深论角色的设置是为了更深入地解释和讨论玩家无法理解的某些内容。

（3）动物角色：动物角色与家人角色一样，拥有某些约定俗成的特征。比如，狐狸是狡猾的，兔子是温柔可爱的，老虎是凶猛的，豺狼是恶的……基于人们对动物的认知，动物角色拥有人的属性，并具有人所共知的标签化特征。因此，动物作为角色出现，天然就会激发人的好恶情感。借助动物的反应，也能够表现一个角色的好坏。比如，豺狼、鬣狗总是成为坏人的帮凶，而山羊、兔子、鹦鹉等总会陪伴着善良与无辜者。在剧本中，依据动物角色与人物的关系以及剧情发展的需要，动物的善恶可以被重新定义。

（4）闲杂角色：路人、临时角色，这些角色可以增加游戏场景的真实感，只要出现在那里就有特定意义。

小说和电影面对的是读者与观众，剧中人物全景式地展现在他们的眼底，而剧本游戏中的玩家却无此"幸运"。除了剧情公示和人物剧本中所透露的信息，他们只能靠自己去"亲身经历"。

玩家作为"剧中人"，需要通过与其他"剧中人"交互，才能获知零散化的、随角色分布的情节及有关信息，从而渐渐看清谜案的真相和整个剧本故事的全貌。而这也正是角色扮演、沉浸体验的魅力与奥妙所在。对于创作者而言，游戏剧本中情节的组织以及整个故事的完成，与小说、电影剧本并无本质差异，区别仅在于呈现给对象的方式。

4

故事结构与玩家体验

在剧本游戏中，故事结构时常通过分幕来实现。剧本游戏的故事结构就是剧本的整体轮廓与框架，故事如何开头、如何发展、如何结尾等都是通过结构事先确定的。

结构影响传达信息的过程，同样的内容在不同结构下传达的过程不同，给人的影响也不同。剧本结构就像音乐一样，音乐的前奏与副歌部分是人们的关键记忆点，对应起来就是剧本结构的开端和高潮。开端就是导入部分，目的是从一开始就抓住玩家的心；高潮是剧本中最关键的时刻，表达创作者最想表达的东西。尽管前奏动听悦耳，但是中间的过程也需要深度挖掘。

顾仲彝在其《编剧的自我修养》一书中说："最有本领的剧作家，往往懂得如何在奔腾澎湃的剧情发展中悬崖勒马，在风暴到来之前突然宁静，在悬崖绝壁之前豁然开朗，另辟天地；他有挽狂澜于既倒之力，又能拖住高潮不让它有一泻无余之势。"

剧本游戏中蕴含的内容最终需要向玩家传递，所以准确有效的表达至关重要，而结构是否合理直接影响向玩家传递信息的程度。表达的好坏主要体现在阐述结论的时机和境遇上。

我们需要根据人们的心理，从玩家的视角来审视剧本结构，如下次序可作参照。

1. 传达目的

这是结构开端需要做的事情，主要作用是让玩家产生同步效应，让不同的玩家参与到剧情发展和角色的情感中来，并进行默契配合。而如果玩家只是被动接受了目的设定，在故事与情感上没有接受，玩家将失去游戏的内在动力。为此，在游戏开始时，需要向玩家表明目的或主题，避免让玩家在游戏开始后处于迷失状态，迟迟不能进入角色，或难以抱有后续期待。

2. 促进感情代入

就是将"我就是角色"植入玩家的意识中，然后遵照规则和任务要求将游戏进行下去。

当玩家了解自己的任务和目的后，会对出现了什么结果产生兴趣，接下来就应该让其明白达成目的的障碍在哪。让玩家面对挑战，更能激发他的兴趣。无论是从游戏流程还是从剧情波折的角度，设置难关和挑战都是一个让玩家逐步产生情感的有效工具。

当玩家与角色产生情感共鸣，玩家就可以体验角色在剧中的境遇，秉持角色所持的立场与态度。情感代入是测量玩家对游戏世界沉浸程度的指标，能否唤起玩家情感，是剧本游戏成功与否的分水岭。

3. 激发对高潮的期待

让玩家对达成目的产生心理饥渴状态是非常重要的，即要在最重要的时间点，将高潮展示给玩家。创作者不能在期待值没有达到顶峰状态时给出结论和结果，如此玩家只会产生冷淡回应。必须让玩家对达成目的产生渴望，即让他们陷入一种心理饥渴的状态。

4.高潮至，故事止

悬念诞生于高潮到来之际。讲故事有一个技巧，那就是"突然停止"。这样可以创造意外与惊喜，吸引玩家注意力，同时留下悬念，让玩家产生更高的后续期待。另外，高潮过后，玩家的兴奋度会急速下降并进入恢复期，如果想开启下一阶段的话题，需要隔一段时间。

斯坦尼斯拉夫斯基是世界著名演员、导演、戏剧教育家和理论家，他坚持以心理体验分析方法为创作核心，后期又以形体言语动作分析方法丰富了以内心体验为核心的戏剧理论。其系统总结的体验派戏剧理论，主张演员要沉浸在角色的情感之中，发掘和体验每个角色经历的情感瞬间。使用这种表演方法，演员所创造的角色会具有多层次的真实感，而且能诠释角色的行为与内心思想之间微妙的联系。

他对演员们说："我必须唤醒你们内心更活泼、更狂热的东西，一种追求艺术的希望。我想看到你们走向舞台时是充满渴望、兴奋激动、生气勃勃的。"这些卓有见地的话，同样适用于剧本游戏的玩家。

一、通过结构提升玩家体验

玩家一般分两种类型，即"受动型"和"开拓型"。受动型指玩家不会发挥能动性去完成某事，而更多遵照规定的情境和传统习惯而行事；而开拓型是指玩家具有做事的内在动力，这样的人物会主动地采取行动，寻找问题的解决办法，在进行游戏时会主动地寻找突破的方向，他们往往也会给规定的剧情带来某些意外。

剧本游戏中的玩家情感和体验主要有两种：一是玩家掌握系统和游戏的规则而获得的满足感和心流体验；二是玩家行为在游戏的社会背景下所产生的社交情感。我们要打动玩家的情感，并不能够依靠玩家的扮演水平，也不能依靠辞藻华丽的对白，不能靠诗朗诵式的抒情。我们需要引导玩家进入角色和剧情，促使玩家自然地生出情感，获得深刻的体验。

人类的情感大体上可以分为两种：快感和痛感。对于快感而言，有着欢乐、幸福、愉悦、刺激、振奋、销魂、狂喜、极乐等不同程度的表述；对于痛感而言，则有害怕、焦虑、紧张、苦恼、痛苦、恐怖、悲伤、屈辱、萎靡、悔恨等。

剧本游戏作为交互和体验的游戏模式，需要调动玩家的情感并使玩家将情感投入游戏之中，而丰富的情感体验也正是剧本游戏的价值所在。玩家移情于剧本游戏中的角色，体验他的欢快与悲伤，紧张与刺激，恐怖与销魂，悲伤与狂喜……要实现这些移情的目标，我们需要了解如何创作出真正能够打动玩家的剧本游戏。

当在故事的讲述过程带来一种价值转变时，我们就会体会到一种情感。比如由快感的不断加码，由快感向痛感的转变，由痛感向快感的转变，都会带来更丰富的角色体验。为此，结构成为剧本创作的关键要素，结构好坏直接关系到游戏的好坏。比如，一个人由穷变富是快乐的，一个人由富变穷则是痛苦的。这是一个由叙事结构不同引发情感反应不同的例证。

不善于传达的人往往会忽视详细过程，仅有简单的粗线条的描述，而善于传递者则会在信息的传达过程中代入情感，呈现细节。所以，如果要让听者能够产生情感代入，需要创作一个能够还原体验的故事并生动地讲述出来。这个道理时常运用在剧本创作之中。考虑到剧本的结构，就是要考虑信息传达的顺序，这是表达的技巧，也是好结构的基本条件。

在考虑结构的基础上传递信息与不考虑结构就传达信息，接受信息的人的感受是完全不同的。同样的内容，表达方式不同，即结构不同，给对方的感受与印象也完全不同。如果，剧本游戏内容有很多精彩和好玩的创意，角色塑造也很有魅力，但如果讲述方式不出彩，即缺乏好的结构支持，可能依旧让玩家兴味索然。

情感一旦达到某种高度，就会很快消散。情感时常是一种比较短暂而强烈的体验，猛烈燃烧之后，就会熄灭。假设，一个剧本游戏以一个人由穷变富作为主线故事，这个人逐步向他的欲望迈进，倘若财富的积累是一个缓慢的过程，财富带给他的冲击就不会那么强劲。而假使他是因为偶然因素而骤然变富（诸如中了彩票，或得到某位富翁的馈赠），人的情感转折就会来得较为猛烈，那么这样戏剧性就很强。

在剧本游戏中，可以恰当地运用这种情感的发生机制。如何向玩家传达这样的一种情感，并调动其他的情感呢？那就需要以具有结构性而生动的语言，刻画他穷苦时候所面临的窘境和一夜暴富之后的那种真实而细腻的感受。

二、结构上的"起承转合"

对于剧本的结构的划分大概有两种：一种就是我们常说的"起承转合"（中国诗词的一种技法），另一种是西方话剧中的三幕结构（开端—过程—结局）。而电影的剧本结构一般可分为"开端、发展、转折、高潮、再高潮、结局"。这都是遵循叙事的时间线进行划分的。当然，根据编创者技巧的不同，结构也会变化。

"起承转合"形成故事弧线和人物弧线，其中每个节点都存在着变化。而这种变化正是由生活和世界中普遍存在的矛盾与冲突所带来的。

1. 起——开端

在线下剧本游戏中，相互陌生的玩家聚到一起，常常会以破冰活动作为开场，破冰之后能保证彼此并不熟悉的玩家一起搭车游戏更出彩。

为了使剧本游戏在开端就能吸引玩家，我们必须让角色的行为动机能够被玩家所理解。另外，也需要考虑角色与玩家性格的适配性问题，只有让每个玩家都找到适合自己的角色，才能让剧本游戏的过程更出彩。

游戏初期我们需要向玩家说明的东西有很多，尤其是开端的前置准备。前置准备是指需要向玩家阐明的游戏目的、角色介绍、世界设定、人物关系等工作。但前置准备不应是简单的说明文，而是场景感受和事件引导，以便让玩家更好地进入游戏。

对于剧本游戏而言，好的开始往往很重要。游戏的开头若想成功，通常需要满足三个关键要素。

（1）传达剧本游戏主题和目的：剧本游戏的开端最重要的工作就是将游戏的目的传达给玩家。目的传达也是让玩家明白玩游戏的动机，需要明确告诉每位玩家，你接下来应该在游戏里扮演怎样的角色以及需要做什么。

（2）引导玩家进入设定的世界并熟悉玩法：在游戏开始时，即向玩家展示设定的世界，了解相关玩法以及可能遇到的问题。创意性越强的剧本游戏，就越需要增加玩家对剧本的理解。比如，通过地图布局、氛围暗示、关卡剧情演绎等做必要的提示。

（3）让玩家明白这是什么样的剧本游戏：在游戏的开端，就让玩家对剧情、角色分配、角色间的关系以及每个角色的作用和任务有所了解。

2. 承——过程

体验过程本身就是剧本游戏的灵魂所在。通往游戏高潮的过程，每个玩家都需要投入情感、时间和脑力。在从开端走向高潮的过程中，需要有分幕和活动支撑，而每个章节对整场剧本游戏都不可或缺，每个玩家所承担的角色任务也都分散在这些分幕里。

每个玩家承担着一定的目标和任务，在达到这些目标和任务的过程中必然有一些难关和障碍，这些富有挑战的情节设置，具有激发玩家兴趣，并引导其进入角色的作用，但分幕设计要注意其内容的重复度和演绎时间问题，重复度过高会使得玩家因缺乏新鲜感而丧失乐趣。

当玩家在游戏过程中遇到障碍时，可以适当添加援助情节，比如寻找物证、增强技能等，以推进目标进度，促进角色对于目标终点的追求。也可以释放某些情节，解释游戏人物的性格成因，加深玩家对剧本游戏内涵的理解，以便更深入地去感受角色、故事和场景。

3. 转——高潮

什么是高潮？就是剧本游戏冲突最激烈，或者产生重大剧情逆转的时候，玩家们体会到的诧异、惊喜、悲伤、恐怖、欢乐、感动的最高峰。剧本游戏的高潮也常常是玩家实现目标、完成任务的时候，比如揭开真相的那一刻。在高潮处产生巨大的情感波动能够使剧本更有戏剧性，更能产生剧情升华，让人获得极大的愉悦感。

正是之前的投入唤起玩家对高潮巨大的情感共鸣。因此，高潮的成败取决于通往高潮的过程。轻易的成功不会带来喜悦，通往高潮的过程一定要充满曲折与挑战。诸如，经过磨难而获得成功，凶手多番掩盖但最终暴露真相，人物经历各种考验变得面目狰狞，前面的谜团在玩家心中变得明朗，玩家积累的情绪得到了释放，苦寻已久的谜底得以解开等。

4. 合——结局

留下疑问还是完全释然？是欢乐纵情释放，还是带着久久的沉思？不同类型的剧本游戏最后的结局也注定是不同的。

设定游戏结局一般有两类，第一种是通知游戏完全结束了，属于这场游戏的回味、想象、思考都留给玩家自己；第二种是告诉玩家"到此并无真正结局"，暗示有彩蛋或者故事的续集。

悬念的设置条件与技巧

故事得以延续，关键在于悬念。读者、观众或者玩家如果没有期待和疑问，就难以长时间停留在无关的事件中。

悬念，是指让人产生疑问、期待解答的情节设置的方法。在文艺作品中，悬念的设置需要一番前述性铺垫。如果让人一眼看到结局，那就不能称其为悬念。

詹姆斯·斯科特·贝尔说："意外是两个人坐在餐厅餐桌旁，这时一颗炸弹突然在桌子下面爆炸了。悬念则是观众听到了桌子下面定时炸弹的计时器在滴答作响，却不知道它什么时候会爆炸。"

悬念的形成、保持和加强，可以依靠"抑制"和"拖延"的艺术手法，有的剧作理论也称之为"缓解"或"延宕"。"缓解"是指在尖锐的冲突和紧张的故事进展中，利用矛盾中的某些条件和因素，使矛盾冲突受到抑制或干扰，出现表面的、暂时的缓和，实际上却更加强了矛盾冲突的尖锐性和情节的紧张性，加强了观众的期待心理。"延宕"是指冲突在紧张时刻突然落幕，造成"欲知后事如何，且听下回分解"的悬念和间隔，从而大大激发了受众继续探询的好奇心，产生良好的艺术效果。

悬念设置乃至结局，需要"出乎意料，又在情理之中"。为此，悬念的构成一般需要如下三种条件：

其一，人物或故事存在两种命运、两种结局，而情节和时间进入一个关键点；

其二，两种势力发生冲突，势均力敌，胜败攸关，不知最终鹿死谁手；

其三，受众或玩家产生代入感，共情于"剧中人"，激发了他们的喜爱或厌恶。

总体而言，悬念一般设置于人物之间的矛盾冲突和情节逆转之际，也常常是故事高潮所在。在叙事中，故事如流水般行进，波澜起伏。情节线绵绵延展，悬念与悬念次第诞生，吊着人的胃口，随着冲突的上升而不断加强，大悬念成为整体故事冲突的焦点，推动高潮的到来。

三、设置支线故事

1. 主线故事与支线故事的关系

剧本中故事的构成应该是人物、故事背景和发生的事件，但可以说，故事是由人物、主线剧情和支线剧情组成的。

为什么故事需要有主线和支线？主线顾名思义就是贯穿整个剧情的事件，犹如大树的主干；而支线故事就是与主干故事相关联的人物、时间和场景中那些额外发生的小事件，犹如大树的主干上长出的枝丫。没有枝丫，那么大树就只剩下一个光秃秃的树干；而没有树干，枝丫就无法存活。

剧本存在的意义就在于使一些玩家以及与其有所关联的角色参与到这场游戏中来。所以，剧本游戏中一定会存在一个故事。没有故事，这场游戏就失去了将玩家聚集起来的因缘。而剧本游戏如果只有一个独立的支线故事，缺乏一个统摄全局的主线故事，就会显得十分散落，会让玩家感到云里雾里，而难以将注意力和情感灌注到一个共同关注的焦点和核心上，从而导致难以形成完整而关键的体验。

无论是小说、话剧、电影，还是剧本游戏，主线剧情往往都是必不可少的东西。但如果没有支线故事，主线故事就会失去情节的丰富性和足够的逻辑支持。无论原本多么富有意义的主线故事，最终都会变得干瘪而无趣。没有支线，只有主线的故事，基本上很难成为一个好故事，而支线剧情的丰富程度，以及支线剧情和人物同主线的结合程度，基本上决定了故事的好坏。

故事的主线，往往是支撑起整个剧情的核心事件。以周星驰主演的电影《功夫》为例，《功夫》的主线就是一个小混混如何出人头地的故事，其中周星驰所扮演的角色能言善道，但一事无成，历经磨难，屡败屡战，随后加入斧头帮，渐渐分清善恶，习得如来神掌，拥有绝世武功，并铲除斧头帮恶势力。各个情节都围绕这个主线而展开，其中主人公少年时打抱不平关爱残疾女孩，以及猪笼寨隐匿的那些江湖高人的背后故事，形成了丰富的支线。

这样支线与主线故事相互关联，从而让故事变得生动而具有说服力，开创了一种象征主义的功夫片新类型。

如果没有主线故事衍生的那些支线，主人公只是在路上捡到了一本绝世秘籍《如来神掌》，他照着练了一番就拥有了绝世武功，毫无悬念地去除暴安良，这样的故事就会因为平铺直叙而缺乏曲折性和趣味性，故事中就只有"起承"而无逆转和高潮，从而变得平庸无奇。

同样的道理也体现在剧本游戏里。一个好的主线故事也需要支线的点缀与强化，这样才会让整个剧本变得精彩、有趣和充满意义。

在剧本游戏中，时常会遵循 TRD 原理，通过设置支线故事让游戏内容变得复杂，以此增加游戏的趣味性和闯关难度。比如，在推理追凶、故事还原等游戏剧本中增加混淆线索，花费一定的笔墨刻画在凶案发生前某人与被害者发生过争执的情境，但事实上，这个人并没有杀人，可以在时间线或杀人手法上将此人嫌疑排除。

主线是与游戏目的或世界相关的故事流程，而支线则诸如与角色感情及人物关系变化相关的故事。在剧本游戏中设置支线能够在故事发展中增加故事深度，但是需要注意三点：（1）支线故事也要有结构；（2）支线故事应与主线故事紧密相关；（3）支线故事不能喧宾夺主。

2. 构建支线故事常用的形式和方法

（1）埋植伏笔

伏笔是为了实现前后照应的效果，剧本里前段为后段埋伏的线索。伏笔可以是事件、重要信息、台词、道具等多种形式，埋伏笔能减少玩家的唐突感，增加彩蛋似的惊喜感。

就像相声中使用的"包袱"一样，后面的"包袱"抖开都得益于前面的铺垫。在剧本游戏中，某些伏笔就是为建立支线叙事而设。设置伏笔通常遵循这样的方式：当玩家第一次看到它们时，它们具有一种意义，但通过搜寻和再次了解之后，它们又被赋予第二层更加重要的意义。所以，伏笔必须埋设得足够牢固，当人们进行记忆回溯时，能够找到那些伏笔，而不至于对于那些伏笔是否存在还模糊不清，或者记忆淡薄。同时，如果伏笔过于微妙，大家就会忽略其用意；而如果埋设的技法拙劣，用意变得明显，观众则会过早地看到故事的转折点，从而失去惊喜的体验。

（2）制造谜团

在剧情的推进中，编剧往往会在某个节点留下谜团，然后在后面的叙述中揭开谜底，这种手法叫"下饵"。设置谜团的好处是能够增强故事的吸引力，但谜团只应被放在故事发展过程中需要的地方，否则会使玩家陷入困惑。然后，为解开这个谜团便可以延伸出一个支线故事。

"好奇心加上吸引力才等同于神秘性"（简·K.克莱兰语），也就是说，谜团必须埋植于富有吸引力的情节之中。

（3）预告

预告手法就是提前让玩家知晓将要发生什么，但玩家又不知道如何发生。这样可以激发玩家对后续过程的好奇与期待，让其产生联想，营造出一种紧张感。就像评书和某些电视连续剧，往往在开始对前面的内容进行简单回顾，而在本段的结尾，为了激发听众/观众的兴趣，也会对后面的章节进行简单的预告与提示。

预告并不都是对主线故事的陈述，可能是一些支线故事和对某些情节的提示。预告可以作为建构一个支线故事的开始。

（4）假动作

所谓的假动作，是指跟故事主线无太大的关系，而仅仅为活跃气氛或者制造一种情绪而使用的一种具有"欺骗性"的行为。假动作可以给人带来惊喜、惊吓这样的效果，产生一种"伪高潮"。比如，在黑漆漆的屋子里，一个身影鬼鬼祟祟地埋伏在角落里，而当女主人形影只单地回来，在尚未打开灯的刹那，那个黑影突然跳出来，女主人尚未来得及尖叫，就被人蒙住了眼睛，当女主人惶恐地开始挣扎时，这时房间的灯打开，原来是她的男朋友为她买了很多礼物并将房间布置一新，为她庆祝生日。

（5）回想

回想是一种类似于倒叙的表现手法，能够让玩家产生"肯定会有什么事发生"的期待感。比如说，主角心想，"如果不是那场意外，二舅就不会是今天这个样子了"，然后就开始回溯二舅往日的经历，一则悲苦感人的人生故事可能就此展开。

支线故事可以为主线故事制造纠葛。比如，在追凶类的剧本游戏中，当人们将目光逐渐聚焦到凶手身上时，通过支线故事树立的正面人物，却利用大家的信任极力为凶手开脱。

支线故事可以与主线故事所贯穿的思想构成矛盾，从而对主线故事形成反衬，以丰富整个剧本游戏的内涵。比如，在"爱受到种种挑战，而最终有情人终成眷属"的主线故事里，可以有另外的一对的爱情故事最终以悲剧告终，主线故事表达着"爱可以让人为对方付出一切"，而支线故事的主导思想则可以是"人性是如此脆弱和经不起考验，出于贪婪，原本相爱的人也会互相背叛"。

这种看似矛盾的思想同时存在于一个故事里，无疑让故事的总体意义变得更加复杂多样，从而以支线故事与主线故事构成回响，让同一个主题变得更加丰富和深刻。

当然，支线故事也可以对主线故事的主导思想有增强表达的效果，从而对相同的主题进行补充和强化。比如，在某些具有喜剧色彩的故事中，正义者形成联盟，相互支援、帮衬，最终会有一个皆大欢喜的结局。

除了主线和单一的支线以外，还有多支线故事的结构模式。这种结构往往更适合剧本游戏，在每条支线的故事中，每位玩家都可以成为支线故事中的主角，以满足每个人的参与感，获得更好的体验。

多支线的故事结构就是没有一个主线故事做骨架，而是使一系列情节线相互交叉，或者通过一个关键事件形成连接，这个特征在密室游戏中体现得最为充分。在密闭的空间里，每个人都有每个人的背景、目标和行动方式，因为某件事而被困在了一起。每个角色所形成的支线故事融合成一个整体，而没有可以统摄整个故事的角色和主导性情节线。

更多的支线故事无疑会使玩家迷惑不解，所以不管支线故事显得多么分散、凌乱，都必须要让观众能明白它们之间存在的联系。缺乏联系的支线故事不应该出现在同一个剧本游戏中，那样它只会对剧本产生分割和损坏，对作品的结构和实际效果都会带来负面影响。

以章回体小说《西游记》和《水浒传》为例。《西游记》的主线故事是西天取经，而在十二回之前，本书着力描写的是主线故事的两大主角孙悟空与唐玄奘的有关事迹，并未涉及西行取经主题，之后玄奘才开始上路，开启了真正的主线故事。之后降服八戒、沙僧、白龙马，使其加入团队并承担起护卫、挑担、坐骑的责任，大家伙一路斩妖除魔，历经九九八十一难，直至取得真经。整部作品很好地体现了"支线故事可以为主线故事制造纠葛或强化人物"的作用。

而《水浒传》的主线故事是"逼上梁山，反抗朝廷"，但直至三十八回"浔阳楼宋江吟反诗，梁山泊戴宗传假信"，小说才祭出谋反的主题大旗。而之前九纹龙史进、花和尚鲁智深、林教头林冲、青面兽杨志等英雄陆续出场，都浓墨重彩，显示出"上梁山"并非英雄们预设的目标，而确实是形势所逼。所谓"逼上梁山"，表明英雄们本无造反的主观意愿，而最终也只是一种"示威求降"的结局。英雄不过尔尔，这是"跪着造反"的悲哀。

相比而言，《西游记》更是适合改编成剧本游戏，人物在每个章节中都有充足的戏份，故事中也有着奇异的世界。《水浒传》更具有悲剧色彩，主题性并不鲜明，在叙事上"支线掩盖了主线"，更多突出个人的命运，而非集体的命运，即使被改编成阵营本，也不存在势力均衡的对阵双方。

四、剧本中的矛盾与冲突

制造矛盾与冲突也是塑造人物的主要方法。矛盾与冲突是故事张力的源泉，它驱动了人物角色在故事线上的运行。

故事是生活的缩影、印证，是生活的比喻，它包含自由想象，却拥有着人性的真实。冲突不仅是剧本的审美需要，它也是剧本的灵魂。人，本身陷在生命有限的困境之中，有着与时间的冲突。对于我们生活的世界而言，还时常存在食品短缺、正义不足、爱不能及等诸多的烦恼，我们的人生本身也被这些矛盾和冲突所左右着。虽然我们期待所有的人能够很好地沟通，人人变得善良慈爱、彼此谅解；每个人都能尊重环境，对利益相互谦让，采取有益于整个人类的生活方式；权力者拥有谦卑之心，贫弱者也能够保持独立并拥有自我成长之心。但事实上，每个人面临的苦恼与困境却很难消失无踪。

存在主义思想家让－保罗·萨特[1]说，人的幸福感来源于人的自主性。一个人如果能在生活的世界拥有自主性，他就会感到幸福。人在任何情况下都是自由的，他也要为这种自由承担责任。所以，在生活里或者故事中存在冲突与矛盾并不会破坏人的幸福感，关键在于他们能否在其中获得自主性。这也正是剧本游戏的魅力所在。

人们内心的和平与世界的和谐是如此之珍贵。人类所欲之多与可得之少，形成一种普遍的冲突。除了各种"匮乏"之外，人类还常常感受到无聊。无聊就是在我们失去欲望之后，当我们失去缺乏感时所产生的一种内在冲突。总之，无论是外在需求，还是内在需求，人们所经受的物质、头脑、情感和精神上的冲突，很难被全部清除。

任何感人的作品，其中的人物都逃脱不了矛盾和冲突的问题。罗伯特·麦基在其《故事》一书中有言："若无冲突，故事中的一切都不可能向前发展。"矛盾冲突创造出故事的张力、节奏、悬念，冲突之于故事，犹如声音之于音乐。

故事和音乐都是时间的艺术，时间艺术家最艰难的也是唯一的

1　让－保罗·萨特：法国20世纪最重要的哲学家之一，法国存在主义的代表人物，享誉世界的文学家、戏剧家、评论家和社会活动家。哲学著作有《存在与虚无》，小说作品有《恶心》《墙》《自由之路》等，戏剧作品有《死无葬身之地》《肮脏的手》《恭顺的妓女》等。

任务就是要勾住我们的兴趣，始终如一地使我们保持注意力的集中，然后带着我们在时间中穿行，而又不让我们意识到时间的流逝。子在川上曰："逝者如斯夫！"我们看不到"子"，但时光依然在流逝。

人类的欲望永远不可能得到真正的满足。比如，从得到一个房间到一座房屋，从小房屋到大房屋，从大房屋到院落，从院落到对风景、地段的需要……而资源总是稀缺的。人们心有所爱，但所爱并不爱我，所爱也并非为永爱，如此种种，决定了人类永远处于内心冲突与和外界的冲突之中。生命不息，冲突不止。

人类去解决矛盾和平衡冲突，就会随之形成一种对抗力量。对抗力量，这个词组的主角并不特指反派人物或坏人角色。所谓的好坏，属于道德和意识形态评判范畴。历史和现实都告诉我们，这个世界并不存在绝对的好人与坏人。一些人做好事，但可能却是最大的恶人。

人们追求欲望对象时，会设计方案、开展行动以解决矛盾，平衡冲突。但如果在追求这个目标的过程中，不但没有得到帮助反而招致对抗力量，造成他达成目标的种种障碍，瓦解了他的努力，这些阻碍他实现目标的力量就是对抗的力量。这种对抗力量可能来自自然、社会和个人。

这里说的对抗也正是指来自四种冲突层次的负面力量。

1. 自然冲突：大自然所带来的灾难，如飓风、地震、干旱、洪水、严寒或病毒；时间不够完成某事；地方太远，以至于不能去获得某种需要的东西。在这些自然力量外，有些作品还会附加超自然或魔幻的力量，这里力量更多出现在变格剧本游戏作品中。

2. 社会冲突：政府、军队、企业、学校、医院等每个机构都把自己建成了权力的金字塔，其面临的主要是权力的得失所带来的矛盾与冲突。

3. 个人冲突：朋友、家族、亲人之间因为观念、情感和利益上的矛盾而形成的关系困境。如家族成员争夺继承权，夫妻离婚争夺孩子的抚养权等。

4. 内在冲突：个人理智、身体、情感等方面的矛盾，如失忆、病痛和被内心的情感矛盾所折磨。

"生活，就是冲突。"心理学家们的解释是，在任何时候我们的大脑都会将我们正在经历的东西与曾经的经历相比较（无论是真实的，还是媒体创造的），然后在符合以往经历的基础上，做出一系列情感和认知上的反馈。因此，当我们在玩游戏时，我们的大脑会认为一个真实的社会经历正在发生，并沉浸其中。这种现象使得我们能够经历另一种人生，同时也组成我们人生经历的一部分。某些看似分裂的人格，又能在正常的理性中得到统一。

矛盾冲突是小说和影视作品的核心看点，人物因为行为准则、情感、利益等产生矛盾，矛盾受到激化成为冲突。产生矛盾、如何解决矛盾，是吸引读者和观众的关键。

当剧中人物为目标而奋斗，对抗力量也就随之产生。从诱发事件、发展过程，到面对危机的决定与行动，以及最后的结局，故事的行动主线是人物对目标的追求，人物在追求过程中与各种对抗力量相交锋。从一个场景到另一个场景，剧中人物都经历了欲望萌生、觉察对抗、进行选择、应对行动、形成结果的过程。

对抗，能够让人焕发出能量。存在危机，才有冒险行动。为了推动故事的情节发展，创作者必须循序渐进地制造冲突。人物遭遇的冲突，可以来自负面力量中的任何一个、两个或者所有。

比如，在灾难片中，人物对抗自然；在张扬英雄主义的电影中，角色对抗社会异己势力；在家庭伦理片中，人们对抗着个人和内心的冲突。在冲突中，角色耗尽所有，需要努力重新找到内心的平衡，要么获得他想要的，要么失败。但任一主题的影片往往都在反映着两种以上的冲突。

在剧本游戏中创作中，鲜有个体对抗自然和对抗社会的冲突，而常见的人物之间的矛盾冲突主要有：情感冲突、观念冲突、生存危机、利益冲突以及因信息差造成的冲突。

在文艺作品和剧本游戏中，我们常见的引发冲突的主要因素及冲突的主要类型有如下几种。

1. 利益冲突

利益冲突涉及社会大背景的构建，需要作者具备极严的逻辑性。比如，《水浒传》中涉及的是梁山好汉和朝廷之间的冲突，两方代表了不同的阶层，朝廷所代表的封建统治阶层天然就对底层民众存在压迫。但剧本游戏的冲突主要表现于个体与个体之间，即使某人代表着某种社会体制，他也只是以个人身份参与其间。

2. 情感冲突

情感冲突是最能引起读者共鸣的，如利用亲密关系遇到的危机或背叛来形成矛盾冲突。情感冲突在关系紧密的人之间，更为常见。比如，情侣之间、母女之间、父子之间、朋友之间，往往会产生情感上的矛盾与冲突。

3. 观念与认知冲突

观念与认知冲突在生活中极为普遍，对于一个事件，由于认知和固有观念的矛盾，人们的看法往往也不同，由此，会造成人际关系的紧张。观念与认知冲突主要是人物在对事件的判断和选择上出现分歧，也可能会形成一种价值观的冲突。由于不同的观念和认知驱动着人物做出不一样的选择和行动，剧情也就能顺理成章地展开。观念和认知的冲突可以贯穿于整个故事，人物会随着剧情的发展逐渐改变。

而好人与坏人之间的冲突，往往就是由不同的价值观和立场引发的。观念和认知决定了一个人究竟是怎样的人，这能够丰富人物的形象。剧中人物如以某一个观念和认知为准则，对于认同这种观念和认知准则的玩家，会增强其对角色的代入感。

4. 生存危机中生与死的冲突

在根据高见广春原著小说改编的电影《大逃杀》中，独裁政府对学生们进行生存试炼，将他们放逐到一个小岛上，随机配发武器，设置了一个生存的期限让学生们互相残杀，只有最后一个存活者能获胜离开。离规定的期限越近，就越会让人感到紧张。

5. 信息差引起的矛盾冲突

信息差引发的矛盾与冲突在小说和影视作品中的应用更为广泛，从主线情节上的埋梗，到某些情节片段中的小矛盾和误会，都可以用信息差来构建。

每个人之间都存在信息差，这些信息差的存在正是现实生活充满矛盾和冲突的原因所在。剧本游戏中所采用的叙诡，也正是利用信息差来创造故事冲突。

像乔尔·科恩 2007 年执导的电影《老无所依》，其中的杀手安东·奇古尔梳着规整的蘑菇头，拎着灭火器般的喷钉枪，无视世间的法则却坚持自己的原则，沉默寡言却"一诺千金"，杀人如麻却又厌恶鲜血。这样的角色为了追回在枪战中失去的金钱，毫无人性和温情，给人一种彻骨的冷意。他的这种冷酷无情，却暗示他极端的心理和生存环境。

简·K.克莱兰在其《情节线：通过悬念、故事策略与结构吸引你的读者》一书中说："一旦你知道一个人渴望什么，他愿意做什么来满足这种渴望，你就可以找到一个旗鼓相当的对手——顾名思义，这将产生冲突。你可以通过确保冲突与首要动机同步，来使冲突足够重要，从而推动故事发展。这个过程的三个步骤如下：（1）找出某个人的渴望；（2）选择一个对手来制造冲突；（3）使冲突和首要动机同步。"

"幸福感源自人们能够自主地行动"，这是在剧本游戏中进行相关设置时需要遵循的指导思想。无论矛盾和冲突多么激烈，我们都尽量不要让玩家在游戏中失去自主性，仅是被动地执行规定的任务，而要让他们体验到"自主地决定着自己所扮演角色的命运"。

五、关于真相的还原

关于一个事件的发生，每个旁观者都有自己的视角，所言并非全然真实，猜想可能由此产生。某些猜想可能被视为"谣言"与"谎言"。

比如，一户人家突然呼的着起火来，面对熊熊火势，在起火原因未被探明之际，人总是怀有一份好奇心：好端端地为何着火了呢？每个人就会根据往日所见所闻，在心底产生联想。这些联想可能在与他人的交头接耳、窃窃私语中悄然流传，人人添油加醋和肆意删改，融合自己的想法和观念。于是，产生了各种各样的说法。有人说，八成是他们家的煤气罐泄漏引发了爆炸，因为前几天这人看到男主人扛着一个破旧不堪的煤气罐回家；有人说，可能是他们的孩子玩火引起了火灾，因为前些天他看到他们的孩子在玩一种喷火枪……如此种种，这些猜想可能并未说出真正的起火原因，但也道出了另外一些真相。而利用信息差，正是许多剧本游戏创作的根本技法。

面对事件的发生，恐怖的不在于这些谣言和谎言，而在于在探寻真相的过程中受到阻挠。剧本游戏中的真相还原，类似于针对某个新闻现场，玩家们总是从自身饰演角色所在的角度窥得事件的部分，他们类似于上述例子中火灾的旁观者。人们渴望真相，因为唯有真相能够带给人们真正的启迪与教育。他们有追寻真相的权力，虽然这种追寻会遇到挑战和干扰。相比现实生活中真相被遮蔽带来的悲哀，在剧本游戏中，这些挑战和干扰反而成为乐趣的一部分。

只有去观察，去探寻，才会有真相明白起来的时刻。其实很多时候，真相本身并不是最重要的，最重要的是去认知，"拥有自由而宽阔的通往真相的道路"。就像科学家可以提出各种猜想，而这些猜想注定不会全是真实的。要检验这些猜想是否正确，唯有观察与实验。要知道薛定谔的猫是死是活，其实只要打开黑箱子看一下就知道了。猜想和预测不是不可以存在，而重要的在于去用有效的行动去解开谜团。

剧本游戏对于玩家而言，重要的在于找到参与的路径并享受获取真相的乐趣。就像垂钓爱好者目标并不是"鱼"，而在于"钓"，其往往乐乎钓，而轻乎鱼。

剧本游戏中所谓故事的真相，仅仅是创作者所构设的真相。这种真相的还原得益于情节碎片（A）、证据（B）、时间链（C）和逻辑（D），而所有这些元素相加是否能够导出一种真相（E）？

即 A+B+C+D 一定等于 E 吗？即使这些元素相加能够得出 E 这样的结果，但除了 E=A+B+C+D 之外，可能还有另外的表达式——E 可能也同样可以由 X+Y+Z 得出。

也就是说，我们在剧本创作当中，要创建多种方案，而面对多种方案，应该努力去寻找一个最优解。

六、氛境对情感的代入

剧本游戏中的角色，是玩家进入游戏、体验别人生活的载体。

在特定的氛境（环境与氛围）下，再加上独特的叙事方法，玩家在进入游戏时，能够自然而然感受到情感。剧本游戏中的角色是玩家进入剧情世界的载体，让玩家进入别人的人生之中，摆脱现实的束缚，去体验不同的人生经历，去与其他的角色互动，学习和实践饰演角色的技能，完成规定的任务，与其他玩家沟通，建立起社交关系。这一切的行为都让玩家代入感情，在付出精力与时间的过程中，加强了现实与剧本游戏的联系。

如果玩家没有建立起对剧本游戏中"戏剧性真实"的认同，就去体验这个游戏，则会有一种割裂感，难以沉浸其中，而不能被游戏中的故事和人物所感染，从而也体验不到剧本游戏的整体感受。所以，优秀的游戏也需要重视对游戏环境和氛围的营造，在一切能与玩家进行互动的内容上都能做到有可观、可听、可感的情景引导，通过氛境逐步将玩家带入游戏的故事之中。

逼真的环境与氛围的设计与营造，会增强故事的感染性，使玩家产生较强的代入感。在多人游戏中，往往需要营造一个大场景。但在其他类型的游戏中，可能就需要通过其他的细节去营造故事中的氛境。情景化设计不仅能够增强氛境感受，也能降低玩家的理解成本。但如果，玩家在剧本游戏刚开始时就已经知道故事的结局，或者预先知道自己所扮演的角色将会体验到怎样的内容，就容易陷入无趣无聊的状态。

剧本游戏通过各种方式营造环境和氛围，以及设置各类的玩法、机制、关卡，目的都是让玩家进入剧本世界之中，满足玩家在现实社会中的各种幻想。这些都是为了让玩家在游戏过程中逐步获得自我认同、得到情感宣泄，以及与他人的交流而形成呼应和共鸣。玩家通过参与剧本游戏，也能够得到文学训练、提升表演技能、获得人生感悟、磨砺人际交往能力，而剧本游戏创作者需要抓住有益于玩家体验的关键点，让玩家与角色和故事之间的联系不断得到强化，从而形成更好的关联。

中国传统诗文中所追求的"寓情于景""情景交融"，便是对完美氛境的诠释。

七、抉择驱动感情

通过玩家的决策与选择驱动游戏的进程，让剧情按照玩家想要方向发展。而在游戏中遇到的决策与选择，都是经过游戏设计者精心设计的，让玩家在发现问题、解决问题的过程中成长。同时，好的游戏还会在问题的背后埋下更深的伏笔去触达玩家的内心，这些伏笔就是游戏在设计之初就确定下来的核心哲理，以及游戏想要表述的价值观，让玩家在做出选择的时候在认知层面投射自己的意识与想法，与游戏的价值观产生碰撞，从而产生情感激荡，甚至是对自己价值认知体系的重新审视。

这类型的游戏，总是在特定的环境背景下，扮演了一个极富故事冲突的角色。你会遇到形形色色的人物，了解他们背后的故事。游戏给你的任务就是在各种冲突中去做出决策与选择。例如在《我的战争》中，你会遇到弹尽粮绝、身染疾病时刻，在外出的过程中，你会遇到一对老夫妇，你会选择为了自己生存拿走他们仅存的粮食并弃之不顾，还是发挥尊老爱幼的优良品德？遇到同样在乱世生存的陌生人，你会选择踏着他的尸体让自己过得更好，还是去寻找其他出路？

玩家扮演的角色不断选择的过程也是玩家自己的价值观不断碰撞的过程，每次碰撞都在玩家心里引起感情的涟漪。

八、游戏剧本的结构类型

对于游戏剧本而言，文本最终是以分散化的人物剧本的形式呈现，其框架与一般线性叙事的戏剧和影视剧本大为不同。要搭建一个剧本框架，首先得确认这个剧本的类型。不同的剧本类型有不同的结构模式，下面简单列举一些比较常用的结构模式。

1. 案件核心结构

这是最悠久的谋杀之谜的结构，它以命案为核心进行展开，根据死者身份以及可能存在的动机来设计人物，每个人物都有动机和目的，往往不止一人具有嫌疑，角色之间以及角色与被害者之间存在某些关联，无过多的命案外展开，背景故事非常单薄。

2. 单核单线结构

这是最常见的结构，某个旧案或旧事的相关人员在相同的时间点因某个原因聚集在了一起，然后发生了新的命案。这类结构的优点是结构非常清晰，虽有支线，但主线尤为突出，故事不容易散，故事部分基本不会走偏，人物关系明确，非常适合新手玩家进行推理。

3. 单核多线结构

这种结构算是对上一种结构进行改良的结果，它依旧以单个核心事件或核心角色（死者或幕后主宰）作为基础的支撑点，但单核更多被应用于引入事件发生之后的一连串事件或核心角色所作所为所带来的影响。而在这类影响当中，部分玩家的故事被分隔开，形成了多条复杂的支线。

4. 多核交叉结构

这类结构算是最复杂的一种，它拥有多个核心事件和核心角色，并且故事线相互交叉，在诸多事件的相互影响下，每个角色都个性鲜明，对于推动情节的发展都有着独特的作用。但由于人物事件众多，对于创作者的叙事功底有着极高的要求，稍有不慎就可能出现边缘角色甚至整个游戏直接崩盘的结果。

5. 平行螺旋结构

这是较为特殊但近两年较为常见的结构，特征是两条或两条以上的平行故事线螺旋上升式发展，平行线可能由两个或两个以上不同的世界或故事组成，二者之间会存在非常多的联系、映射，形成并行或者承接的关系。这种结构的优点是可挖掘程度较深，世界的转换相当于小反转，能够提升玩家的体验感。

6. 圆环结构

圆环结构是比较少见的特殊结构，基本只存在于还原本当中。在这种结构的剧本游戏中，玩家需要一步步往圆心推理，而所有的推理环节一环扣一环，有差错的话就容易出问题。这一结构看起来和单核多线结构非常类似，但实际上整个故事的核心事件并不止一个，它更像是多核交叉结构，相比起来多个核心较为复杂，且不仅故事线相互交织，连核心都相互联系在一起。

除了以上列举的结构以外，某些作品自然也有着自己独特的结构。独特的结构能够使得整部作品的品质上升一个台阶，而合理地架构起整个故事亦是对创作者最基本的需求。

避免落入想象误区：想象力必须落地才能成为创造力

年轻的创作者往往并不缺乏想象力，但如果缺乏切实可行的落地计划，想象就只能是空想。

想象可以成为创作灵感的源泉，但我们不能止步于想象。作为创作者，我们不能落入想象的误区。想象误区是指，创作者将脑海中浮现的某种体验等同于能够产生这种体验的系统。

比如，作为一名船舶的设计师和制造者，你的脑海里就不能仅有船舶遨游于万里波涛的画面，而更多应该是关于船舶的结构、材料、工艺参数和功能等内容，你需要考虑的是实现这些体验的底层机制和系统，你脑海中关注的重心是"船舶"，而非"航行"。

将航行和船舶混为一谈是荒谬和错误的。与之类似，将对美妙的游戏体验的想象和剧本游戏创作混为一谈也是不可理喻的。

对于剧本游戏的创作者而言，玩家的体验是你所追求的目标，但却不是你写作的重心。剧本游戏并不只是追求一种令人产生想象的体验，而且在于创造一个能够产生各种体验的系统。你所需要的是搭建能够带给玩家这种体验的游戏系统——故事、角色、交互方式和令人身心沉浸的氛围。

想象者容易将体验好的部分人为放大，同时无视缺陷。创作者需要通过想象获得创造力，但需要正视创造的成果。有一个避免陷入想象误区的方法，就是别去想象游戏产生的最佳体验，而是想象那些最差体验。仔细地设想每个令人沮丧的失败、无聊的游戏过程，不清晰的交互和不好的体验等。这样更能够让我们去追求完美的剧本游戏。

请记住：想象力必须落到实践上才能成为我们的创造力。想象力只是剧本游戏的开始，而不是剧本游戏的结果。

5

剧本游戏如何触发玩家的情感？

玩家与玩家之间在进行角色互动时产生事件，剧本游戏由此激发玩家的情感。

但这些按照剧本所演绎出来的事件是怎样产生情感的呢？事件与情感之间的联系又是什么呢？玩家与自己所扮演的角色如何做到戏里戏外的统一？到底是戏如人生，还是人生如戏？在玩剧本游戏时，玩家的潜意识会明白自己的处境和状况吗？

在特定的场景和情节里，潜意识会触发相应的情感。比如，玩家的身旁就是一个凶杀案的现场，那么就会触发一个令人毛骨悚然的反应。当玩家在剧本游戏中爱上一个人时，他的潜意识会关注那个人的一切，比如外貌特征、名声好坏，以及和他相处得是否融洽，然后会根据分析产生相应的感觉，比如喜欢、厌恶，或者无感。

人类的情感触发有时极为神秘复杂。我们会仅凭直觉就对一个陌生人产生某些判断，觉得某人是"好人"或者"坏人"。有些时候，当我们的理性受限或者无法施展逻辑推理时，我们会倚仗自己的直觉，甚至在充当侦探时，依靠潜意识就找到了案件疑点和最终答案。直觉的背后，其实可能隐藏着更为复杂的联想和推理。

一、构建玩家体验

理想型玩家应该是"自信"与"谦卑"的结合。他既对扮演剧中人物充满信心，又能够俯身融于角色之中，而不是骄傲地、一味地表现自我。

剧本游戏中的玩家体验，一方面来源于故事与场景，但更为重要的是来自玩家与玩家之间的互动。虽然，有时候言语可以表露得更直白，或具有更复杂、深沉的内涵，但在人们交往中，大量的信息传递并非依靠言语，而是通过人们的表情和肢体动作来完成。这也是线下剧本游戏比线上剧本游戏更具魅力的原因所在，因为线上玩家所能展示和能够被其他玩家有效感知的表情和肢体语言总是有限的。

剧本游戏所引发的情感和思想并不会单独存在，它时常并不是在阵营对决中胜出所拥有的喜悦，闯过某个关卡的快乐，因为追凶而陷入困惑、纠葛，被一个悲伤的故事感染而痛哭流涕，这些反应时常通过互相融合而形成一个完整的体验。体验包括情绪的转变、思想和情感的涌现、想象的拓展，以及对决策与行动的渴望。剧本游戏中各种体验总是交替出现或交织在一起的。

玩家的体验贯穿于剧本游戏的始终。从游戏开始到结束，事件发生的前后，体验都在不断地发生变化。成功与失败会转换，悲伤和喜悦也会交替。比如玩家的一个想法引发了一种体验，这种体验随之激发了一个灵感，该灵感导致下一步的行动，此行动又产生反馈，而该反馈又会引发另外一个想法。这就好比我们在品味一道菜肴，里面蕴含着酸甜苦辣咸等多样而富有层次的滋味，人的心理就像会发生化学反应一样，一种元素与另一种元素的相加，会产生全新的物质，游戏剧本给予玩家的体验也并不只是心理因素的简单叠加。当我们把不同的体验组合在一起时，它们可以互相增强、互相改变，甚至是互相破坏。

在剧本游戏中，玩家体验的主要有三个方面的内容：情感、知识与意义。其中，知识与意义的获取往往是隐形的，并不会在游戏过程中得以显露。在游戏过程中，能够被直接感知的就是玩家的情感。

情感体验具有即时性的特征。玩家通过剧本角色相互传达着多样的情感。为此，情感体验也正是剧本游戏需要带给玩家的核心元素。玩家的情感体验直接成为检验剧本游戏成功与否的重要标志。

1. 纯粹的情感体验

比如，在某些欢乐本中，游戏的目的很单一，就是激发玩家的欢乐，让他们哈哈乐个不止。所以，诸多搞笑逗乐的题材和技巧都会被引入其中，这种通过多种情感触发器让某一种情感达到最大化的表现方式，会将这种情感推向顶峰。又比如在恐怖本的剧本游戏中，所有元素都在为营造恐怖的氛围服务，以图给玩家带来最大限度的惊悚和恐惧。

2. 并列涌现的情感体验

并列，指的是把完全不同的、貌似不兼容的感觉组合到一起。把这些通常不会混合在一起的感觉组合在一起，可以产生一些奇怪的有时候甚至非常有价值的效果。

在更多的角色扮演游戏和场景中，我们追求的并不是单一的情感体验，而可能是两种或两种以上的情感。某些追凶推理类的剧本游戏往往会将愤怒与恐怖这样两种情感并列呈现，某些情感类剧本游戏会将爱与悲伤的情感通过具体情节和场景并列呈现。

比如，在《大话西游》剧本游戏中，人物之间爱恨交织，仰慕与嫉妒、戏谑与认真、狂傲与温和等丰富的情感会同时出现在某个情节和场景之中。

3. 对立的情感体验

对立就是将两种相互排斥的情感并列，但有时候并列两种情感不但不能达到预期的效果，而且会造成完全互斥的局面。还有一些情况，某些看起来对立的情感组合也会给人带来一种完全不同的感受。犹如在涮重庆火锅时吃着冰淇淋，热辣与冷甜形成相对的感受。在剧本游戏中，一个人可能做到既悲伤又快乐吗？悲喜交织、福祸相依的现实例证不胜枚举，好消息和坏消息可以同时抵达。比如，某个学生在收到名校录取通知书时，他的父亲却意外遭遇了车祸。

在剧本游戏中，有些相互对立的情感可能被同时触发，让玩家既哭又笑，既乐又悲，既恨又爱，既恼又喜。比如，在谍战题材的剧本游戏中，将爱国与对敌人的仇恨这两种相对立的情感同时呈现出来。两个敌对国家的爱国主义者并不会彼此包容，他们总是将爱与仇恨混杂于一身。这种对立存在的情感会打破某种和谐，造成从内到外的矛盾冲突。

也可以说，对立是并列的一种特殊形式。

4. 在真实与虚构之间：剧本游戏的"沉浸谬论"

有些电脑游戏则会使用人物造型和丰富的场景，通过图像和声音让玩家相信游戏机制并不只是一个由各种规则组成的人造系统，而是能够引发玩家紧张、怀疑、迷惑和胜利的感觉，这些游戏带来的体验非常不错，它们能够通过虚拟世界构建起人类的价值观念，并使其与现实感受进行转换，比如胜利和失败、贫穷和富有、无知和智慧等，让在现实中难以实现的在虚拟世界中得以实现。

人与机器的对决是游戏的一种现代表现方式。但是虚构形象本身也有限制，它无法让我们获得某些社交功能，它会在我们离开游戏的场景之后失去与它的联系，所以这种情感的存在往往变得短暂，我们与虚拟人物的关系总是显得飘忽无定、不可把控，虚拟人物不可能在非游戏场景下复活，它也不会带给我们更亲密的联系，产生与同类竞争和合作的感受。

剧本游戏在虚构的故事背景下发生，同时遵循着游戏机制，玩家之间进行交互而产生多种类型的情感。在剧本游戏中，绝大多数的事件都是通过角色之间的交互来完成，通过这些交互可以让一个角色的一种情感逐渐过渡到另一种情感，通过一场游戏，原本的陌生人结成了朋友，或者增进了原本熟悉的人之间的信任。剧本游戏比与机器对弈带给玩家的情感更加丰富，比如游戏机制难以产生幽默、恐惧，或者沉浸的感觉。

当我们把机器玩家设计成一个虚拟的形象，赋予一定的角色，这种虚构会通过角色的行动以及场景，让我们产生类似于真人的某些情感，我们会因游戏角色的悲喜而悲喜。

"当我们为游戏机制套上一层虚构的外衣后，它们就会拥有另一个层面的情感含义，这就是为什么当游戏中的角色没有食物的时候，我们不会说资源即将耗尽，游戏即将结束，我们会说我们饿得要命。当有同伴死亡时，我们不是默默地把他的名字从通讯录中删除，而是去悼念他。我们当然知道这一切都不是真实的；但是我们愿意相信它，这一点能够产生许多情感的回应，比如饥饿、悲伤或者爱情。"泰南·西尔维斯特在其《体验引擎：游戏设计全景探秘》一书中这样说道。

但在机器被角色化以后，玩家面对的依然只是机器，虚拟人物始终只是泡影。游戏中的虚拟人物不会拥有真正的人的情感和欲望，它不需要吃喝拉撒，可以无限地在网上耗下去，它的能与不能和玩家并不对等，仅有玩家与玩家之间的游戏才更具有平等性和公正性，而剧本游戏满足了这一点。角色扮演游戏始终在发展，而玩家对玩家面对面进行的剧本游戏则是异路奇花，更具有人文色彩和人性的魅力。

机器虽是"应召女郎"，可以随时连线对玩，但它终究只是一个机器人，其表现是僵持的、冰冷的。游戏机制通过虚构的故事包装之后就会拥有另一个层面的情感意义，而剧本游戏则更进一步。在非单人本的剧本游戏中，玩家面对玩家，与那种面对电脑中虚构的人像或者穿着橡胶皮的机器人时的感受完全不同。面对自己的同类，这对于玩家的思维和情感反馈来说，其意义非同一般。

剧本游戏中，每位玩家面对的都是和自己一样的具有思想、欲望和抉择能力的角色，每个角色都不再简单地由游戏机制和程序驱动着，每个人都拥有真实的情感和思想——骄傲、快乐、好奇、恐怖，引发的情感共鸣更为真切。

有些人天真地认为剧本游戏的全部意义仅在于故事演绎和角色互动，剧本游戏通过为玩家带来一种模仿和沉浸体验而产生情感，直到游戏世界和现实世界合二为一。设计师埃里克·齐默尔曼将这种观点命名为"沉浸谬论"。

称之为"沉浸谬论"是因为玩家并没有忘记他们是在演戏和玩一场游戏，玩家并不能逃离隐藏其中的游戏机制，但虚构的故事并不能完全挤出玩家的真实身份，沉浸只是让他们获得了一种戏剧体验,由此形成精神的游离。游戏让玩家获得对现实生活的关照。

在剧本游戏中,角色之间的冲突仅仅是剧情需要和"表面现象",而剧本游戏的最高境界是将玩家的主观能动性、引人入胜的故事情节和完美的游戏机制天然无缝地结合成一个具有深远意涵的系统。

玩家最终要走出剧本游戏中的那一场游戏,而回归到生活的现实中,他的"戏外人生"才是他人生的真正大戏。

二、情感触发的机理

我们可以被无数的事物触动情感。比如,由我们的身体感知到的危险、人际关系中那种无名的信息传递。人类本身是一种情感动物,对自然界存在的一切都有着敏感性和富有灵性的思考;人类对其他一些事物也会有反应,比如音乐、文学、哲学以及各种艺术,诸如此类的事物和思想都会触发情感。某些情感天生既有,某些情感可以通过学习获得,而人类的大多数情感都牵涉到人性之间的复杂交互。

诚如《道德经》所云,"一生二,二生三,三生万物,万物生于有,有生于无",这无疑也适合对人类情感反应的描述。我们可能会因为看到一个人的微笑而变得舒心快乐,也可能因为别人的一个眼神而变得不悦甚至憎恨。这种情感的交互微妙而神秘,但关于触发人类情感的机理,其实有规则可循。

1. 价值转换会激发玩家的情感

"世界唯一不变的就是改变。"这句话揭示了一个鲜明而容易被忽视的真理。而改变就意味着事件的发生,事件连缀着事件,岂能无故事和人物的存在？

改变带来了人的情感反应，但并不是所有的改变都会产生情感。在剧本游戏中，事件必须改变一些对玩家而言有价值的东西才能激发情感。同样的事件因为发生在不同的人身上，会带来不一样的情感反应。比如，遥远的地方发生了一起车祸，一个陌生人撞伤了另一个陌生人。一个人不会对用文字或语言描述的这样的事件产生太强烈的情感，而如果说其中的某一个人是自己所熟识的人或者亲密的人时，他的情感强度将完全是另外一种状况。

剧本游戏提供了陌生人交互的场景，而玩家之间的交互可以让他们彼此产生微妙的情感。在同一场剧本游戏中，几位陌生的玩家进入剧本中的角色，产生全新的联系，在游戏中体验着某些人类的价值的转换。

对于这些陌生人而言，新奇的改变已经发生。"知道一个人的姓名，就是一个全新的开始"，即使，这只是一个剧中人物的名字。虽然，他们各自躲在"角色"的背后，但总是时不时流露出真实的自己。如陈晓旭饰演了电视剧《红楼梦》中的林黛玉，最终让林黛玉附体，自己成了"林黛玉"。或者，可以说她和林黛玉相互完成了塑造。

角色面临的价值改变仅仅存在于游戏中，但玩家可以与自己所承担的角色"共情"。对于原本彼此熟悉的玩家而言，扮演剧中角色让他们成为"套中人"，他们暗自渴望看到对方身上所隐蔽的不熟悉的部分。假面并非只是假面，假面中也隐藏着人的真实，而透过假面看到真实，正是一桩令人激动的事情。

人类对不熟知的东西才会产生好奇，探索才会开启有趣的经历。剧本游戏创造了一种"似曾相识的陌生感"，或者说，是一种

"即将转化为熟知的陌生"。人类价值可以处于正面的、中立的，或者负面的状态中。只有当人类价值转换状态时，它所造成的改变才会激发人的情感体验。人类价值相对的例子有：爱恋／仇恨、富有／贫穷、智慧／愚昧、凶恶／善良、强壮／病弱、朋友／陌生人／敌人、胜利／失败、生命／死亡、自由／奴役、民主／集权、和谐／冲突诸如此类，在游戏中发生的事件往往会对这些价值进行转换，从而带来丰富的情感体验。

在另外一些情况下，可以让"戏中事件"成为某种价值改变的真实的事件。比如，将某种比赛植入剧本游戏之中，并给予某种物质和精神的激励。玩家甚至可以通过掷骰子或者石头剪刀布这样的游戏赢得礼品。当这一切和物质激励、精神激励有所关联时，每次比赛就会让人投入更多情感。

和剧本游戏中的激励一样，如果通过游戏提供某种惩罚，同样也可以激发玩家的情感。比如，当你在追凶或者还原故事时发生推理错误，可以遭到充气棒的敲打。对玩家实施这样的体罚，虽然不会造成肉体上的太大伤害，但它被赋予了许多情感上的意义。

即使是那些看起来无关痛痒的事件，如果它们有重要的意义，也能够影响情感。比如，在追凶推理类剧本游戏的搜证环节中，当玩家发现某个不起眼的物体可以佐证自己的推理或者带来某种灵感和猜想时，他们会感到一阵激动。某些物件中所包含的关键信息可以引导他完成自己的任务，走向胜利。

2. 通过情节设计触发玩家的情感

剧本游戏是以玩家交互为重要特征的游戏，而交互就意味着人与人的联结。而如果玩家与玩家之间，仅仅发生犹如陌生人之间的那种毫无情感的联结，则剧本游戏的趣味性则无从体现，而激发玩家产生情感的正是隐含在游戏之中的激励与冲突。

在剧本游戏中，角色与角色的关系与互动始终要激发某种情感才有意义。就像生活中发生的太多的事情并非都值得我们关注一样。如果某天清晨王大妈去菜场买菜时，仅仅向卖菜的孙老汉询问了一下价格，然后买上两棵芹菜就回家了。这类情节或事件在剧本游戏中毫无情感。为此，剧本游戏仅仅包含一些事件是不够的。但如果在买菜时，王大妈从孙老汉处得知每天和自己一起跳广场舞的老张刚刚出了车祸，她的情感将被触发，并出现强烈的变化。她的脑海此刻会浮现老张那飘逸的舞姿和对她而言算是甜美的微笑，一种想象中的车祸现场惨烈的场景也会出现。回忆的甜美与悲伤不幸的情绪形成交替。

对于一个有吸引力的剧本游戏来说，在玩家交互中所发生的事件需要能够激发人类的情感，唯有当这些事件激发出了玩家的自豪、欢乐、恐怖、悲伤、感动等情感的时候，这个游戏才好玩。

游戏必须能激发人们的情感，但并不意味每个游戏都必须让玩家狂笑、怒吼，或者因情绪崩溃而哭泣。剧本游戏中有价值的情感可能十分微妙，以至于在通常情况下，玩家甚至都不会注意到它。在日常生活中，人们除了表达最极端的情绪，大多数情感活动是细微的。比如，当你食用美味的晚餐或者静心阅读一本书时，也许你会认为什么感觉都没有，而事实上你经历了很多细微的情感，你无声的愉悦就是情感的一部分。

情感产生是微妙的，但它与人的欲望和本性有关。游戏中的事件，可以让玩家产生这些细微的情感。比如：遭遇到挫折会让人觉得有些失望；被误解或者受到指控时，你会变得焦躁不安；某个玩家对你在游戏中的表现表示认可，因此你感觉不错……人类诸如此类的细微的情感，也是剧本游戏中值得关注的元素。玩家在进入角色以后，每秒的情感都在变化，这便是一个好游戏的标志。

对于剧本游戏的玩家而言，真正重要的是这场剧本游戏如何带给他们各种感受。因为这些情感才是游戏存在的真正意义。这也是玩家愿意花时间、精力和金钱去玩剧本游戏的原因。创作者必须能够感知转瞬即逝的情绪，比如气恼、欢乐，或者厌恶。如果你随便找一个玩家，问他觉得某个剧本游戏怎么样，他会滔滔不绝地告诉你关于这个游戏好玩或者不好玩的一套理论。而实际上，隐藏在游戏背后的情感才是他们做出结论的依据。

三、剧本游戏中引发玩家情感的因素

剧本游戏一般有着相对固定的情节，玩家进入角色与另外的玩家进行互动，其间有明确的事件引发玩家之间的情感交流。在剧本游戏中，每位玩家往往都是不可缺失的一环，每个人的重要性都得到凸显，每个玩家都是在别人的关注下进行自己的演出，其心中微澜不断。这种独有的情感体验，是其他游戏和文艺作品所不能提供的。

结合剧本游戏的故事内容、场景设置、技术条件以及玩法要求，我们认为引发玩家情感的因素有如下几种。

1. 共情于所扮演角色

人类作为万物之灵，是最能够产生同理心和同情心的生物。共情能力可说是人类的基本能力之一。我们看到别人欢笑，自己也会不由自主地跟着笑；看到别人遭受痛苦，自己也会感到难受。

我们从他人身上感受到的情感会在自己身上反映出来，这种类型的情感，玩家在剧本游戏中更能够通过角色扮演而体会到，专注的玩家会在一段时间里沉浸于角色和剧本提供的场景之中，他的情感将随着角色在故事的发展过程中展现出来。

剧本游戏固有的特征之一便是有一个预先规划的故事和被预先塑造的角色，角色的行动形成故事线，而在这个富有情感起伏的故事线中，玩家自然被要求去体会剧中角色的情感。

玩家作为临时演员，磨练着表演的技能。而表演的才能主要在于对角色的理解和共情能力，以及展现这种情感的能力。玩家通过扮演剧本游戏中的人物了解自己的角色，拥有一个不同的人生体验。玩家通过扮演这样的角色而拥有一次学习的机会，能够了解他人内心的挣扎，对人性和人类的情感了解得更深入，掌握如何面对冲突和各种变故的方法，让人的内在价值和能力展现出来。

2. 社交引发的情感

社交功能是剧本游戏最为重要的功能之一，交互性是剧本游戏最重要的特征之一。剧本游戏创造了人们交流的机缘和话题，玩家们通过对虚构事件的共同参与而获得了一种在场感，玩家们遵循剧本的要求进行交流与互动。而如果脱离游戏的场景，那种人与人的交谈会显得很别扭。正因为有剧本的指引和游戏塑造的场景，人们的社交，尤其是陌生人之间的交际才显得自然而然。

无论是情感沉浸本还是阵营本或其他类型的剧本游戏，玩家之间都会产生交互。比如两个玩家一起创造了某个东西、一起学会了什么，或者一个玩家击败了另一个玩家等。与人对弈并获胜的感觉和与计算机对弈并获胜的感觉不尽相同，因为与人发生交互更具有情感上的意义。

比如，在那种推理追凶本中，往往需要玩家先建立信任再破坏它，转移视线，营救同伴，还有与其他玩家一起完成某种挑战，这些都是剧本游戏中常见的社交行为。在阵营本，你可能是队伍中最后的闯关者，所有的队友都在关注你，希望你能够顺利战胜对手，帮大家赢下这一局，你展现的任何一个技巧都会加强同伴们对你的信任和提升你的名誉，而任何失误都会带来相反的效果，这会给你带来一种巨大的压力，因为你的一举一动都会影响到你的社交状况。

从某种意义上说，剧本游戏可以激起我们对自身生活的回顾。所有的玩家都渴望与人进行交流，却往往找不到适合的话题，而剧本游戏将大家相聚在一起，使玩家之间发生了正向或者反向的交互关系。无论结局如何，大家都以角色的身份进行了一场社交，好人不会因为饰演坏人而失其好。人们通过这种游戏化的表演认识了彼此，共享情感激荡的一段时光。

3. 由美而引发的情感

一切美好的事物，都会让人感到身心愉悦。剧本游戏往往也会展示各种富有美感的事物。我们会用纯粹的想象来描绘一个无限美好的世界，这个世界可能仅存在于剧本之中。人物也可以寄予我们美好的期望，一个角色可以尽善尽美，同时拥有超凡脱俗的举止。

世界并无自在之美，美是一种人类主观感受。但人类的主观感受有共通之处，也有因传统文化不同而形成的差异。"各美其美，美人之美，美美与共，天下大同。"这是社会学家费孝通先生在其经典著作《乡土中国》中提出的主张与观念。

美固然可以引发人的愉悦情感，但剧本游戏有着主题和氛围的要求，一切称之为美的东西，都需要服务于剧本游戏的主题与氛围。

在剧本游戏中，为了追求戏剧性效果，往往美也需要丑作为衬托，冲突与对比是剧本和其他艺术形式的表现方式。单纯的美引发的情感并不总是适合所有的剧本游戏。比如对于以恐怖或逃离为主题的游戏，场景所追求的正是某种与和谐之美相对立的氛围。当在剧本游戏中展现绝望、恐怖或者不安等因素时，美就会和游戏的审美观有所冲突，于是美的画面反而会带来视听效果上的负面影响，从而使得游戏更加难以理解，也增加了和游戏交互的难度。

4. 通过游戏进行学习所引发的情感

无论什么类型的剧本游戏，本身都在提供一次学习和实践的机会。当玩家在参与游戏得到某些新的信息时，他会突然有所领悟，明白了原有某些信息的含义。当他补全了逻辑链中所缺少的一环而使得整个逻辑条理清晰的时候，领悟现象就会出现。那种豁然开朗的感受也是剧本游戏带给玩家的弥足珍贵的体验。玩家会因为自己的判断得到验证而备受鼓舞，也会因为逻辑不严谨和表演错位而获得教训。对于个人成长而言，这都是有价值的经历。

这种玩家之间的交流互动会让玩家有所收获，无论是人际交往能力的提升还是某种知识的积累。在推理本和还原本中，解谜游戏就是一个典型的例子。在最好玩的解谜游戏中，玩家在解决难题之前总会获得一些新的信息，玩家要自行决定如何使用这些信息，以及判断它们之间的关系如何。在长时间的冥思苦想之后，终于在脑海中综合分析这些信息并找到答案，那些原本看起来毫无关联的信息一下子就变得清晰起来。这时，玩家会情不自禁地说:"我明白了!"这就是学习触发情感的美妙过程。

5. 挑战引发的情感

剧本游戏的玩家多半是喜欢新鲜事物而勇于进行自我挑战的人。挑战和剧本游戏的关系是如此紧密,以至于它经常被认为是剧本游戏的一项基本特性,是剧本游戏必备的元素之一。

每场剧本游戏都是玩家在迎接挑战。这在阵营本、推理本和还原本的剧本游戏中表现得更加明显。对表演技巧、智力或运动技能的挑战可以催生多种情感。当玩家努力迎接挑战的时候,会进入一种快乐的、精神高度集中的状态;当赢得这些挑战时,则会感觉自己充满力量,无所不能,可以主宰一切,甚至觉得整个世界都属于他一个人。

6. 激励引发的情感

马克·吐温曾说:"贫穷是万恶之源。"财富,是能够带给人安全感和保障个人自由的东西,从而成为每个人的向往。财富和知识一样具有善与美的属性。虽然,社会中有人将之污名化,但却没有人真正愿意拒绝它。人们的乖谬在于存在认知缺陷,时常找不到问题的真正原因和责任所在。比如,人们将某些属于人类的不良道德属性加之于财富,这是一种典型的归因与归责错误。毕竟,物质不是承担道义的主体,关切在于人如何运用。正如《圣经》所谕示的那样:问题并非因为金钱本身,而是因为人们对金钱的爱。

我们追求高薪和利润,或者希望买彩票中奖,不管是哪种情况,获得财富都会令人激动不已。

剧本游戏不涉及真正的金钱,但仍然可以通过创造虚拟的财富和获取系统来触发玩家情感。剧本游戏中有故事、人物、视听效果,以及各种挑战,虚拟的奖励仍然可以引发玩家获得财富的感觉。这些物品都可以增强玩家所扮演的游戏角色的能力。

7. 音响和场景特效引发的情感

佛教所云，人有六根——眼、耳、鼻、舌、身、意，这是人面向世界的"六扇门窗"。这六扇门窗对应着视觉、听觉、嗅觉、味觉、触觉和神志。人类丧失其中任何一觉，都可以被视为残疾。"任何一扇门窗不能开"，都是一种大痛苦。

听觉是视觉之后，人感知外界、与外界进行交互的第二大通道。几乎所有的剧本游戏都离不开音响，而音响是一种强大的可以产生情感的工具。由于音响可以灵活地融入情感体验之中，所以所有的剧本游戏都会使用音响。就像电影里的动作场景会播放激动人心的音乐，而在另外一些场景下，会播放忧伤或是欢乐的歌曲来烘托接下来要讲的故事，剧本游戏也会通过播放动感音乐、环境音乐，或者某些模拟声响，来增强游戏现场的效果。

音响对人情感的影响是极其微妙的，即使主观意识并没有关注音乐，我们的潜意识仍然会将音乐源源不断地转换成对应的情感。音响深刻地塑造着剧本游戏本身，对情景具有强大的增效功能。

音效也可以制造情感，比如金属摩擦产生的声音会让人感到极为刺耳，心跳声可以制造悬念，淅淅沥沥的下雨声会让人感觉沉静，打唿哨会让人觉得轻佻，霹雳雷鸣让人觉得有灾难发生，等等，将这些音效应用在剧本游戏中可以突出人的情感和体验。

另外，类似于飞机失事、飓风或者油罐车爆炸这类场景，也能迅速地激发人们的情感，带给人震惊和恐惧。

8. 环境引发的情感

环境，可以成为情感的象征。在《地球最后的夜晚》这部电影中，汤唯所饰演的万绮雯走在那一片雨水淅沥似乎永不停息的山林中，那种风雨飘摇、湿雾茫茫的环境极好地烘托了男女主人公都为记忆、欲望、信念和梦魇所纠缠的内心世界，给人一种时空倒错的复杂感受。环境引发的情感不但种类繁多，而且具有强烈的感染力。剧本游戏和影视作品一样，也会利用环境、天气以及季节的景象，来营造符合剧本主题的氛围。

曾经有心理学家给一些儿童展示不同环境的图片，结果发现他们更喜欢草原生活，即使他们从来没有去过草原。这些感觉也许反映了一种进化需求，即寻找更适合部落生存的场所。对于史前人类来说，最完美的生存居所莫过于散布着草丛和有水流动的草原。当我们发现了一个类似这样的地方，就会觉得很自在。这种情感反应会把我们带入最适合人类生存繁衍的地方。人们也会偏爱自己所习惯的环境，会喜欢幼时看到过的风景。

当然，环境也可以成为社会学意义上的象征和隐喻。文艺作品会将自然界的景观引入人的心理和社会期待之中，使之富有某种意旨。比如，周星驰的电影《功夫》中，斧头帮出现在猪笼城寨时，天空乌云滚滚，这便是一种邪恶袭来的象征。在古代，人们常常通过观天象来预测社会变局，可见这种观念由来已久。

无止境的大雨会让人感到压抑，但可以突出迷失、犯罪和绝望的主题；阳光普照下的沙漠和蔚蓝无边的大海，会带给人现实和自由的感受；冰雪覆盖或者一片废墟的场景，会让人感到孤独和悲凉……剧本游戏中所呈现的环境需要贴合人物的心境和剧本所要表达的主题。

9. 原始威胁引发的情感

对某些事物的恐惧已经铭刻于我们的基因之中，比如：对蛇、蝎、蜘蛛、老鼠以及野生动物的恐惧；粪便、腐烂的食物和爬满细菌的垃圾会引发反感；我们也会主动避开那些患病的人，虽然这些病可能并不具有传染性。这是人类在发展过程中面对危险时形成的本能反应。

在恐怖本中，蛇、蜘蛛、老虎等也常作为道具出现，被用于制造一种血腥的场景，创作者主要利用由这些原始威胁引发肾上腺素分泌的方法渲染恐怖气氛。但这是相对低级的技法。如果要让玩家真正感觉到恐惧，需要制造一些对玩家来说更深层的威胁。

10. 性暗示引发的情感

先圣云："食色，性也！"除了食之外，性是人的第二大生物性欲望。这种欲望"存乎理，合乎义"，不仅不能铲除，还是人类生存与发展之需要。

和原始威胁一样，性暗示触及人的本能反应，也极容易引发人的情感。如果在剧本游戏的场景中展示裸露的肌肤、漂亮的脸蛋或者具有魅惑力的表情，玩家必然会心有所动。性暗示是如此有效，使得影视和广告都会不约而同地充分利用这一点。

但因为剧本游戏中玩家都是真人参演，因此过多而随意使用性暗示会起到适得其反的作用。不必要的性暗示会破坏游戏氛围，降低一个严谨的故事的可信度，甚至还会激怒形形色色的潜在玩家。

11. 新技术引发的情感

现代科技的高速发展，带给我们从未有过的视听体验。这些全新的媒体也会被运用到剧本游戏的场景之中，让玩家获得更刺激的情感体验。

动画和 3D 的运用，让成像技术走得更远。只有想不到，没有做不到。无数极具震撼力的虚拟图景不断刷新我们的记忆。

但新技术的运用也是有代价的，创作者往往会由于过于追求画面感而忽视了对故事的讲述与对人物的塑造。过于强化技术优势，会弱化剧本游戏带来的沉浸感和角色的体验感，也会埋没原有的创意。迷恋高科技以及追求电影中的效果，反而动摇了剧本游戏中玩家的互动这一根本。

四、玩家的情感变化

任何一种情感持续的时间太久都会令人失去兴趣。为了保持动力和新鲜感，情感体验必须有所变化。有一个经典的方法可以做到这一点，它就是"节奏变化"。

这个方法被推理小说的作者和电影剧本的编剧们成熟运用，并且他们已经总结出一套明确以及能够不断重复使用的节奏公式。一个典型的节奏曲线会从底部开始，然后不断攀升和保持，最后在结束之前到达高潮，其大致走势如图 5-1 所示。

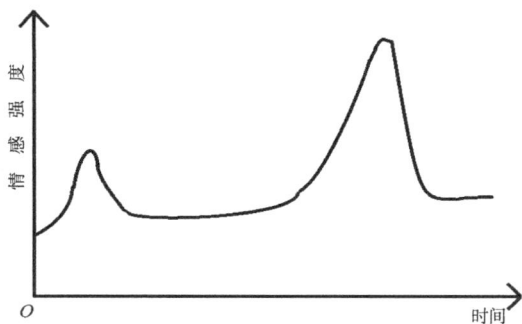

图 5-1　情感节奏变化

在电影和推理小说中，节奏与情节的展开并肩而行，不断掀起读者和观众情感的波浪。剧本游戏也能够展示出这种节奏曲线——通过规划好的人物剧本、创建的游戏机制以及运作的流程，从而在游戏过程中生成这种曲线。

这种节奏化的波浪，会在游戏不同的分幕中出现，由低向高，在落中形成升，从而可以创造出游戏最终的高潮（见图 5-2）。

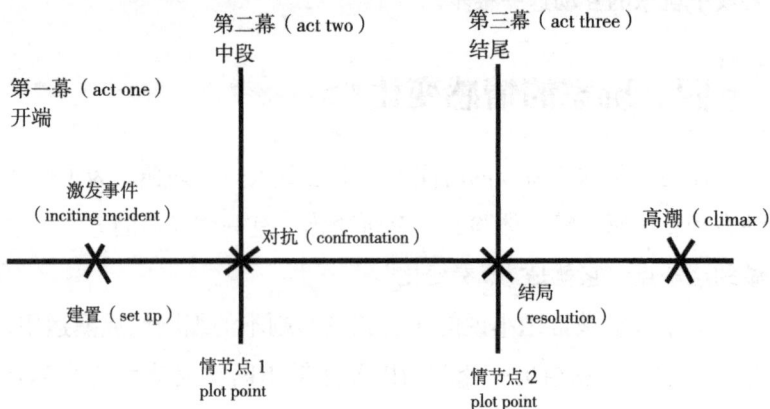

图 5-2 节奏、分幕与情节点

以一个三幕的阵营本游戏为例。当游戏开始时（第一幕），玩家的情感都处于低强度的状态，通过激发事件，同阵营的队员们集中在一起，并且互相靠近以建立默契。到第二幕时，两个阵营展开对抗，互相攻击，于是一场关乎胜负的决战打响了。之后，他们逐渐进入攻击和防御的节奏。当比赛时间所剩无多时，胜负关系所导致的紧张感大为增加。到了第三幕时，对抗进行到最后阶段，当双方为了掌握主动权而争夺最有利于自身一方的结局时，游戏的紧张感达到了顶峰。而当对抗结束后，玩家终于可以休息片刻。他们所经历的节奏曲线符合经典的三幕式叙述手法。整个游戏过程大致遵循着"起承转合"或 TRD 这样的情节线设定（见图 5-3）。

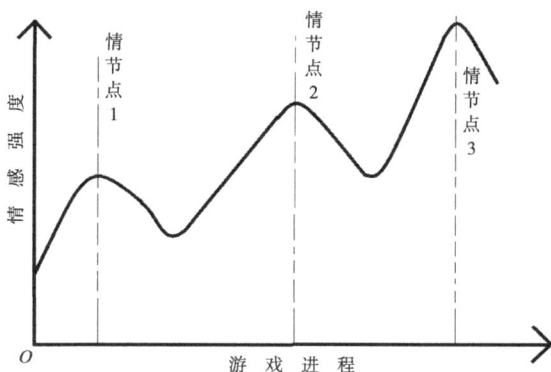

图 5-3 情感节奏进程

除了通过调整节奏来改变情感的强度，我们还可以改变情感的特性（比如从正面情感到负面情感）。心理学家称之为"情感的效价特征"。比如愤怒、悲伤，以及恐惧都是高强度的情感，但是它们的效价却不尽相同。而满足、舒缓以及沮丧，则都是具有不同效价的低强度情感。我们还可以通过效价和强度来绘制出一幅情感走向图（见图 5-4）。

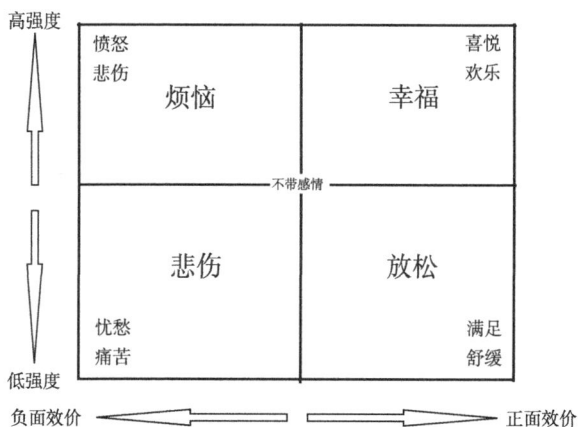

图 5-4 情感走向图

当我们改变情感强度的时候，不必局限于玩家的情感，使其只能沿着这幅图上下移动。为了得到更新鲜的体验，游戏甚至可以让玩家的情感经过这幅图的每个角落。比如从欢乐到愤怒，从愤怒到沮丧，最后从沮丧到舒缓。

五、剧本游戏中关于心流理论的运用

如何去定义游戏与玩家情感交互系统，其中一个最著名的理论就是心流理论。

心流是一个心理学术语，它尤其适用于游戏设计。心流最初是由匈牙利心理学家米哈里·齐克森提出的。他对心流的描述如下："心流是一种注意力高度集中的状态，等同于全神贯注于某种活动的感觉。"

选择和控制自己的行为会引发"心流"，在"心流"状态中人们能够获得愉悦的感受。

心流的目的在于将玩家的思维带入剧本游戏的角色和场景之中。当玩家没有处于心流状态时，会被自身处境和真实世界所干扰，而仅有进入心流状态，才会忘我地进入角色，接受一个虚构的世界。如果没有心流，玩家就不会有很好的沉浸感，会觉得自己难以融入设定的游戏场景之中。剧本游戏在创作上要避免破坏心流。

心流理论不仅仅指出如何进入心流状态，还包括游戏玩家情感交互系统的可量化标准。通过简单的一张图（见图5-5），心流理论表述了游戏系统影响玩家的原理，以及玩家的情感受到哪些元素的影响。

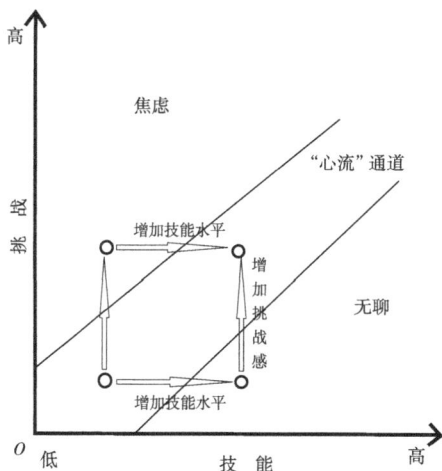

图 5-5　心流的产生

"快乐的时光总是那么短，而艰难的时光总是那样长。"当你全神贯注于某件事情时，你会感觉时间过得飞快。这是一种逃避现实的完美方式，因为可以将其他不相关的东西都从脑海中驱逐出去。

心流出现的时候，我们不会考虑未完成的工作、花呗还款提醒、催婚逼嫁的窘境、不和谐的人际关系，或者被领导训斥之类的事情。而且心流总是会令人感到愉悦，因为它是由许多连续并且微小的成功所组成的。

心流，是玩家最完美的体验状态。在剧本游戏中，有哪些影响心流状态的因素？如何让玩家在游戏过程中产生心流？以下几个方面可以供创作者参考。

1. 让玩家拥有清晰的目标

清晰的目标可以让玩家明白游戏的目的，玩家会通过各种手段达到这个目标，在完成目标的过程中进入心流的状态，沉浸在完成目标的心流中。

2. 让玩家专心于自己的角色与任务

专心于所扮演的角色和任务，能够使玩家更快地进入心流状态。由于人的注意力有限，玩家只有将注意力高度集中才能获得更好的体验。对于剧本创作者而言，减少玩家的关注成本，使其聚焦主要事件，可以很好地提升玩家的体验。如果在剧本游戏中加入太多无关、重复或花哨的细节，将会影响玩家的专注度，消耗玩家有限的注意力资源。

3. 角色扮演需要技巧并且具有适度的挑战性

对剧本游戏而言，玩家是否能够找到适配的角色，让自己玩得舒服？这是剧本游戏本身给予玩家的挑战，而这种参与难度设置决定了能给玩家带来怎样的体验。

当玩家遇到某种足以匹敌他自身能力的挑战时，心流就会出现。如果挑战太过困难，如角色非玩家所能驾驭，或者过于复杂让玩家陷入困惑和焦躁，心流就会消失；而如果挑战过于简单，玩家就会觉得无聊，心流也会消失。

一个好的剧本游戏难度一定要符合玩家的心理预期。剧本游戏中的角色设定应该让玩家既能适应又富有一定的挑战，从而可以让玩家在玩的过程中得到技能和知识方面的提升。

4. 玩家需要适度的控制感

控制感是玩家能够对剧本游戏的氛围和节奏有所掌控的感觉，玩家感觉可以对自身所扮演的角色和需要完成的任务有某种自信心。

玩家对游戏的控制程度不一定是越高越好，玩家需要处于舒适而又富有挑战的状态中。控制感可以给玩家带来心安、愉悦的感受，如果剧本游戏中没有不确定性，则又难以激发玩家的好奇心和挑战欲望，会逐渐让玩家降低兴趣度，趋向无聊。相反，玩家失去对游戏的控制，会产生沮丧感和挫败感。

好的剧本游戏能够让玩家体会到不同情感的变化，如好奇、兴奋、挑战、得意、鼓舞等。这也是为什么资深玩家讨厌强制的引导方式，因为强制引导完全由游戏控制了前期的流程，极大地减少了玩家的探索乐趣、好奇以及控制感。如何通过隐喻以及更自由的方式给玩家建立目标，减少玩家被控制的感觉，对剧本游戏创作本身有很大的意义。

5. 动作与意识的配合

"兴之所至，歌之舞之。"好的剧本游戏无疑是"肢体活动"与"智力活动"的结合。为此，也需要让玩家与所扮演的角色的行动与意识具有统一性。

唯有当玩家的意识与游戏中角色的意识能够相容或趋同，玩家接纳角色的所思所想所行，与角色"神魂一体"，才会获得更好的体验。

如果玩家在玩的过程中，对角色的意识和行动表示不认同，甚至反感，他就难以扮演好自己的角色，自然也不会获得良好体验。玩家只有觉得是在演自己时，才会体验到由衷的愉悦感和释放感。

6. 直接及时的反馈

剧本游戏本身就是一个复杂的系统，玩家进入故事和场景后，按照人物剧本规定执行任务而进行必要的行动。在角色互动中，如果玩家得到了其他玩家（或者 DM）给予的反馈，就会持续地处于不同的情感体验之中。反馈本身也分为正、负反馈和中性反馈，以及其他不同的反馈级别。无论这种反馈是否定还是肯定的，都能让玩家从反馈中获得进步。正是良好的反馈机制，提升了玩家对所扮演角色的体验感。

7. 自我意识的消失与失去时间意识

自我意识的消失，就是玩家完全地进入剧中角色，进入心流的状态，以及由于游戏本身代入感强大，玩家更好地沉浸在游戏内容中。同自我意识的消失一样，玩家在游戏时也忽视了时间的存在，这也是玩家物我两忘的一种表现。

在剧本游戏中，心流节奏需要产生变化，既不能让玩家经历长时间的缓慢节奏——否则他们会觉得无聊，也不能让他们一直处于高度精神紧张状态，导致他们精疲力竭。

剧本游戏中的"蝴蝶效应"

"蝴蝶效应"是混沌学中的一个论断：巴西的一只蝴蝶拍打翅膀能让美国得克萨斯州刮起龙卷风。在社会学领域，一个坏的微小的机制，如果不加以及时地引导、调节，会给社会带来非常大的危害，产生犹如龙卷风一般的破坏力。相反，一个好的微小的机制，只要正确指引，经过一段时间的叠加累积，也可以产生轰动效应，形成具有革命性的力量。

在剧本游戏中，一个微不足道的元素可以形成关键性的推动力。因此，将惊天动地的结果隐藏于些微的细节和伏笔中，不失为创作上的一个制胜法宝。

6

如何让游戏的剧情更具交互感？

"我们的友谊和爱情，起源于一场剧本游戏"，这像不像一部新戏的开头？

剧本游戏的交互性主要体现于玩家与玩家，以及玩家与故事中角色之间的交流互动。剧本游戏的交互性不同于电脑游戏中玩家与虚拟世界的交互性，在剧本游戏中，玩家与玩家能够面对面地沟通与交流。

玩家基于共同的乐趣与爱好，抛开了现实生活中的束缚，让人们放下了面具，让人与人之间坦诚相待。这种坦诚与纯洁的感情，难能可贵。游戏里的某些美好关系也可以真实地在玩家的心中扎根。

剧本游戏玩家之间能够通过互动建立起实际存在并可以延续的社交关系，在这些关系中沉淀下来的情感，甚至会比现实生活中的情感来得更加纯粹。游戏让他们培养出友谊，有人甚至从中收获了终身伴侣。

剧本游戏创作者让小说、影视剧中的主人公在线下场景中重现，使得玩家能够在游戏中获得认同感与代入感。剧本游戏通过玩家与玩家之间，以及玩家与非玩家系统 NPC 的交互，逐渐让玩家了解其他角色背后的故事，进一步将情感代入自身角色中，产生移情，从而深入故事场景中。

在剧本游戏中，玩家与玩家，玩家与角色，角色与角色，形成多层次的人物情感的交互关系，构成了自我与镜像的复杂心理。

从"我是我，角色是角色"，到"我是角色，角色是我"，乃至"我与他人，他人与我"，"他人非他人，我非我"，形成多层次交互关系。玩家将自我投射到角色身上，角色成为玩家的镜像，"他人"的目光也成为玩家认识"自我"的一面镜子，"他人"不断地向"自我"发出交互信息。在他人的目光中，每位玩家都将镜像内化成为"自我"。

成功的剧本游戏通过故事留白，借由玩家与环境的互动来补完故事的背景与内容。一个由剧本游戏创作出来的完整故事，对于每位参与游戏的玩家而言，他在参与之前以及在参与过程中，所能感受的故事往往是不完整的，他需要依靠自己去感受、理解与发掘。

电影艺术中留白几乎无处不在，电影通过留白的艺术极大地增强了艺术渲染力。而剧本游戏一方面让玩家补充留白的部分，加强沉浸感，另外也留给玩家后续的探索空间。

交互性对剧本游戏极为重要，直接影响着每位玩家的体验。剧本游戏与影视作品和电脑游戏有所不同，在多人参与的剧本游戏中，往往需要有"公共剧情"，而不主张"独角戏"。作为剧本游戏的创作者，在进行剧情设计时，有一个无法忽视的问题——剧情的可交互性。

在剧本游戏中，交互性多数时候只能通过"公共剧情"来实现，只有让大家"因为某件事而走到了一起"，像《恐怖游轮》此类密室游戏一样，将人物困在一个封闭的空间里，人们不得不面对相同的、共同的场景，才一起参与到某个事件中来。

这样，人物的交互成为必然，唯有在别人的注视下才有剧情的演绎，没有被观看就不存在表演。而对于交互性，一个人做出一个动作，则必然产生一个结果，从而影响到另外的人。即使观看者不动声色，其内心也一定会产生某种情感和思考：这个人是谁？他在做什么？

为了增强剧本游戏的交互性，我们遵循每个角色的"动作—结果"这样的反应机制，形成角色与角色之间的交互关系。这也正是展开情节的重点，而情节与情节之间形成的情节链，即围绕这种交互性而设计。

一、细化过程中的情节

情节的细化，在于给玩家制造更多的选择。细节孕育神奇，细节展开会带来故事的趣味性，让玩家之间产生更多的互动。比如，在一个人吃早餐的场景中，在旁边出现一只剥了壳的咸鸭蛋，就会让场景变得生动起来，带有真切感。另外，如果增加一些看似闲谈的对话，也会对整个游戏产生影响。

当然，这些看似无关的细节并非真正无关，而是经过设计的。每个物件、每个场景、每句话都具有特定的指向性。剧本游戏给玩家提供了表达自己的机会，当玩家感知到自己的言行影响到整个故事走向时，就会产生很强的存在感，这也是引导玩家进入游戏角色的手段，同时还增强了故事与场景的真实性。

如果你设计了一次事件的完整过程，也相信这些过程会让玩家以深层次的交互感受事件，就需要意识到角色本身所带来的角度的视差。

面对同一个角色的同一个行动，不同玩家所采取的反应和最终的结果是不同的。比如，面对凶手的辩解，有人表示质疑和否认，有的人表示认同，有人甚至为其辩护。对某个人物的同一个行动，其他角色会出于不同的动机和立场而采取不同的回应方式。为了增强交互性，你需要细化处理一个动作之后，测试一下其他角色的反应，以便进一步增强交互性，这样可以给玩家带来一种自主选择的深度沉浸体验。

细化过程并不适用于所有事件，有些简单的事件难以被划分成多个步骤。剧本游戏中玩家的交互的复杂程度应该与事件的复杂程度相对应。为了丰富简单事件的交互性，可以对事件进行曲折化的设计。

二、曲折化的情节设计

曲折化的情节设计，不只增强了交互性，也便于合理分配角色的戏份，弱化主配角的主动和被动的感受，增强玩家对事件的参与感。

通过剧情主导设计的方式将过程设计得更为曲折，也让简单的过程变得起伏，保持着事件的连续性，让玩家感觉是在断断续续地完成同一件事，而不是完成另一件事。

在阿里巴巴与四十大盗的故事中，大盗们打开宝库的门是通过念诵咒语。而某些武侠小说则是通过谜面找到谜底，最终打开大门。这样将开门方式曲折化的方式也可以被创新性地挪用到剧本游戏中来。

比如,凶犯逃离现场必须穿过一扇门,我们可以设想那不是一扇简单的门,而是一扇被堵住或者被锁着的门。玩家或者需要通过不断重复撞击来推开它,或者需要在几把钥匙中不断尝试寻找正确的那把,或者门前有一些废墟,需要分几次(重复)移走杂物才能开门。又比如要搬动一个重物,由于力量有限,玩家需要尝试几次(重复)才能将它搬走。

在游戏过程中,打断机制也是使过程曲折的有效手段,是提升简单事件的交互性的有效手段。与被打断一样,主动中断可以创造过程的曲折性。与打断不同的是,中断还可以增加玩家对事件的参与度,使玩家获得一种掌控感。在某个事件发展到某个关键点时,可以有另外的角色或者另外发展的情节将这个过程打断,从而将故事引入支线中,让过程变得扑朔迷离。这样也为人们揭开谜底设置了障碍,创作过程的曲折起伏,对培育玩家情绪和复杂化剧情都有帮助。

三、增加角色之间的关联性

对剧本游戏的交互设计,都是为了增加玩家与玩家的互动。而在剧本中角色与角色的关系,通过各自行动和故事联系在一起。每个角色的行动都会对另一个产生影响,而角色之间的关联性则更多体现在剧情的展开之中。

在剧本游戏中,可以让玩家承担某些 DM 的功能,从而减少NPC,增进核心体验与代入感,避免有些角色处于可有可无状态,而让玩家因缺乏与其他角色的关联性而产生游离感。

角色与角色之间的关联,除了诸如亲人、情侣、同学、战友、同事、敌我等本已存在的人物关系之外，还有因某个事件的发生而被联系在一起的，比如车祸中的司机与伤者，或某人做某事被另外一个人发现。

在一起事件中，如何增强角色之间的关联性？可以将需要单个角色完成的剧情任务和系统动作分解为多人协作。比如：一个人提水救火这样的场景可以被分解成一组人的接力；一个人提着重物，可以变成两人或多人抬着重物。在剧情设置上，原本由一个人发现的两条相互印证的线索，可以改成分别由两个角色发现，从而给他们创造了分享信息的机会。

四、让玩家影响故事

创作者需要明白，在整个游戏中故事是为玩家服务，而不是玩家为故事服务。为此，凸显玩家对故事的参与感是一桩极为重要的事情。

让玩家影响故事，让玩家进入游戏世界，就是让他的行为能对游戏产生影响。这个影响包括对剧情的推动和改变，这样玩家就会觉得自己的存在十分必要。

交互叙事应该属于叙事技巧的范畴。根据游戏类型和叙事空间不同，选择不同手段，去模拟真实的生活或者情感体验。对于预设好精彩主线剧情的游戏，关键在于游戏反馈的及时性和可记忆性，而及时反馈本身也是游戏有别于现实的重要特征。对于剧情开放、由玩家自己创造故事的游戏，关键在于游戏提供故事创作的丰富机制。

享誉世界的自由作家瓦尔特·本雅明[1]有一个构想,就是完全用其他作家书中的句子来形成一部自己的作品。这种构想可以被移植到剧本游戏的创作当中,那就是根据每位玩家所用的台词来构造一个完整的故事。

在剧本游戏中,玩家进行交互叙事的主要手段就是编造属于自己的台词。虽然玩家受到人物剧本的约束,但也有一定的创意表达的空间。玩家的创意表达可能不会改变游戏故事的总体走向和基本流程,但依然会对情节形成影响,可以增强进程的曲折性和提升游戏的参与性、体验感。

剧本游戏也可以根据玩家的选择在游戏中展现出完全不同的多条情节分支,一些剧本游戏通过设计多种结局来实现这一点。这种做法除了增强了重玩性外,也增强了趣味性。

自由编写剧情和结构开放的剧本游戏,为玩家提供丰富的改写和续写机制,玩家可以自由编写自己喜欢的故事。比如,剧本游戏参照电脑游戏的某些设计,为玩家提供相应的角色选择和任务选择,而这些不同的选择可能影响整个故事和游戏的结局。例如,允许扮演凶手的玩家使用各种有创意的方法来杀死目标,扮演服务员倒毒酒、修改火箭发射程序、在高尔夫球内放炸弹等,充分利用游戏提供的丰富机制。

---

1 瓦尔特·本雅明在柏林以自由作家和翻译家的身份维生,同时进行精神病理学的研究。1933 年,被纳粹驱逐出境,移居法国,并成为"社会研究所"成员,出版有《发达资本主义时代的抒情诗人》《德国悲剧的起源》《单向街》《巴黎拱廊街》等作品。

五、让故事影响玩家

玩家投入游戏中，展现出自己的个性，通过自己的行动影响故事的发展。而玩家跟游戏之间的交互是双向的。

故事影响玩家，这本身就是创作剧本游戏的目标所在。每个游戏作品在诞生之初，就带着影响玩家的责任与使命。无论是硬核推理本对玩家逻辑思维的训练，还是情感与氛围本对情感体验的渲染，都是在通过游戏本身影响玩家。这种影响可能是短时间情绪上的转变，也可能是长久的知识获取、观念转变和灵魂升华。

让故事影响玩家，意味着创作者所构建的剧本富有真挚的情感、思想内涵，蕴藏丰富的知识，只有这样，才能让这个故事对玩家产生深远的影响。

剧本游戏中的情节和某些观念、思想会对玩家产生影响，这是毋庸置疑的事实。玩家进入游戏时，面对自己所未知的情境，要通过完成任务、与 NPC 的互动、与其他玩家交流，才逐步探索清楚整个故事与结局。这本身需要逻辑思维能力和知识储备。

该如何利用剧本游戏的交互性激发玩家深入思考，或使剧本游戏给玩家留下更深的印象？一般遵循的步骤是：先通过故事或机制，抛出一个有争议性的问题供玩家思考；然后，让玩家亲自展开行动；在后续的故事发展中，逐渐呈现出乎玩家意料的结果，而这些结果恰恰由玩家之前的行为导致，这引发玩家反思自己的行为。每个分步骤可以有所变化和精简，但大致遵循这样过程。

在推理本和还原本中，只有通过与其他玩家的互动和 NPC 的引导，玩家才能逐步理清游戏背后的故事，这也训练着玩家的想象力和表达能力。对于以情感沉浸为主的游戏而言，玩家可以从中感受内心的宁静和精神的净化。

探索求知是剧本游戏带给玩家的原驱动力。特有的情节和流程设计也会加强玩家对角色的认同感,让玩家对游戏剧本中所创造的角色感同身受,这也在一定程度上建造着玩家的同情心和同理心。

六、避免"信息匮乏"和"信息过剩"

从整体来看,交互性体验是由各种思想和感情掺杂在一起形成的,往往令人难以捉摸。

为了充分理解交互性,以便对剧本游戏的内容与流程进行更精细的创作,需要研究交互中的每个单位。这些单位就是决策。

在棋牌游戏中,玩家面对对手做出的每个动作都需要做出决策——是跟注还是弃牌,以及如何挪动棋子;在电脑游戏中,玩家需要不断地决定行动方向,是朝谁开枪或者向什么地方前进;在多人参与的角色扮演游戏中,玩家的行动也可以被分解为一系列的决策。

剧本游戏的本质是交互,而交互的核心就是不断做出决策。在剧本游戏中,角色的每句对白表面上是对信息的传达,其实都预示着内心的决策,都是对外界的一个回应。决策,牵动着玩家的情感。比如,我们看到一个血腥的场景会感到恐怖,我们会因案情真相大白而感到欣慰,在阵营对战中会因为获胜而感到喜悦。玩家的情感都是通过这一连串由决策引发的事件而被触发。

决策激发的情感并不仅仅与正在发展的事件有关,而更多与受到这个事情影响的未来有关。玩家并不只是在体察现在所发生的事情。在决策过程中，他们会将每种所能想象到的结果都考虑进去，潜意识会预测将要发生的事情。比如一次决策造成的输赢，或者自己需要承担的结局。

为了能够把控未来，玩家必须去了解现在并感知游戏的走向。拥有一个被所有玩家所理解的简单规则，能够让玩家在此基础上运用自己的思维，这才能够保证剧本游戏的成功。对于剧本游戏的创作者而言，如果角色故事太容易预测，玩家就会对这个游戏有一种轻视感；而如果这个游戏充斥着玩家无法理解和前后不一致的情况，那么，这个剧本游戏就不会激发玩家的情感，就难以带给玩家一个好的体验。

玩家的决策，取决于他对自己所承担角色和以及相关信息的了解。对于同样的决策而言，信息不足时，决策会变得难以理解。所以为了让玩家能够顺利地进行决策，信息必须是完备的。但过多的信息则会让决策失去依托。所以，在角色剧本的写作中，创作者需要掌握给予每位玩家的"信息平衡"，通过增加或者删减某些信息来改变玩家做决策时候的心理过程。在每个角色的剧本里，都要避免犯两种错误——"信息匮乏"和"信息过剩"。

扑克游戏是一种信息不完整的游戏，因为，每位玩家看不到对方手里有着怎样的牌。而象棋则是一种信息完整的游戏，玩家都能够看到棋盘上所有的棋子。但棋盘上展现的信息仅是现在的信息，而不是将要发生的事。我们可能会清楚自己走出一步棋以后会发生什么情况，但很多人不清楚三步以后会发生怎样的情况。因为相关信息隐藏在玩家的一系列复杂的交互行为之中，而要从中找到问题的答案需要花费一定的精力和时间。

对于每位剧本游戏的玩家而言，开始接触到的信息都是不完整的。将信息隐藏于复杂的因果关系之中，以及将信息分散并隐藏于各个角色的剧本中，正是剧本游戏富有魅力和促进玩家交互的原因。

对于推理本和还原本剧本游戏而言，在给予玩家的角色剧本中，创作者都会在开始阶段故意隐藏一些信息，信息匮乏是游戏的一种设计目的。玩家在玩的过程中，通过与其他玩家所扮演角色和NPC交互而获得信息，或者通过相关证据的搜索，让信息变得充分，这是一个推理试错和不断验证的过程。

剧本游戏最吸引人的体验正来源于玩家会利用来自其他角色所提供的信息，包括语言、表情、肢体动作以及物体所蕴藏的信息，来进行推断和验证，能够读懂和掌握对手的思路会让人获得一种比赛胜利的感受。

七、剧本游戏中的交互与选项

剧本游戏与电脑游戏有着很多不同，电脑游戏中的NPC虽然也会与玩家交谈，并回应玩家的行为，但那仅限定在固定的程序和模式之中。机制本和阵营本的剧本游戏在玩法上更类似于多人参与的角色扮演电脑游戏，类似于电脑平台上的多人角色扮演游戏，每个剧本游戏中的角色都由真人充当。

虽然受到规定剧本的约束，但玩家们聚在一起的时候，依然可以创造出多姿多彩而又生动的剧本之外的故事。但如果玩家完全脱离游戏角色，将会带来必然的混乱，导致游戏失败或者根本玩不下去。想象一下，如果在一场剧本游戏中，某位玩家不遵守设定的角色去完成自己所承担的任务，在一个古代背景的剧本游戏中，他不断地玩手机，违反故事情节，违背角色特征，不遵守保密规定，破坏为他创作的对白，甚至对其他玩家出言不逊，这注定会毁掉这一场游戏，造成"翻车"事故。

所以，在剧本游戏和多人参与的角色扮演游戏中，玩家需要与游戏角色的动机保持一致，这意味着，每位玩家都要正确地扮演游戏赋予他们的角色。在电脑平台上，陌生人之间要做到这一点这往往很困难，但在线下剧本游戏里，大家都带着诚意而来，则更容易实现。

1. 剧本游戏中玩家的交互方式：言语、表情与肢体动作

剧本游戏中的交互，是指玩家和剧本内容的双向影响。玩家与玩家的互动，直接决定了剧本在游戏中的演绎，即玩家通过玩家所扮演的角色参与到剧本故事中去，其实也在改写着剧本。

"一千个读者，有一千个哈姆雷特"这句话，在此可以被改写为"一千个玩家，就可以演绎出一千种剧本游戏"。剧本游戏中对故事和角色的构建，正是从角色交互开始，角色的行为可以是人类的一切行为，争论、背叛、打斗、建议、要求、声明等人类之间的交互都可以在游戏中再现。在剧本游戏中，人们的交谈往往占据大部分时间。

对话，正是剧本游戏中玩家进行交互的最为重要的方式。人类言语的功能十分强大，它是人类情感、思想的引擎和探测器。言语具有周延和发散的两种特性，词语与词语的连接会形成丰富的象征和意义。玩家在用词的选择和词语的组合上有着无限的奥妙与技巧，言语可以建构起富有全新意义和本质的世界。

在剧本游戏中，往往通过对话来形成玩家与玩家之间的交互行为，对话机制允许玩家在角色能够实施的一系列选项之中进行

选择。

对话，会产生选择。玩家在词语的交互（交锋）中，不断获得结果，并激发情感，然后再被激发并参与新的选择（见图 6-1）。言语的递进将使思想和情感不断升级。

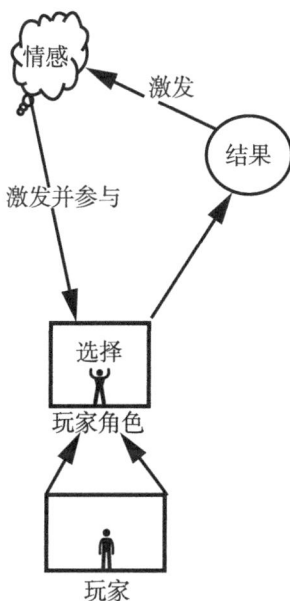

图 6-1 玩家的交互与情感示意

作为真人参与的线下角色扮演游戏，玩家按照剧本的要求进行一系列的肢体动作是必然的交互选项。对于喜爱动作的玩家，创作者在剧本游戏中也可以设置追逐、奔跑、跳跃以及某些竞技比赛或娱乐比赛。通过这些动作来实现玩家之间的交互行为，正是剧本游戏独具价值的一部分。

肢体动作也会流露人们的情感，展示人们的性格。通过其他玩家的表情和肢体动作来解读信息和判别信息的真伪，是剧本游戏中最为明显的一种交互方式。

表情与肢体动作是人类表达自我的最原始的方式，也是一种本能。哭泣与欢笑，是情绪流露的典型；自发的舞蹈，同样是原始的情感释放方式。在心理学上有一种舞蹈疗法，就是让人们通过肢体动作来释放、纾解精神上的压力。

2. 剧本角色给予玩家的体验

角色是剧本游戏中玩家投射自我的镜像。他从"我是我，角色是角色"，到"我是角色"，再到"角色是我"，最终将自我与角色合为一体，达到物我两忘的境界。

玩家角色是现实世界中的玩家与游戏中的虚拟世界的连接点。玩家控制剧本角色，并通过四个方面将自己投射到角色当中。

（1）本能层面的体验：随着玩家代入角色，其本能层面的体验被激活。为角色的处境与命运而感到快乐、兴奋、欣慰、悲伤、恐惧、担忧、愤怒等，内心的冲动和情绪会涌现，思维会变得活跃。专业演员的演技体现于对自身本能和情感的调用能力，想哭就哭，想笑就行。剧本游戏玩家也可以通过玩本来增强对本能和情感的掌控能力，从而能够用有技术含量的方式来扮演角色。

（2）认知层面的体验：游戏中的规则与机制设置，以及剧情铺展都以有效的信息为基础，这些信息都可能是生活中有用的。根据游戏设定的机制和结果，玩家选择某些策略、行动或反馈会优于选择其他的那些，从而让玩家获得认知层面的拓展。这种体验的成果对玩家的影响可能是长远的。

（3）社交层面的体验：剧情要求玩家去尝试一些他们在现实生活中不太可能进行的交流，表演那个被角色约束的自我，在游戏过程中与自身所扮演的角色交互，也与其他玩家进行有目的的交流互动，在限制中去体现无限。

（4）幻想层面的体验：将所有基于选择的元素综合起来，让玩家可以通过游戏来体验探索另一个自己。幻想，丰富了玩家的实际体验，使玩家挣脱了现实的束缚，让身心得到更大的自由与拓展，让生活变得更加广阔。

3. 交互中情感产生的机制

剧本游戏中的选择之所以能够创造和影响情感，是因为情感与玩家的目标、选择及选择的结果密切相关。当玩家在做出一个选择时，情感会被激发并引导玩家做出选择。当选择被做出并产生结果时，玩家会做出新的选择，从而再次导致新的结果，这使得不断呈现的结果（好或坏）又能够激发他们的情感。我们可以简单地把游戏过程串成一条向上攀升的选择线（见图 6-2）。

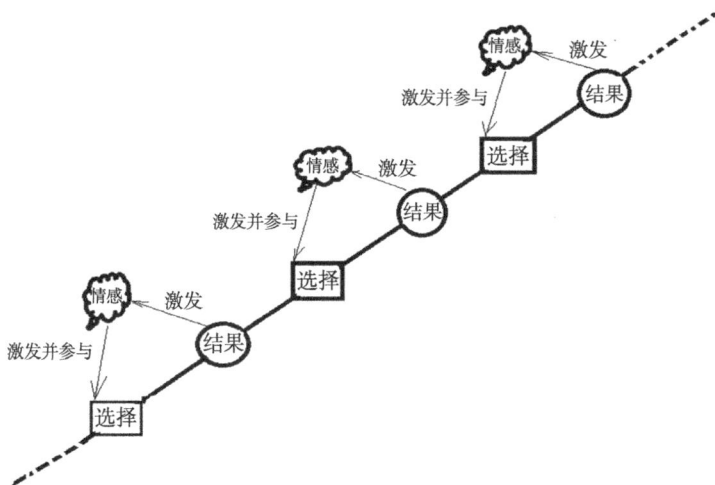

图 6-2　玩家的选择与情感激发

因此，要激发或影响玩家的情感，提供一系列有趣的选择是非常重要的。玩家通过一系列的选择与这些选择产生的结果（反馈），体验着一系列的情感。但并不是说只有选择才能激发玩家的情感，观看一部电影同样能够激发我们的情感，但是选择使得游戏能够提供给玩家不同的情感。游戏交互能够改变人们大脑中活跃的情感区域，从而获得一种特别的回报和情感体验。

4. 关于剧本游戏中的选项

在电子平台游戏中，实现交互性的工具就是"选项"。选项为玩家脑中的问题以及游戏中的问题提供了多个备选答案。而在线下剧本游戏中，某些由电脑和 AI 操控的选项可以由 NPC 来实现。

选项的存在能强行将玩家带入游戏世界。因为当玩家触碰到选项事件时，只有执行操作，游戏才会顺利进行下去。选项也是让玩家能动影响游戏的元素，这也是游戏的乐趣所在。但是实际上，这种自由是建立在某种规则之上的，玩家能够做的选项被局限于创作者策划的内容范围里。

剧本游戏设置选项的目的，既在于让玩家有一种自主的感觉，同时也将玩家约束在剧本规定的行动范围之内，不让其完全脱离剧本自由发挥。

（1）选项与分支

游戏与其他作品的一个很大的不同是"通过选项创造剧本的分支"，分支主要体现在两个方面，一个是剧本的发展路线多样，一个是结局多样。

游戏剧本中的选项主要分为三类：第一，与故事发展相关的选项，即通过这些选项能够对后续故事细节甚至结局走向产生影响；第二，与参数相关的选项，即能够改变数值，或者通过参数判定改变分支走向。第三，无意义的选项，主要作用是活跃气氛、放缓节奏，但是对这类选项不可多用，否则会让玩家过度理解选项，以至于玩家发现自己的选项不会影响后续时产生反感情绪。

（2）选项与世界

选项应该符合世界的总体设置，不能让人感觉这种设置与剧本所展现的世界相悖。比如，你不能在一个古装剧本游戏里出现现代人所面临的选项，除非拥有类似时空穿越这样的机制设定。

我们不能在游戏中加入降低玩家游戏热情的选项，总结起来就是两条铁律——"设计没有破绽的选项"和"不要让玩家感受到压力"。

让玩家觉得"这选项有意义吗？""我该怎么选？""这些选项是什么东西？"等类型的选项，要尽量避免出现。在具体设计时，需要考虑到玩家的一个关键体验反馈："为什么我不能这么做？"比如，面前有三个物品，可是选项只提供两个，有一个是无法交互的，这样玩家就会认为设计有缺陷。

（3）设计选项的要点

那要如何才能设计出符合的选项呢？以下有两个要点。

第一，明确选择的基础，即选项需要让玩家意识到产生不同结果判断的依据是什么，比如"乘坐校车上学""坐私家车上学"和"独自走路上学"这三个选项，判断基础就是交通工具、陪伴成员和个人境遇的不同。这些基础信息不同，产生的影响和后续发生的事件也不同，如果无法传递这个基础信息，玩家就可能会认为选项区分无意义。

第二，设计具有必然性的结果。玩家做出选择必然是有着后续的预期的，所以我们需要为后续剧情做出合理设计。如果与玩家预期不相同，那么玩家会难以接受，从而丧失游戏动力，认为设置这样的选项低估了他的智商，是在把他当猴耍，此时需要给这种相反结果的发展过程加上合理解释。

（4）选项的出现时机

选项在剧本流程中出现的时机非常重要，如果在没有任何必然性的地方出现，会破坏剧本的连贯性，给玩家带来压力。诸如，玩家如果难以理解创作者具体想表达的情感状态，玩家对于突如其来的选项会陷入不知所措、困惑以及害怕选择后失败的状态。具体在何处插入选项，有两个要点。

根据结构选择合适的地方插入。"从开端到通往高潮的过程"，往往选项要能够起到推动剧情发展的决定性作用；"从通往高潮的过程到高潮"，往往选项会设置在高潮前的部分，"结局"部分通常不会设置选项。

根据剧中人物情感变化选择合适的地方插入。选项可以用在剧中人物产生情感波动的地方。在能够引发某种情感波动的事件时，不同玩家产生的情感应该是不同的，因此提供不同的选项能够减少剧中人物做出不符合玩家情感预期的表现行为。

八、机制和事件

在剧本游戏中，因为每个玩家手中的人物剧本、每个玩家掌握的信息都是局部的，每个玩家都需要有策略地伪装以达成最后的任务，这个过程充满了不可预测性。

玩家按照剧本要求进行表演和展开活动。剧本游戏的核心在于社交互动机制，角色间的信任与猜忌、结盟与反水，互动机制为剧本游戏提供了丰富的可玩性。而剧本给予玩家的任务和规定的渐进机制，控制所有玩家的进度，给玩家提供一个合理的流程体验，好奇、期待、失落、惊喜，这些情绪在不可预测的情景中被调动。

1. 何谓机制？机制如何产生事件？

所谓机制，是指游戏中的某些规则和依循这些规则所产生的效果。游戏中的规则，如中国象棋中的"马走日象飞田""车走直线""炮打隔子"，而"卒只能前行，一步只能一格"等。如在电影《天使之城》中，天使从高处自由坠落可以变身成为人类。按照泰南·西尔维斯特的说法："游戏是由许多机制组成的，这些机制定义了游戏如何运行。所谓机制就是引导游戏运行的规则。"

游戏的机制，则包含这些规则以及遵循规则所引发的结果。比如，在某款游戏中设置一种"真话药水"，你可以让某人喝下去，然后向其提问，他只能向你说真话。而这种"药水"喝一次起效仅有一分钟；另外，玩家要得到这种药水则需要满足一定的条件……这些既是规则，也是机制。

在游戏中，机制和玩家之间交互会产生事件。事件指的是在游戏过程中发生的某件事情，比如任天堂推出的冒险游戏中马里奥撞到墙被弹回来，中国象棋中的卒吃掉车，或者如球类比赛中球进网之后得分等，这些都是事件。

2. 关于剧本游戏中机制的设置

在设定剧本游戏机制时，应当尽量避免设置过多的规则。规则过多，一方面会影响玩家的理解；另一方面则会限制玩家发挥，降低游戏的可玩性。

游戏并非无章法可循，但剧本游戏与棋牌球之类有些不同。剧本游戏是由一连串事件构成的游戏，只是事件不只是由单个由玩家所扮演的角色所触发，创作者为每个玩家都提供了剧本参照，提供了角色说明，规定了基本任务，玩家需要按照设定的机制进行互动，在互动中产生事件。

因此，剧本游戏中的"事件"，不只由机制运行而产生，也包括玩家扮演角色所经历的情节。一个接一个的情节形成了剧本游戏的故事，而每个玩家所扮演的角色在交互中形成整个剧本游戏的整体。

玩家既无法主宰现实中的命运，在某种程度上也无法主宰游戏内的"命运"。在完成一定进度后，所有玩家的剧情都将由流程中的分幕和其他相关环节加以控制。

唯有限制，才能创造出无限。这种限制与玩家的主观能动性并非完全对立。没有规则与机制的约束，玩家的自主性便无从体现。对于剧本游戏创作者和玩家而言，限制即无限。

在剧本游戏中，机制还存在两种表现形式：一是通过加入突发事件，让局部的信息逆转；二是通过搜证环节，利用社交心理战，产生更多的想象空间。

在剧本游戏中，可以通过引入掷骰子来增加变数；但更常见的是通过竞拍等方式，进行多样化的资源分配。

对于剧本游戏而言，剧情也不宜过度复杂，必须保证剧情为较多的玩家所理解。如果打破时间机制或逻辑线混乱，就会加大玩家理解的负担，并破坏玩家的游戏体验。

3. 剧本游戏中，机制的常见功能

剧本游戏中建立的机制本身体现出极强的创意性，可以成为整个游戏的亮点。好的机制能够展现出作品的特色，在交互中发挥重要作用。富有新意的机制设定，也成为剧本游戏创作的核心

要素。

机制在剧本游戏当中的作用极为显著,从最基础的角色技能、小剧场等,到交易物品、互相战斗,无所不包。以下是机制在游戏中所具有的几种功能。

(1)增强代入感

小剧场就是增强代入感的小型机制,在一个话剧场景中,玩家扮演剧中人物,念出台词,无形当中能够增强代入感。小剧场常作为游戏的开场,起到引导和暖场的作用。也可以穿插在游戏中间,起到回顾剧情和提示进展的作用。

(2)增强互动性

剧本游戏的关键功能在于其交互性,交互性来源于玩家角色体验,也体现为玩家与玩家的互动。在游戏中有着各种机制以促进互动,如谜语竞猜、资源争夺、打斗表演、技能比拼等。

(3)增加趣味性

为了烘托气氛,往往会在游戏中增加类似于表演的环节。可以让剧中人物展示自己的道具、特殊技能,或进行武器的比拼等。如孙悟空舞动金箍棒,哪吒展示风火轮。也可以加入扑克游戏和魔术表演之类,起到活跃气氛的作用。

(4)增加博弈性

这类是最常见的,比如谍战剧本里的情报交易、武侠剧本里的招式PK、宫廷剧里的皇位争夺等。在阵营本游戏中,如通过石头剪刀布、猜硬币等方式获得选择优先权。

(5)增加新异感

一些还原本的剧本游戏也会用到某些特殊的机制设定,如角色找到了自己幼时的某个物件,恢复了部分记忆,取得了额外的信息。

机制的设定是一个极为开放的课题，体现的是剧本创作者的创意能力。对某些好的机制可以复制、移植，但一个合理有效的机制一定是和剧本故事契合度较高的机制，能够将"情节"转化成"机制"是最优解。

一个游戏机制如果与剧情无关或者过于冗杂，那么对其存在的必要性就需要仔细斟酌。除此之外，还需要考虑到机制的可操作性，以及场地空间的限制、材料和道具成本、玩家水平和技能的限制……这些都会造成机制创意虽然优秀，但最终玩家体验感却很差的情况。所以，对机制进行设定需要综合考量。

4. 剧本游戏中常见的机制类型

剧本游戏中的机制可以分成两种类型：其一基于剧情演绎、角色身份和风格设定，如变格本中的变身机制和特殊技能设定；其二是基于玩法的设定，主要是在竞争对抗中决定输赢胜负的机制。

变身机制和特殊技能机制，会对剧情演绎和角色身份产生影响。在变格本剧本游戏中，变身和技能增强是一种主要的设置类型，如通过特有的设定让角色获得新的身份或者新的技能。举例来说：人物通过时光机穿越到另一个世界，从而转变成一位"未来者"或"过去时代的人"；在《名侦探柯南》中，主人公因为被灌下毒药，而变成小孩模样；在电影《复仇者联盟》中，绿巨人会因为愤怒而使技能增强，而更具有毁灭性……

基于玩法，在竞争对抗中决定最终胜负结果的机制，则大致可被划分为四种类型：技能战斗型机制、资源争夺型机制、数值比拼型机制、权谋制衡型机制。

（1）技能战斗型机制

这种类型的游戏剧本往往需要玩家依托剧本本身提供的道具卡牌，如攻击卡、防护卡、血量卡等来实现阵营中成员生命值的增加、削减以及成员的殒命、复生。依托这种机制，完成阵营与阵营之间的厮杀斗争，从而决定玩家的命运走向。

（2）资源争夺型机制

这种类型的剧本需要玩家争夺较多的人口数量、较多的金银财宝、灵石、房产、人物线索信息卡、人物道具卡等数量不具有唯一性的资源，拥有资源越多的玩家越容易改变其在本环节或游戏最终环节的命运。

（3）数值比拼型机制

在这种类型的剧本中，数值一般是积分、生命值（生存值）等，需要玩家通过完成某种表演和演绎或完成任务等来赚取积分或生命值（生存值）。

（4）权谋制衡型机制

这种类型的剧本需要玩家扮演不同的阵营角色，根据剧本信息使用权谋拉拢、离间或攻击对方，以增强本阵营的地位，游戏最终以较多投票支持或夺得某个标志性物件为取胜标志。

事实上，线下剧本游戏往往存在一个剧本包含多种阵营机制类型的情况。另外，大多数剧本的游戏机制是保密的，店内 DM 也不会知晓，以免破坏玩家的游戏体验。

7

剧本游戏的沉浸体验

　　沉浸体验在积极心理学领域是指，当人们在进行活动时如果完全投入情境当中，保持专注，并且过滤掉所有不相关的知觉，即进入沉浸状态。沉浸体验是一种正向的、积极的心理体验，它会使个体在参与活动时获得很大的愉悦感，从而促使个体反复进行同样的活动而不会厌倦。

　　剧本游戏的沉浸体验，即玩家变身为剧本中的角色，潜心于剧本游戏所展示的故事和情境之中，通过自己的感官去观察、感受、体验与思考，进入一种物我两忘的境界。

　　剧本游戏作为一种新兴的艺术形态和沟通媒介，融合了戏剧、电影、互联网游戏中的某些特点，从而具有互动的实景化和实时性，体验的多感官性和形态的丰富性，相较于互联网游戏、电影和戏剧等艺术媒介，更具有让人沉浸的魅力。

　　获得剧本游戏沉浸体验的玩家，通过角色扮演让自己拥有一个全新的身份，摆脱现实社会的束缚，在人人平等的环境里，展开属于"自我"的"第二生活"。

　　剧本游戏对于玩家的关键魅力在于角色扮演、人际交互和沉浸体验。基于这三点，剧本游戏带给玩家的心理体验比其他任何艺术形式带给玩家的都更具有广度和深度。

　　剧本游戏要求玩家像戏剧演员和电影演员一样去扮演角色，而"角色扮演"正是剧本游戏的核心玩法，是剧本游戏的基础。

　　玩家的玩耍行为被视为"表演"。而表演的确切含义就是"为别人而采取的一个行动或一系列行动，目的是引起关注、提供娱乐、给人启迪或使人参与"（罗伯特·科恩在《戏剧》一书中关于戏剧表演的定义）。戏剧演员和电影演员表演指向的"别人"就是观众。在剧本游戏中，玩家之于玩家既互为角色搭配，也互为观众。

　　在剧本游戏中，玩家并不像戏剧和电影中的演员那样"将自我完全地献给了表演"。剧本游戏的玩家需要时不时从角色中抽身，回到他自己。他时而是角色，时而是自己，他的身份在一种游离状态中。他们之间的互动行为也并非全部都遵照剧本的要求进行。

　　剧本游戏的另一个重要特点在于激发玩家的主观能动性，寻找"达到目的的手段"（如在推理追凶本中，去查明谁是真正的凶手）。玩家之间的私聊不具有表演的特点，玩家很可能在真诚地探听某些未知消息。表演中的私聊意在让第三者听到，目的是打动或牵连第三者，让沟通成为表演，而这个第三者就变成了观众。

　　剧本游戏中的演员，也不同于在酒吧、夜总会里那些登台献艺者。虽然，酒吧和夜总会的演员比传统戏剧舞台上的演员更能够意识到观众的存在，并时不时地与观众互动，为之唱，为之舞，跟他们开玩笑，对他们的掌声、嘘声、笑声和要求做出反应。

　　如今，更接近剧本游戏的表演形式是沉浸式戏剧。沉浸式戏剧打破了传统戏剧演员与观众之间的森严界限，试图将观众带入戏剧之中，但观众依然只是一个"跟随者"的角色。只有在剧本游戏里，玩家才成为"主角"，但又不完全沦为剧中人物。剧中人物仅是让他玩得更起劲、玩得更爽的一种媒介。

"我既是他，又不是他"，在剧本游戏里，玩家会游荡在自我与角色之间。而沉浸体验的出现就在于玩家陷入角色的身份之中而逃离了自我，或者说让自我释放于他人（角色）。

没有人可以否认剧本游戏的"艺术性"。"艺术"给予人们的是一连串的联想，但主要的联想是：美、思想和想象力。人们希望通过艺术获得审美愉悦、带来感动、获得思想启迪。我们可以看到，剧本游戏和诸多的传统艺术形式一样，能够实现这一切，甚至给予玩家更多。

剧本游戏的沉浸体验，相比传统艺术给予人们的体验有了新的拓展。沉浸，在某种意义上就是对现实世界的剥离。让我们走出充满了破碎、徒劳和挫折的现实生活，而获得一种在新异世界的融洽、归属与满足感。剧本游戏创造了供人们享受沉浸体验的新世界，打破尘世的枷锁。在剧本游戏的交互与沉浸之中，它既能让我们的想象力飞得更远，也能让我们的心灵宁静。

剧本游戏不仅会带给玩家短暂的欢乐，激发他们身体、情感和思想的活力，给予他们对于人间温暖和未来的深切渴望，也能够激发他们对人生更多样、更崇高的追求。

人是连接现实世界与虚拟世界的纽带，艺术作品直接感染着人，让人与他人、与自己、与世界进行神秘的沟通，而实现沉浸感又是最理想的审美状态。

正如 20 世纪原创媒介理论家、思想家马歇尔·麦克卢汉所言：

"一切媒介都是人的延伸。"汽车是腿脚的延伸，望远镜是眼睛的延伸，计算机是意识的延伸……剧本游戏，是综合了所有艺术形式的一种更具广度和深度的延伸。这种延伸基于技术，服务于人。由人来创造，又由人来担负。它提供的是一个"场"，一种全新的世界，让那些平凡的人，获得了一种"在场"的机遇。

剧本游戏线下实体场馆通常会利用置景、灯光、影像等效果使玩家置身于虚拟主题的场景之中，从而增强玩家沉浸体验的效果。

一、玩家情感涌现的模式

表现主义美学将激发情感与抒发情感作为区分非艺术与艺术的界线，借此观念，我们可以从创作技巧和玩家情感涌现的模式方面，将剧本游戏分为三种：激发情感的作品、抒发情感的作品，以及将激发情感与抒发情感二者结合起来的作品。

1. 激发式情感涌现

这是指玩家的情感是被外因激发出来的，是被动获得的。对玩家的感官给予冲击，使玩家的欲望得到满足，从而沉浸在剧本游戏所营造的氛围中。

2. 抒发式情感涌现

这是指创作者以艺术手法对玩家进行潜移默化的引导，让玩家由内而外地形成情感上的共鸣和观念上的认同，从而沉浸在创作者营造的氛围中。这类作品信息的指向性并不明显，强调的是玩家领会和情感代入。

3. 激发与抒发结合式情感涌现

这是指沉浸式体验的形成模式介于上述两种之间，创作者首先通过感官上的刺激使玩家得到满足，吸引玩家持续沉浸在游戏中，再加上悄无声息的引导，使玩家逐步得到审美层次的提升，从而形成从内而外的身心沉浸。

现实中，绝大多数剧本游戏都结合了激发和抒发两种模式。

二、就交互性与沉浸体验而言，剧本游戏玩家所具有的基础特征

心流理论提出者，匈牙利籍心理学家米哈里·齐克森认为：沉浸体验发生于挑战与技能平衡时。技能和挑战是沉浸体验中两大重要的影响因素。这两个因素之间必须相互平衡，并驱使自我朝向更高更复杂的层次，通过沉浸产生自我的内心和谐。

就交互性与沉浸体验而言，剧本游戏玩家具有如下三个基础特征。

1. 第一身份的直接体验

相比戏剧、电影、电视等传统艺术的观看体验，剧本游戏的玩家将以参与者的身份更深切地领会创作者需要传递的信息，并且带着剧本中的使命与目标。

2. 通过交互获取信息

与传统文学、影视等的信息传达方式不同，剧本游戏中的玩家更具有获取信息的主动性，而不是单向地接受信息灌输。

3. 玩家置身游戏，却戴着假面

玩家是以剧本角色的身份参与这一场似真亦幻的游戏，在出

离与回归间游荡，他们在"参演"与"玩耍"之间，纵情释放真实的自我。

在剧本游戏中，玩家在进入剧情以后，从扮演的角色中获得心理驱动力，专注于游戏的过程，摒除杂念；其每步都拥有明确的目标，每个行动都会得到迅速的反馈；他们的行动与意识相互融合，在技能（如表演与表达）与挑战（如依据线索进行推理，或比赛对抗）之间获得平衡，自我意识消失，获得沉浸体验。

三、线下剧本游戏与网络游戏的共性及差别

剧本游戏沉浸体验和网络游戏的沉浸体验，均可以让玩家/用户融入游戏中，使他们的参与和对话的需求得到满足。而传统艺术的体验则不具有这种特点。剧本游戏和网络游戏的沉浸体验都具有多感官的特征，能够将体验的方式拓展到触觉，甚至是嗅觉上。而传统艺术仅能调用视听两种感官。

借助现代虚拟现实技术[1]，剧本游戏和网络游戏可以模拟更加真实的感官体验，融合视觉、听觉、触觉、嗅觉以及心理感觉，使玩家近乎真实地进入另一个世界，最大限度地满足身心沉浸需求，形成了一种立体交叉的多感官沉浸式体验。

线下剧本游戏与网络游戏的区别如下（见表 7-1）。

1　虚拟现实技术来自英文 virtual reality，简称 VR 技术，最早由美国的乔·拉尼尔在 20 世纪 80 年代初提出，它集计算机技术、传感器技术、人类心理学及生理学于一体，通过计算机仿真系统模拟外界环境，为用户提供多信息、三维动态、交互式的仿真体验。虚拟现实的应用领域包括娱乐和教育，甚至医学和军事训练等。

表 7-1 线下剧本游戏与网络游戏的区别

线下剧本游戏	网络游戏
将人际交流变幻为真。 　　面对面，更全面地与人交互。信息传递不只依靠行为言语，还可以依靠更细微且无法言传的表情。	人际交流符号化。 　　人与人之间的自然交流被数据符号替代，人永远地脱离了单纯的物理世界。网络可以使人的本性得到极致的舒展和张扬，让人们极度沉浸在自我膨胀的空间里。
面对面的交流虽会让人矜持、有所收敛，但是更接近现实生活。 　　培养了人的交际能力，消解了人们的孤独感，带来了人文关怀。 　　能够让人们获得更加良好的体验，交际具有更多的正向作用。	网络游戏带来了"孤独的群居性"。过度沉浸，反而会令人心灵孤寂。 　　沉浸网络容易造成"超现实感"，而忽视现实生活。 　　许多人因沉浸于网络世界，而变得注意力分散、思维能力涣散、失去时间概念、沉默寡言、不善于与人相处，甚至出现了人格扭曲。

四、沉浸体验与氛境的营造

"沉浸"与"氛境"是一枚硬币的两面，互为表里。如今，沉浸体验成为剧场和剧本游戏实体店吸引观众和玩家的关键亮点。

当你体验到的情感不属于某个具体的事件，而是像雾一样渗透到游戏体验之中时，我们称之为"氛境"。只要在游戏中用一分钟的时间，只是细心地感受，即使玩家什么都不做，也可以感受到这个游戏的氛境。但在游戏过程中，只有当没有其他显著的事情发生时，他们才会注意到某些背景。这些背景"默默地存在着"，但无时无刻不在影响着玩家。

有些剧本游戏会弱化故事和角色所引发的情感，而着重营造一种浓厚的氛境，从而使得玩家沉迷其中。沉浸式戏剧也是舞台艺术形式的一种，它非常看重演出空间的设计，旨在创造一个切实的、可感知的环境，使其包围玩家，让玩家在它所创造的世界中产生一种迷失感，并相信自己是剧目的一部分。此外，沉浸式戏剧注重每位玩家的个人体验。在探索故事的方式上，玩家甚至可以拥有很大的自主权。偶尔，玩家甚至可以去影响、改变故事的叙事方式。

随着现代生活里的数字场景越来越多，营造氛围的技术能力越来越强，如今的观众开始渴望广泛的、多重感官的、内在的刺激，人们渴望真实、具身地来到故事中。

沉浸有两个核心要素，一个是角色（以何种视角检验场景），另一个就是场景（内容以何种方式呈现出来）。迪士尼动画风靡全球，在 IP 知名度方面有着先天优势，游客很容易了解其故事，而其乐园的场景打造、氛围营造甚至更胜一筹。

沉浸式剧本游戏为玩家提供的多重感官体验让人们除了能去看、去听，还可以去触碰、去品尝、去进一步感受。沉浸式剧本游戏里的场景都是为了能让玩家全心投入而特别设计的。食物和饮品也被当作体验的一部分，剧目中偶尔也有环节让玩家和场景元素有肢体上的互动。沉浸式剧本游戏里的音乐则主要是为了渲染剧目的底色、烘托故事气氛。所有这些元素都是为了从戏剧化的角度突出作品的主题。

沉浸式剧本游戏的主要特点在于：

能创造一个类似真实世界的环境，运用这种切实的、可感知的环境产生的"迷失感"，让观众或玩家相信自己就是戏剧的一部分；

让每位玩家都能拥有一份独特的个人体验，让玩家自己把握体验作品的方式和程度，将感知和拼凑故事的决定权掌握在自己手中；

重视互动式交流，如由专业演员或 DM 带领部分玩家参与活动，完成某项任务，或制造自由活动的氛围来鼓励玩家互动；

能够灵活而多元地调动观众的多感官体验。除了一般的视觉、听觉，还包括嗅觉、味觉和触觉，让场景真实、立体地包围玩家，同时还使用音乐和节奏来营造氛围，然后结合不同的情节，精心调配出对应的体验。

比如，2022 年在各大城市巡演的"环境式悬疑戏剧杀"《切西娅》，就是由部分专业演员带领玩家以一对一形式来体验的沉浸式戏剧作品。玩家离开人群在演员的引导下完成部分体验，或在一个较大的场合里获得和演员亲密互动的机会。此外，还会有玩家彼此之间互动与合作的情节，从而更进一步模糊了戏剧中传统玩家与观众的边界。

《切西娅》将戏剧与剧本杀结合起来，专业演员演绎故事，观众（玩家）加入侦探团，参与实景搜证、审讯和探讨案情。在专业演员的引导下，观众更容易进入剧情，从而获得沉浸感。另外，《切西娅》采取开放的故事结构，根据提供线索的不同，可以拼凑出不同的故事线。观众进行推理陈述，并通过投票决定结局，更强化了观众"由我决定这一切"的掌控感（见图 7-1）。

图 7-1 《切西娅》剧照

五、虚拟现实创造了"超现实"

剧本游戏的沉浸体验与传统艺术体验的虚拟性有着本质的不同。

传统艺术的虚拟性是通过用户的想象形成的，是存在于思维中的虚拟。而剧本游戏的沉浸体验却将思维中的虚拟转化成一个具象的、肉身可感的"第二世界"，借助服装、化妆、灯光、音效、视频和置景等技术，为人们创造一个身临其境的具有交互功能的多维信息空间。

虽然目前多数剧本游戏场所增强玩家感受的手段依然有限，但人们营造感受空间的能力越来越强。如今，虚拟现实在越来越多的场景中得以运用，剧本游戏更是概莫能外。

关于虚拟现实，麻省理工学院媒体实验室的主席和共同创办人尼古拉斯·尼葛洛庞帝说："假如我们把组成虚拟现实一词的'虚拟'和'现实'两个部分看成相等的两半，那么把'虚拟现实'当成一个重复修饰的概念似乎更有道理。"

虚拟现实能使人造事物像真实事物一样逼真，甚至比真实事物还要逼真。

虚拟现实让虚拟与真实的界限淡化、模糊，给予人们的感受甚至比现实更为现实。因此，结合虚拟现实技术的剧本游戏带给玩家的沉浸体验是既现实又虚拟，相对于虚拟它更虚拟，相对于现实却又是超现实的。

8

剧本游戏的分幕以及节奏掌控

一个好的剧本必定有一个好的节奏，而分幕设置是控制剧本节奏的最有效的方法。好的分幕设置可以将一个简单的故事玩出精彩的花样；而不好的分幕设置，即使有精彩的故事也可能让玩家失去良好的体验。

一个较长的剧本往往会由许多不同的段落组成，而在不同种类的戏剧中，会使用不同的单位区分段落。在西方的戏剧中，普遍使用"幕"（act）作为大的单位，在"幕"之下再区分出许多小的"景"（scene）。中国的元杂剧以"折"为单位，南戏则是以"出"为单位，代表的是演员的出入场顺序。而在明代文人改革后，南戏里的"出"被改为较为复杂的"出"。[1]

---

1 南戏，是北宋末年至元末明初（即 12—14 世纪）在中国南方兴起的戏曲剧种。早期，南戏是以宾白和曲牌联套相结合、以歌舞故事为主体的戏剧表现形式。南戏是在说唱文学的基础上形成的，它以曲牌连缀的形式讲述长篇故事，综合了当时众多的艺术形式。南戏有多种异名，明清间亦称其为"传奇"。其音乐——南曲，则是一种重要的汉族戏曲声腔系统，为其后的许多声腔剧种，如海盐腔、余姚腔、昆山腔、弋阳腔的兴起和发展奠定了基础。南戏流行于江南各省，唱腔因地域不同而不同。徐渭说："今唱家称弋阳腔，则出于江西，两京、湖南、闽、广用之；称余姚腔者，出于会稽，常、润、池、太、扬、徐用之；称海盐腔者，嘉、湖、温、台用之。惟昆山腔止行于吴中。"明代初期，南方多演唱南曲，北方依然以北曲为盛。明中期，传奇体确立，魏良辅等人改良昆腔，南戏正式成熟起来，成为主导的戏曲类型。昆腔在改良过程中集中表现了南曲轻柔婉约的特点，同时保存了部分北曲激昂慷慨的乐调，其配乐也比其他腔要丰富，于是昆曲在剧坛占据主要位置。

在游戏剧本中，允许玩家一次性把整个剧本读完，"一本到底"的叫"通读本"；而提示玩家分阶段阅读的，则称为"分段本"。无论是通读本还是分段本，在实际组玩中都会形成分幕。分幕既是流程的需要，也是控制节奏的需要。这对于设置悬念、激发玩家情感和形成心流至关重要。

一、分幕的概念、功能与意义

剧本的分幕就是将一个完整的故事，通过作者人为分割，形成几个部分，将故事分阶段、分层次地讲述给玩家，从而带给玩家更好的体验。就像某位艺术家所说的那样："我想要一种达到生活极限的具有广度和深度的诗化体验。但是，我是一个通情达理的人。如果我只给你几分钟的时间来读完或看完你的作品，那么，要你把我带到那一极限的要求就太不公平了。如果是这样，我就只能要求一瞬间的愉悦，增长一两个见识，仅此而已。但是，如果我把生命中重要的几小时交给你，我就不得不指望你成为一个具有力度的艺术家，能够到达人类体验的极地。"

根据亚里士多德的原理：一个故事可用一幕讲述，一系列场景构筑成几个序列，最后进展为一个重大逆转，结束故事。一系列序列构建成一幕，一幕以一个场景作为高潮，在人物的生活中创造一个重大逆转，其强度甚于任何已完成的序列。它适用于短篇小说、独幕剧、电影习作或实验电影。

一个故事也可用两幕讲述。但当故事达到一定程度时，为了达到故事的深层目的，则起码需要三幕。这就是为什么一个具有次情节的三幕主情节会成为一种标准。它适合于大多数作家的创作，既提供了复杂性，又避免重复。

在剧本游戏创作中，当你需要讲述一个框架比较大，内容比较多的故事时，就需要采取分幕的方式。分幕的主要目的，一是降低玩家的阅读和记忆难度，有些本子信息量比较大，如果一下子全部给玩家，玩家可能记不住，所以就用分幕的方式，阶段性地展示。二是有些剧本的每幕之间是有明显的分隔的，拥有独立的中心和重点，为了让玩家可以更清晰地推理相关的内容，则以分幕的方式做分割处理。总而言之，分幕的核心目的是增强玩家的游戏体验，与写小说也有章节是一样的。

二、分幕的注意事项和幕间衔接

分幕并不仅像某些人所说的"第一幕破冰、第二幕凶案、第三幕转折和结束"，这仅是从游戏功能上来解释，每幕都有一个独立的作用。其实，分幕也需要合乎剧情发展的需要。

构成剧本游戏的事件要有始有终，有起因—经过—转折—结果（即所谓的 TRD），三分幕的意义也在于呈现主人公对于事件态度的三次转变。市面上大部分的剧本游戏都做了分幕处理。通常三幕者居多，少数会分四幕、五幕甚至更多。也有部分剧本游戏不分幕，比如早期剧本杀就没有分幕设定，或者直接用（一）（二）（三）……按照故事段落进行叙述处理。

游戏的流程与游戏的内容紧密相关，为此，对于流程的规划和内容的设计一样重要。对于推理本和还原本的剧本游戏而言，一般包含剧本、推理和游戏流程三个内容。创作者不仅要完成剧本的写作，搭好逻辑链，为推理提供有力的说明和证据，也应该清楚游戏的流程，并做出合理的环节设计。

剧本游戏一般分为三幕或四幕，最好不要超过五幕。即使将剧本切分为好几幕时，也一定要有分幕的原因。当一段故事没必要分成两幕去讲的时候，就应该直接合并，在适合分幕的地方再去分幕。如果故事内容支撑不了你将剧本分成很多幕但你强行分幕，玩家就会因分幕过多而产生厌烦，从而破坏体验。

另外，在幕与幕之间，一般应该有某种因素将相邻的两幕衔接起来。比如，可以是一个主题，或者是这一幕对上一幕的总结和讨论，或者是与下一幕有关的预热。完全割裂的分幕，会让玩家不断陷入懵懂，从而将玩家带离剧情。

一般而言，剧本故事中总会存在核心事件的关键人物，整个故事往往也是循着关键人物的视角进行叙述，这就难免造成玩家视角的偏差。而分幕的设置也可能因为人物视角的不同，造成玩家的投入感和体验感的差异。为此，分幕需要均衡考虑所有玩家的参与性，消弭信息偏差带来的困扰，不能出现游戏已进入下一幕而玩家还停留在上一幕的情况。

三、分幕设置技巧

当你所写的是一个很长或者内容很复杂的故事时，你可以通过分幕将故事分成几个单元，分阶段讲述给玩家。在剧本游戏中，每个分幕都需要涵盖所有玩家角色，这是剧本游戏分幕与话剧的分幕、电影的分镜不同的地方。因为，你不能在别的玩家都在玩某一幕游戏时，抛开另外一名或者几名玩家。除非你让他们在同样的时间段里，有另外的游戏体验。

分幕应该遵循玩家的体验和心理因素，这样才会起到好的效果。玩家的体验、情感和心理都跟随游戏推进的节奏，而节奏紧随故事弧线，所以"故事—节奏—情感"三者需要统一、和谐，这决定了在游戏过程中该在何时进行分幕。

一个好的故事，完全可能因为分幕设置问题，而让玩家产生不好的体验。分幕设置一定要紧抓玩家的心理和情感变化。为此，分幕本身十分重要，也有一些成功的技巧值得学习。如何切分故事，将之分成若干幕呢？以下是几个常规的分幕方法。

1. 当需要突出某些因果递进关系和制造悬念时，可以进行分幕

当故事之间存在着因果递进关系时，而如果不分幕，那么前面的情节设置就会失去意义，而后面谜底的揭晓也会缺乏高潮。

但对依照因果递进关系演进的情节进行分幕时，需要具备一定的前提条件，就是前面的情节一定要有足够的推理点或者还原点，而且涵盖所有角色，能让所有玩家都参与。而如果只是一些简单的情节，不存在推演和还原的价值，且不能涵盖所有玩家，则会造成某些玩家在这个分幕中缺乏参与感，且总体分幕对游戏进阶没有意义。

2. 在故事需要转换场景时进行分幕

在大多数的剧本中，一般除了主线剧情以外，还会有支线剧情。这些支线剧情可能不是发生在同一个场景中，也可能相互缺乏直接联系，这时候，可以通过分幕去讲述两段不同的故事。当然，前提条件是，这两段剧情均与主线故事相关，一般不会是毫无关系的独立剧情，且这些剧情也需要涵盖所有角色，是让所有玩家都参与的大型剧情，而不能是非常简单的支线故事。

3. 在需要重置时空秩序时进行分幕

分幕无疑是重置时空场景的重要方法。当叙说者需要打乱

故事的讲述顺序时，可以将时空分割成几个单元进行讲述，而每个时空单元都可以成为一个分幕。在通常的分幕设置中，往往会遵照时间线，前一幕的故事在时间上是发生在下一幕的故事之前，但是在某些情况下，可能需要将后面发生的故事放到前面来讲——倒叙，这样产生的剧场效果会更好，最典型的例子就是回忆。当然，每个分幕的时空场景也应该涵盖所有玩家角色。

4. 在剧情需要反转时进行分幕

为了创造更好的节奏感，在玩家得出一种判断之后，需要他们推翻之前的结论，即产生某种反转。这时候，可以设置分幕。但是这里有个前提条件，就是跟反转有关的线索和细节一定要暗藏在之前的叙事之中。反转需要在"情理之中，预料之外"，反转需要有铺垫和伏笔，不能强行反转。

在剧本游戏中，信息往往是平行展示给所有玩家的，所谓的反转往往依靠的是对视角和线索的补充，而分幕的使用就在于制造视角差，将信息按照体验的进阶层次分阶段释放，从而让玩家从剧本故事中获得最好的体验。

在分幕设置中，通过前期的遮挡视角，营造出后期的反转，玩家也可以中途更换身份、失去记忆、穿越空间、进入循环等，这类的设计也可以作为整个剧本的核诡。关于核诡，本书会在第11章进行介绍。

四、剧本游戏的节奏控制

剧本游戏的节奏控制来源于两个方面：一是在情节设置方面控制节奏；二是在游戏的流程上控制节奏。但二者并非相互独立，而是相互依存的。剧本游戏的流程本身也是围绕情节展开。因此，只有将情节设置与游戏流程完美地结合起来，才能创造完美的节奏。

无论是线上付费剧本游戏还是线下剧本游戏，玩家动辄需要花费三四小时，甚至更长的时间去玩完全本。在这个过程中，玩家绝大多数的时间处于深度思考和情感沉浸状态，这是非常消耗耐心和精力的过程。因此，游戏的节奏对于玩家而言变得十分重要。

如何让玩家在长达数小时的游戏过程中获得更好的体验？为此，创作者需要安排好整个游戏的节奏。全程都让玩家的神经处于紧绷状态，或者说在毫无铺垫的情况下增加剧本的难度，一旦玩家的精力和耐心被消耗完毕，而他们又未体会到剧本欲传达的核心，就会导致玩家中途退出，直接跳车。某些体力不济的玩家甚至会出现眩晕，使游戏无法进行下去。总之，想要掌控剧本的节奏，就要多站在玩家的角度去看待自己的剧本。

1. 在情节设置上控制节奏

游戏的节奏，主要体现在把游戏分为哪几个阶段，以及每个阶段想让玩家做什么的设计上。节奏设计是很多新进入剧本杀行业的创作者常常会忽略的一个环节，但节奏设计是绕不开的，并且异常重要，因为这是玩家体验的重要组成部分。比如，你设计了一个反转，但是如果节奏设计得不好，玩家可能一上来就猜到谜底了，然后再看到反转内容，惊喜程度就会大大降低。但是如果节奏设计得好，前面一直在铺垫和暗示，让玩家往反方向去想，之后再来一个大反转，同时把之前的伏笔都引出来支持这个反转，玩家的体验自然会很好。

以大山诚一郎的名篇《Y的绑架》为例，这篇推理小说就是节奏设计的典范，整个故事被鲜明地分为三个阶段。第一阶段是绑架，让读者以为绑匪是为了钱；第二阶段是撕票，让读者以为绑匪是为了杀人；第三阶段是反转，实际上是绑匪为了处理伪钞。在这三个阶段，作者用娴熟的写作技巧和充分的心理暗示，让读者的注意力和思考方向一直紧随作者的笔触，从而带给读者层层有反转的极佳体验，由此可见谋篇布局和节奏设计对游戏体验的重要性。

2. 在游戏的流程上控制节奏

节奏的掌控，实际上就是玩家体验感的掌控。好的节奏，能够让玩家玩得更顺畅舒适，从而让剧本体验感更上一个台阶。而如何掌控剧本的节奏？这就要求玩家在固定的剧本游戏时间里，既集中精力又得到适当的放松，既不能因为节奏松垮而注意力分散，又不能一直处于高度紧张状态从而陷入疲劳和厌倦。

把控剧本游戏节奏，实质上就是把控玩家的思考状态和精神状态，任何剧本都应该有一个"先易后难、逐步递增"的过程，逐渐让玩家进入状态，让他们能有一个非常顺滑自然的体验。为了更好地适应玩家的心理过程和精神状态，很多剧本往往会使用某些相对通行的方法来解决这一问题，主要有以下几种。

其一，将核心故事放在第二幕。在第一幕设置一个热场游戏。所谓的热场游戏，也叫作破冰游戏，是通过一个小机制或者说推理小游戏，让玩家互相之间熟络起来。由于不管是线上还是线下，剧本游戏很多时候是陌生人组队，因此玩家原本互不相识。在此情景下，通过这样的过程，玩家之间快速有个基本了解，进入盘本的状态。

当然，所加的环节都需要与剧本有关。如果与剧本故事毫无关系，那样就会让人感觉突兀和莫名其妙。另外，当故事核心部分或高潮不止一处时，最好在中间加一个能让玩家精神放松的环节。

其二，小剧场。小剧场是第一幕中的一个环节，往往使用话剧的表演形式交代剧情，引导玩家代入。作者提前写好一个场景化小故事，给各位玩家分配好了台词，让他们去扮演自己的角色。第一幕，往往只释放出简单的人物关系之类的信息，用简短的文字让玩家快速代入角色，避免因冗长的文字阅读和信息过多而使愉悦的心情被破坏，产生压抑感。

其三，在得到基本的人物关系之类的信息之后，玩家已渐渐进入剧情之中。在第二幕中，可以让玩家严谨地推理剧本中设置的案件：将注意力集中在犯罪手法、时间线上来，同时，通过回顾人物的一些陈年往事，激发玩家的联想，并通过玩家互相之间的交流和搜证，进行逐步深入的推理。

对于彼此陌生或者彼此熟悉的玩家而言，现场气氛预热和引导玩家进入剧情都是十分重要的任务。假如你写了个非常烧脑的硬核本，一上来就是迷雾重重、线索繁多的凶案，而且玩家之间缺乏基本的相互了解，甚至连故事梗概都还没有了解，就开始盘凶或做故事还原，那么多数玩家就会陷入懵懂且思绪凌乱状态。在这样一种情况下，即使你的故事写得十分精彩，很多玩家也不会有耐心和精力玩下去。

五、剧本游戏的流程

剧本的内容最终要体现在游戏的流程里，合理的游戏流程也是优化游戏体验的手段。如何通过流程引导玩家进入剧本角色并获得最好的体验，在剧本的核心事件和场景中应该加入怎样的内容以强化互动或沉浸，这都是创作者应该考虑到的。

什么是游戏流程？游戏流程指在玩剧本杀时，根据剧本和推理要求，进行的游戏环节的规则。下面用一个简单的图来体现剧本游戏的最基础的流程（见图 8-1）。

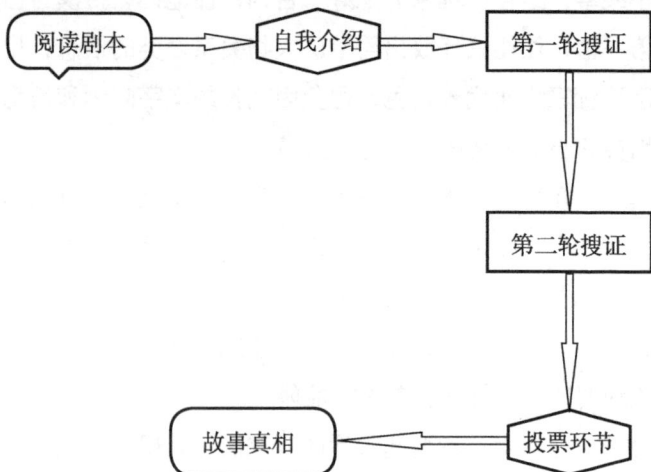

图 8-1　剧本游戏的简易流程

这是一个常规的游戏流程，可以分三幕来体现。

1. 第 1 幕——准备阶段，包括选本、选角色和读本

选角色：选好人物剧本之后也就选择好了角色。

读本：选择好角色后，玩家需要阅读人物剧本，了解所要扮演角色的有关背景和人物。这里有一点需要注意，很多剧本是不能一口气看到底的，要注意剧本上的标注，比如没有 DM 的允许，不要翻开下一页。

2. 第 2 幕——游戏阶段，包括人物介绍、公聊、私聊和搜证

人物介绍：各位玩家进行自我介绍，让大家互相了解身份。

由此，每位玩家都进入角色，成为"戏中人"了，要求玩家从剧中人物的性格和价值观去思考和行动。

公聊、私聊：在游戏中往往是公聊与私聊环节来回切换。

在公聊（圆桌）过程中要尽量减少那些对自己不利话题的讨论，如果你有需要隐瞒的事情或者幸运地拿到了凶手本，面对质疑也不要慌张，可以先岔开话题或者等别人打断，然后想好说辞再去回应。在公聊过程中要认真听别人的发言，去推测他的动机或者思考他语言中的漏洞。在剧本杀游戏之中几乎每个人都有不可告人的秘密。

非封闭本是有私聊的，尽量和每个人私聊。因为好的本子，人物关系紧密，有些秘密也只有在私聊中才会显露出来。在私聊中请注意，在保护自己的秘密的同时，也要去套出自己想要知道的事情。私聊中如何让别人打开心扉，获得别人的信任是一门高深的学问。当然，这个技能会随着玩家玩本数量的增多而持续升级。

搜证：在释放完线索卡后，玩家在讨论阶段可以更好地推理出故事背景和人物关系。继而更好地推理还原出凶手的作案过程。

3. 第 3 幕——结案

搜证都结束后，一般会进入结案阶段。这个阶段一般是以圆桌也就是共同讨论的方式，或投票的方式来决定。真相通过玩家之间的交谈、线索卡的搜寻渐渐浮出水面。指认凶手环节后一般就会进行复盘，也就是由 DM 将整个故事的真相告知大家。

这样经历过整个游戏环节就能对剧本和推理进行有效组合。这属于基础流程设定，还有特殊流程设定。什么是特殊流程设定？就是指在一般基础流程都有的情况下，为增加游戏的互动性和可玩性所设定的特殊环节。

流程的设置不同，游戏的体验感也会有所不同。特殊的流程如图 8-2 所示。

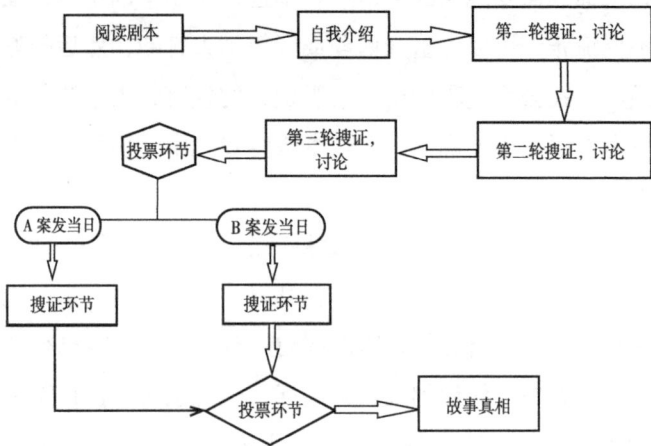

图 8-2　剧本游戏的流程设计

创作者们可以根据自己的故事要求去设定更丰富的游戏流程，给玩家带来更多的游戏感受。以上的图示流程一共分 12 个环节，第三轮搜证和讨论是根据故事和线索卡进行阵营投票，投票结果会影响故事发展，所以拥有了 A 和 B 两个故事以及两轮不同的搜证。根据不同故事的讨论推理进行多种结果的投票，最后对所有真相都进行解析。三轮线索讨论和案发当日不同剧情走向，就是特殊流程的意义。

9

故事分拆与情节遮蔽

剧本游戏并不像电影剧本和小说那样会把完整的情节全景式地呈现给所有的人。

在剧本游戏中，每位玩家承担着一个或者两个具体角色的任务，他们不拥有"上帝视角"，也不具有"旁观者视角"，他们只是"戏中人"，仅对发生在自己身上和自己通过视听获得的事情有所了解。那种"偏狭的视角"所带来的信息偏差，正是激发好奇，并在游戏过程中带来惊奇的关键。

加拿大小说家、2013 年诺贝尔文学奖获得者爱丽丝·门罗曾说，故事就像是一个有很多房间的房子。我们可以先把不同的房间造好，这样房子自然就有了。当我们像小说家那样写下第一个句子以后，然后洋洋洒洒地编织了整个故事时，这个编织故事的过程也许仅仅在我们的脑海中进行，但其酝酿过程与小说家写出完整故事的过程并无太大的不同。

如果说，整个故事的构建像是一个从 0 累积到 10 的过程，那么现在你需要将 10 分解为 1，2，3……当我们已经建构起完整的故事和人物关系，厘清了故事发生的场景和事情的关联之后，我们需要做的就是在前面"构建"的基础上，进行"分拆"。

　　故事的分拆，在于根据剧中角色形成玩家的人物剧本，让完整的故事体现在不同的人身上。在一起涉及多人的事件中，每个人对事件所获得的认知和感受是不同的，而只有这些拥有不同视角的人物才能拼凑出完整的事件。

　　"没有自足的历史，只有叙述的历史。"事件一旦发生，所发生过的一切都仅能存于人们的追叙和记忆之中，从而造成事件被破碎地分布在不同人物的记忆与叙述里。而这正是剧本游戏中人物剧本创作的底层逻辑。犹如同一个月亮映照在不同的湖面上，而从不同的湖面看到的月亮也如此不同。"一本万殊"，精确地阐释了对故事进行了分拆的原理与意义。

　　世界上不存在没有偏见的人，每个人的视角偏差和认知缺陷都让原初的事件带有被改写的痕迹，这形成误导和对真相的遮蔽。而误导和遮蔽构成了剧本游戏的谜题。

　　建立谜面与隐藏谜底，正是故事分拆和情节遮蔽的目的，剧本游戏的可玩性取决于谜面与谜底之间到底有多少探索空间：既能够将玩家吸引到猜谜游戏之中，又能够让玩家在触达谜底之前受到挑战。挑战激发他们的好胜心，最后揭开真相让他们获得荣誉感。

　　故事拆解是创作游戏剧本最为核心的一项工作。对于剧本游戏创作者而言，构建起故事仅完成了创作任务的一半，而更为重要的一半是"化整为零"。分拆并非破坏故事的完整性，而是让故事碎片化地呈现于每个角色所触及的范围之内，将其制作成情节和场景的拼图。

一、玩家通过剧本玩什么？

关于如何对故事进行分拆，以及如何遮蔽相关情节，在此，我们需要问自己一个关键问题：玩家在玩什么？即使我们的故事本身并不那么出彩，但如果能够回答好"玩什么"这个问题，这可能依然是一个成功的游戏。

那么对于剧本游戏而言，怎样的情节设置和玩法才可以被称为成功呢？创作者这时又该做些什么？

我们当然知道，玩家玩剧本游戏的过程其实是表演和进行选择的过程，而玩家在剧本游戏中的核心玩法仅有两个：表演和交互。

我们所创建的剧本为玩家构建了一个可玩的游戏系统，这个系统包含故事、人物、规则与机制——这是四个与"如何玩"形成直接关联的元素。规则、机制和玩家的表演与选择都应该在创作者所可以预设的范围之内。

在剧本游戏中，我们为玩家创造了一个玩的空间，玩家影响游戏进程主要是依靠他们的言说与肢体动作，而这些言说和肢体动作应该得到及时回应，否则玩家就会失去玩的兴致。仅有玩家的表演和主动选择的行为能带来对应的结果时，这个游戏才是可玩的、有意义的。

除了线索卡等物化证据之外，我们知道玩家本身才是剧本游戏最为重要的信息载体。每位玩家都是自己所扮演角色的知情人。为此，我们需要按照玩家在游戏中所承担的角色将整个故事划分出相应的任务。

"每个人都藏有自己的秘密，而当所有人的秘密都暴露的时候，也就是游戏结束的时候。"所以剧本游戏的故事分拆，就是将构成故事的核心秘密（关键情节）分布在合适的角色身上，而对其他玩家形成遮蔽。

如果我们读过白俄罗斯女作家 S. A. 阿列克谢耶维奇的《我不知道该说什么，关于死亡和爱情》，我们就会从近 500 名不同人的或多或少的讲述中拼凑出关于切尔诺贝利核电站事故的完整真相。

信息分散化的"隐瞒"与玩家表演中的"欺骗"，正是剧本游戏玩法的奥妙所在。

交互本身意味着信息的传递。玩家都是从自身角色出发，产生疑问，并在某种提示之下，去寻找某个谜底。而要获得进一步的信息，他必须与别的玩家进行互动。

如何保守自身的秘密和传递信息，以及如何去探测别人的秘密，这在硬核推理本和故事还原本中是玩家的核心目标和乐趣所在。

"在隔离区，鲜花异常美艳丽，小鸟儿照常歌唱，可是，你不能坐在地上，不能摘花，不能喝水……"这个夺取白俄罗斯四分之一人口的核电站爆炸事件带给人们至今难以抚平的伤痛。事故已经过去，但真相带给人们启示的过程不会停止。

谜底揭开，意味剧本游戏的终结，但关于剧本游戏中的事件同样应该带给玩家以某种启示。

二、剧本游戏成功的关键在哪里？失败的剧本有哪些特征？

如果我们仔细研究玩家在游戏中与其他玩家进行交互的过程，我们可以将玩家的心理和行为分解成若干个步骤。仅当我们明晰玩家在遇到什么问题会做什么的时候，我们对故事、人物、规则与机制的预设才会有效。

作为创作者，我们需要在游戏剧本中回答如下几个问题。

当玩家与玩家遵照游戏规则进行互动时，将会发生什么？我们需要向每位角色所对应的玩家赋予可交互的条件，并让每个人的行为拥有意义。通俗而言，要让他们产生代入感，拥有表演下去以及与其他玩家进行交流的内在驱动力。

在游戏的特定阶段，每位玩家有哪些可以选择的信息，以及如何将这些信息传递给其他玩家？我们必须给每位玩家预留足够的自主空间，让其获得操控感，而不是僵死地执行游戏的程序。

玩家通过做什么来形成有效的交互，并获得良好的体验？我们需要赋予玩家去完成任务的渴望，而不是简单地下一道指令。玩家应该在完成任务中获得额外的收益，比如获得归属感和荣誉感、满足表演欲。

玩家的行为将带来何种效果？如何影响后续进程？玩家的所言所行是否会改变整个游戏系统，甚至令系统崩塌？如何应对玩家可能出现的行为？如何进行补救？

游戏的最后结果能否给予玩家满足感，或者超越了玩家期待？无论进程如何，结局都应该是美好的。

以上都是创作者需要认真思考并准备好答案的问题，这样才能保证游戏的可玩性和过程的顺畅，让游戏充满意义和良好的玩家体验。相反，情节信息处置不当，如提供的信息过多或者过少，就会使情节链条出现断裂或者错乱，造成玩家在交互过程中失去活力，影响玩家体验，从而导致游戏创作的失败。

典型的失败状态有如下几种。

在游戏过程中，玩家觉得自己对整个游戏没有影响，做什么选择都无所谓，于是随机做出选择（行动）。这说明剧本没有为玩家提供主动选择的空间。如果玩家不能从游戏过程中得到及时有效的反馈，他的参与感就会降低，感觉自己成为边缘角色。每个玩家都需要参与剧情的推动，而不能成为剧情的"旁观者"。

玩家不知道接下来做什么。玩家的目标需要分阶段实现，而实现阶段性目标需要与阶段性的任务形成关联。玩家只有在明确的目标引导下，才能形成内在的驱动力，感到自己是一个承担责任而"有意义的人"。

玩家对游戏的结果失去好奇心，也不知道因何而赢或者输掉这一场游戏。这可能是因为游戏的进展和结果在玩家的预料之中，且玩家觉得自己只不过是整场游戏的一枚"棋子"。这个游戏并不是玩家在玩，而是游戏创作者在玩。

……

如此种种，剧本游戏创作者需要从玩家角色出发，将故事中与每位角色相关联的情节划分出来，既要为玩家提供每步的行动依据，也要为其留下足够的自我选择的空间。在信息分布上，要更多从角色的内在需求出发，而不是以上帝视角去为角色安排一切。我们要让玩家在游戏中拥有明晰的目标，获得及时的信息回馈，体验到选择和行动的意义，充盈着体验"第二生活"的感受。

三、剧本游戏是什么，我们就做什么——剧情的显现与隐蔽

"剧本游戏是什么？我们做什么？"这个问题看似宏大，但是却直击焦点。

创作者需要从不同的角度思考和回答这个问题。仅有深刻理解剧本游戏是什么的时候，创作者才会明白自己该做些什么。我们要将这个问句变成陈述句：剧本游戏是什么，我们就做什么。

只有当玩家是富有目的地做出选择（行动），并且他可以理解游戏过程中自己的表演和选择会造成的相应结果时，这个游戏才变得有趣和富有意义。此刻，我们需要像俄罗斯套娃，让自己一层层远离中心点，不断把视线往外移，感受不同视角下每个角色在剧情中特定境遇下的感受与心境变化，从而抽离出相关情节点和物证。

由此开始，分拆剧本游戏的情节就变得简单起来。

我们按照剧本中的人物，以及将所有与每个人物形成关联的事件画成一张图。然后将构成每个事件的关键点罗列出来。

这些人物、事件（情节碎片）、事件相关的物件（证据）就是我们构建"迷宫"的材料。这些都是我们从业已编织起来的整体故事中分拆下来的，是被用来重新组装游戏的"材料"。

在游戏"迷宫"的建构中，我们需要做些什么呢？那就是对每位玩家加以"限制"。正是这种对"限制"的运用，让我们创造出无限的乐趣。

在"人物—事件—时间链—物证"相互交织的关系中，我们需要利用个人的视角偏差和证据选择来形成信息偏差，对每个玩

家都进行"遮蔽"和"隐瞒"。玩家也要不断挣脱这些限制，从混沌走向清明，不断降低不确定性及模糊性，不断缩小未知的范围，从而拥有走向真相的乐趣。

比如，我们现在需要分拆的是这样的一个故事。

一个房地产开发商在办公室被杀了。死者身患心脑血管方面的疾病，平时吃一种降血压药。死者生前欠下巨额债务。办公室的保险箱被打开，一叠现金丢失了。是死者的司机兼保镖发现他的死亡并报案的，而司机是唯一知道保险箱存有现金的人。清洁工在案发后不久就清扫了现场，即破坏了现场，却没有发现任何异常。一位建筑商因为多次向死者追讨欠款不得，而对其心怀怨恨。而开发商生前也曾陷入一起情感纠葛中，与公司内的一位有夫之妇存在不清不楚的关系，这种关系早已被传得沸沸扬扬。

人物关系和关键情节如下：

甲——司机，唯一知晓保险箱中存在现金的人，报案人；

乙——清洁工，对开发商扣工资心怀不满，不合时宜地清扫现场，清除了有效证据；

丙——建筑商，因开发商欠债不还而对其心存怨恨，与司机相互熟悉，曾宴请司机，获得死者的有关信息；

丁——开发商情妇的丈夫，有寻仇之心，清洁工的邻居。

故事中可以形成遮蔽的情节点如下：

丙通过甲了解了现金的存在，在宴请甲且甲喝醉以后，取走了保险箱中的现金；

乙曾计划在开发商的水杯中投入泻药，但却不知道药被调包；

丁在得知乙想通过泻药报复开发商时，将泻药偷换成毒药；

甲在酒后处于失忆状态，完全不知道自己向丙透露了保险箱中有现金的消息；

丙偷走保险箱中的现金是在开发商被杀死之后，但他并不知道开发商已死。

人物、物证、时间链都是关键信息的载体，我们需要将关键信息在三者之间合理分配。通过玩家角色所拥有的视角偏差，对某些信息加以遮蔽，从而让每个角色身上都存在谜团，激发玩家的好奇心，为他们提供表演和自主选择的空间。

通过人物的交互、物证和时间链的浮现，玩家可以逐步构建起完整的剧情。我们需要根据信息与核心事件的关联度，进行有层次地暴露，对越重要的信息遮蔽得越严谨。玩家在游戏过程中像剥洋葱那样将故事层层剥开，最后露出真相。

四、剧本的终结是游戏的开始，让玩家主导这一场游戏

我们知道，一个故事的精彩与否，在于情节是否合理，情节是构成故事的基石。在故事的叙述中，矛盾与冲突的设置、情节的演变和起伏是关键点。抓住关键点，将其通过情节演绎呈现出来，正是剧本的核心。现在，要把剧本情节拆解开来，从每个剧中人物的视角写出分散化的多个剧本。

故事分拆后形成供玩家使用的人物剧本，在内容表达上，

同样需要创作者展示丰富的想象力、表现力，去精巧地编制内容。游戏过程中的节奏感、悬念和转折都将得益于分散化的情节设置。

为此，我们需要让每位玩家都对自己所扮演的角色有充分的了解，并且知晓自己在此过程的作用，肩负"光荣任务"，从而进行积极思考，以应对与玩家交互中出现的各种问题。

剧本的终结是游戏的开始，创作者应该从完成的游戏作品中抽身，让玩家成为这场游戏的真正主宰，让他们去"再创作"这一场游戏。这是剧本游戏成功的关键。请让我们铭记萨特的格言：幸福来自人们的自主感。

当我们提供了剧本游戏的故事构架和可玩的系统，那么我们的任务就仅仅在于激发玩家的参与感，将他们代入剧情，让他们成为游戏的主导。

玩家通过阅读人物剧本而受到感染，与剧本人物"同呼吸，共命运"。正如，米开朗琪罗就如何雕刻出《大卫》这个作品时所说的那样："我观察了一下那块石头，然后把不属于《大卫》的余料全都削掉了。"人物剧本虽然单薄，但不应空洞，要呈现出应有的生命力。让每个人物都成为剧本中不可或缺的角色，而又尽量削减冗余。

10

剧本游戏的文本构成

"游戏并不是我们所制造的东西，它是一个知识系统。它不是棋子，它本身就是一盘棋。"泰勒·西尔维特斯在其《体验引擎：游戏设计全景探秘》一书中说。

剧本游戏本身容纳了故事创作、人物塑造、世界设定、机制建立和玩法创意等内容，其背后都对创作者有着相应的知识与技术要求。要达成一个可玩且有趣的游戏系统，确实是一个系统性工程，从结构上讲要比创作一部小说和电影剧本更为复杂。

当然，因为剧本游戏的故事与场景、艺术风格与机制、核心玩法与技术要求等不同，其最终呈现的方式也不相同。而文本作为整个游戏最初表现的载体，其表现的重心和内容也会有所不同。

通常，一个盒装剧本游戏的文本一般由五个部分组成，分别是人物剧本、线索卡、组织者手册、玩法说明和剧情公示。这五个部分相辅相成，如果创作者对某个部分考虑不周，就会导致整个游戏系统出现问题。

创作者先从故事大纲开始写是没有任何问题的。关键在于，如何在剧本游戏中运用文字指引玩家准确无误地实现期望的目标，这才是主导剧本游戏写作的底层思维。

不同类型的剧本游戏，选择架构的切入点不同，写作优先级也不同。例如，机制／阵营本，要先确定机制，围绕机制去呈现故事，人物设置也是为机制服务的；对于硬核推理本，可以将核诡分解为定量线索卡，在整个游戏的时长、体量确认之后，再进行人物剧本、故事与情节的创作，最后植入玩法；对于情感与氛围本，则需要先确定情感的内核和情感变化曲线，然后再组织人物和故事。因此，通晓剧本游戏的类型以及玩家所期待的目标，对于创作而言尤为重要。

另外，需要说明的是，文无定法，剧本游戏的文本表现也会不断出现新的样式。人物剧本、线索卡、组织者手册、玩法说明和剧情公示，这些文本创作内容是目前市场上出现的剧本游戏文本的常规表现形式，但并非一成不变的既定范式。随着行业的发展和从业者更深入的探索，剧本游戏的文本也一定会因为新的游戏形态的涌现而发生某些改变。

一、人物剧本

编织故事和塑造角色，需要遵照与小说或者电影剧本相类似的技法，但因为剧本游戏特殊的呈现方式，我们需要将这个故事进行拆解，形成各个独立的情节点，根据玩家进行角色扮演的需要，形成一个个独立的人物剧本。

人物剧本，又称人物本，指每位玩家拿到的以单一角色故事为主线的段落文本。因为剧本游戏的核心要素之一就是角色扮演，而剧本游戏服务的对象——玩家，大多是普通人。因此，要确保玩家在拿到人物本后首先能读懂，其次才是互动交流和品味剧本的文学韵味。玩家要在短时间内通过文字清楚地了解与自己有关的信息。所以，给到玩家的人物剧本首先需要让其明白，他们将扮演的角色是怎样的一个人物，这是人物剧本的第一功能。

人物剧本虽然被称为"剧本"，但它不是标准的剧本，格式类似人物小传，主要内容包括人物的身份、所处的时空、情感关系、抉择的驱动力、为人处世的动机等，通常以第一人称"我"或第二人称"你"作为叙述主体。使用第一人称或第二人称，便于让其产生代入感，自然地进入角色和故事的场景中。同一事件的每个细节，因为所处角度不同，从而带来的理解和说法也不相同。

人物剧本正是从每个角色的视角，通过对整个故事进行拆分而形成。在不同的情节点，每个玩家的所见所闻所想均有不同，从而让人物在相聚中形成认知差异，因形成谜团而产生互动。

剧本游戏的人物剧本，通常以通读格式或分幕格式呈现。每幕的主要内容包括事件现场描述、角色的人物维度、人物关系、情感、行为动机、驱动力，以及玩家需要完成的任务项等。

玩家任务是人物剧本中必不可少的内容。一般而言，每幕中玩家的任务不要太多，以 1 ~ 4 个为宜，如果任务太多、太复杂，就会干扰玩家的记忆和自身判断，降低参与的积极性，从而失去设计任务的意义。另外，在人物剧本的每幕最后，一定要附有一句提示语："未经 DM 允许，请勿翻看下一页。"以免玩家提前知道剧本内情而失去过程中的体验感。

剧本游戏的剧本跟小说、影视剧本到底有什么区别？小说往往以主角第一人称或第三人称进行叙事，影视作品通常以剧情主轴推进为编排依据。而剧本游戏其实更像是截取小说或者电影当中的一个事件区间来让多人围绕这个事件多视角地展开。

有点类似于电影《罗生门》。电影《罗生门》中，每个人物都有一个视角，创作者通过每个人物的视角来展现出整个故事。云游和尚、砍柴人和乞丐在城门底下避雨，三人闲聊，话题开始，故事的序幕拉开。一个武士和他妻子路过荒山，遭遇了不测。妻子被侮辱，而武士惨遭杀害。惨案如何酿成？真相只有一个，但凶手、妻子、借武士亡魂来作证的女巫，各人提供证词的目的却各有不同。为了美化自己的道德，减轻自己的罪恶，掩饰自己的过失，人人都开始叙述一个美化自己的故事版本。荒山上的惨案，被一团拨不开看不清的迷雾所遮蔽。真相究竟为何？

2000 年诺贝尔文学奖获得者法籍华裔作家高行健的长篇小说《灵山》是鲜见的一篇主要以第二人称"你"写就的作品。"你"是"我"讲述的对象，你是另一个"我"，一个倾听"我"的自己。

在常见的剧本游戏中，人物剧本的写作思维更像是新闻报道中的特写。几个人参与了一件事，编剧截取事实发生时的数个场面，描述在该时空中情景的状态、事物的动态和人物的行为与心理图景，形象化地呈现人物的性格、态度和抉择。

人物剧本的心理描写要从人物自身视角进入，真正写出"我"的想法，或以与第二人称对话的口气，交代出"你的处境"，而不能以全知的上帝视角或缺乏感情的叙述进行描述。举个简单的例子。如以第三视角写道：

小明跳楼了，从 20 层的地方一跃而下，他张开双臂，想像燕子一样飞下来，但是夜色浓重，周围黑漆漆一团，没有人看见。在快速下落的当儿，他被树枝刮了一下，这时他想喊救命，可是发不出任何声音，最后只是"噗通"一声摔落在地面上。

这种描述虽然很形象，也极具画面感，但却难以将玩家带入实际的情感体验，玩家只是在听着一个与自己无关的故事。如果换成第二人称，可以写道：

你站在20楼的露台上，你想寻求解脱，感受空气摩擦着身体的感觉，像燕子一样飞行。你想舒展地落下去，可是，你伸出脑袋向下面望了望，下面黑魆魆的，你感到了有些恐惧，你虽然绝望，但是你不想死。

如果改成第一人称，那么这种叙述，也将有所不同。富有感情的叙述，会让叙述者寻求不一样的结局。

1. 人物剧本需要引导玩家进行互动

电影会有主配角之分，而在剧本游戏中，为了保证玩家的体验不会存在太大的落差，角色会被均衡分配戏份，每个玩家都是主角。电影通过画面感更容易让人"感同身受"，电影通过镜头语言，可以较为容易地烘托出一些诡异悬疑的气氛以引导观众，而剧本游戏只能通过人物剧本进行氛围营造。剧本上的文字本身带给玩家的观感一定不如画面，你永远想象不到玩家的状态，你只能尽可能地去引导玩家，并不能强制要求玩家在什么时候根据你提供的剧本内容获得怎样的想象、思考和结论。

剧本游戏本质是一个角色互动的游戏，玩家之间需要进行积极互动。创作者所提供的人物剧本要激发玩家的探索欲与互动欲，玩家和玩家之间要时刻保持着话题的相互切入。而小说和电影让观众的进入故事的方式只有一种，小说对读者无互动要求，不同的观众在电影的进程中得到的内容是相同的。而在剧本游戏中，每位玩家在游戏进程中所获得的信息是存在差异的，只有与其他玩家互动才能逐渐了解别人所知晓的内容。

人物剧本是直接发送给玩家阅读的文本，玩家不需要具备高雅细致的文学品位，最重要的是清晰准确地掌握信息和进入剧情。

2. 人物剧本注意事项

创作人物剧本不建议使用像英语中惯用的那种长句。对于缺乏长线程逻辑思维能力的人而言，要理解像"我知道你不知道他知道了我知道你趁他不在家时去了他家"这样的表达方式是困难的。

人物剧本的字数多少与你的故事的精彩程度有关。但一般而言，字数不宜太多，以 5000 ~ 10000 字为宜。对于玩家而言，人物剧本极为重要，因为每个玩家能看到的只有剧本。如果剧本字数过多，会导致玩家花费太多时间看剧本而又容易遗忘，一场游戏需要玩家用上数十分钟甚至一小时去阅读剧本，这令人无法想象。

剧本中的关键信息需要突出，让玩家形成强记忆。比如将人物剧本中需要玩家注意和记忆的时间、重要人物、重要事件、重要线索等加粗，引起玩家注意，方便玩家重新翻剧本找线索。

人物角色设定应避免过于变态或违背人性等。人物设定不要引起玩家产生情感和道德方面的抵触。更多的玩家会对自己扮演的角色怀有好感和同情心，如剧本人物设定与玩家预期反差较大，且负面信息较多，则必然会造成不好的体验。

剧本人物应该具有"文学性真实"。在创作人物时，最好能选择真实的人物作为原型。生活中各色人物的性格、思维、说话风格和行为特征可以集中表现于剧本中的某个人物身上。毕竟真实，才能带来感动，才更能引发玩家情感，将玩家带入剧情与场景之中。

二、线索卡

犯罪动机、证据（线索）、时间链，无疑是推断一起犯罪案件的三大关键要素。

在硬核推理类型的剧本游戏中，核诡推理需要结合故事、人物以及人物之间的关系，还需要一些信息和证据的提示，而线索卡就是在游戏进程中，玩家可资利用的信息载体。线索卡帮助玩家获得进行推理的有效信息或证据，形成推理过程中的逻辑支点，也为玩家提供了推理方向的指引，从而能够以此激发玩家的头脑风暴，去拼接、还原整个谜案与故事的全貌。

线索卡也是创作者构建剧本游戏的重点。如果没有线索卡，玩家就缺乏必要的物证和信息的支持和引导，逻辑推理就缺乏验证且易迷失方向。因此，线索卡成为剧本游戏的构成要件。

1. 何谓线索卡？

简而言之，线索卡是剧本游戏所特有的一种供给玩家信息的方式，它的作用是创造游戏分段和进程，通过一点点地揭露信息，给予玩家"渐进发现，层层推理，逼近真相"的感觉。同时，它也是调节整个游戏难度的指针，线索卡上的信息的指向性和联动性越强，游戏的难度就会越低。

游戏设计者期待玩家根据给定的信息行动，从而产生互动。而当既有的信息不足以推动下一步行动时，游戏就会陷入停滞。因此，需要再次递送、分发信息给玩家，提供他们讨论和进行相关互动的机会，让游戏进行下去。给予每位玩家的信息都不应背离游戏设计者的指向，并且必须保证这些信息具有充分的合理性和真实性。如果预设了情节反转，就要有支撑反转的强大的理由，而不应让玩家产生关于信息的认知偏差，导致互动系统存在缺陷，使游戏无法继续，或者脱离预期轨道而发展。

通常，线索卡上载有的信息与核诡推理事件密切相关，核诡的某些相关信息也是通过线索卡传递给玩家的。在每幕阅读或每轮公聊之后，线索卡上载有的信息对引导玩家讨论人物关系，进行情绪交流和破解谜案、还原故事起到重要作用。

每个核诡都有一个核心事件，这个事件发生的时间、地点、人物、环境信息、证据链等相关信息都会体现在线索卡上。如果修改了核诡的某些内容，则必须相应地修改线索卡；而如果调整线索卡的有关信息，也需要检测这些信息是否与核诡相背离。

2. 线索卡的功能与分类

线索卡主要有承载人物信息、揭露人物秘密、引导玩家还原故事、完善设定、触发剧情、激发讨论等作用。线索卡上的信息设计可以分为两个系统：一是故事还原，包括世界观、背景、环境、人物前史等内容的提示信息；二是谜案还原，包括指向人物的直接证据和间接证据，如环境证据、物理证据、生物证据、重组证据、关联证据、采集证词、证据的使用方法等内容的提示信息。线索卡主要分为：人物角色线索卡、场景线索卡、说明线索卡、游戏互动线索卡、故事线索卡等，创作者根据剧本的需要来设置线索卡（见表10–1）。

表 10-1 线索卡分类

人物角色线索卡	在推理和还原过程中，通过人物线索卡可以确定角色的身份，或者是角色与角色之间，抑或角色与 NPC 的关系。人物角色线索包括：角色习惯、人物背景、人物关系（确认嫌疑或者摆脱嫌疑）等。
场景线索卡	即一般描写案发现场环境，或每个角色当时所处的环境的线索卡。场景线索包括尸体线索、现场遗留线索等，以帮助确认凶手及嫌疑人。
说明线索卡	即说明必要的特殊环境。比如，在变格杀人手法诡计中，采用时间诡计必须在特定的时间回溯设定下来完成。这就需要用线索卡来告诉玩家推理的条件和要求。诸如故事背景、人物背景、人物关系的有关阐释，以此给出线索，引导玩家进行推理。
游戏互动线索卡	这是特殊机制本里会需要的特殊卡片。根据剧本需要来设定。比如在某些游戏机制中需要不同类型的互动卡片来完成游戏。

线索卡主要承载着形成因果链和串联情节的功能。在不同剧本和机制中线索卡的设置会更加丰富，在难度更高的推理本中，则是由多种线索卡以及与人物剧本中的故事形成一个逻辑闭环。在设定中，创作者要十分清楚每个线索的作用和可能推理出的答案。

3. 如何设计线索卡？

线索卡是推动游戏进程和促动玩家产生交互的工具，如何将信息分配到线索卡，又如何有效而明确地将信息递送给目标玩家，正是线索卡设计关键。

线索卡有点类似于事件的拼图，但并不是所有的相关信息都会出现在线索卡上。线索卡只是为启发玩家思考，为玩家进行互动沟通而提供的媒介和工具。玩家在获得线索卡后，会对卡片上的信息进行判断。如何处置线索卡上的信息，本身就会激发玩家的思考：是隐匿还是公开这些信息？应该向谁公开？公开到怎样的程度？如果线索卡被公开，那么应该选择撒谎、承认还是将信息误导性地传递给其他人？是否要将证据引向其他嫌疑人？

证据和证据可以形成联动，或彼此印证，或形成对立，这样在某个线索被玩家刻意隐瞒的时候，玩家也能通过其他信息进行验证。一个案件应该有一条证据能够联动起来的证据链，但联动的隐蔽性有待商榷。如果太过明显，就会显著降低游戏难度。一般而言，确证一个案件的真相应该至少有三个的证据源。

如何设计线索卡，有如下几个关键点。

（1）说明内容

如果你设计的人物生理特征、履历或命运等较为特殊，是能够激起玩家讨论的角色，就可以设计指向这件事情的线索。比如，在某个案发现场发现了6个指头的手掌印，既带来一种惊异元素，也成为人物的重要特征。这样能够使得背景故事融入游戏进程当中，但缺点是一旦这个线索与背景案件的关系太疏远或者故事无法吸引到玩家，这条线索的意义就很微不足道了。

（2）案件的痕迹

痕迹是案件最重要的部分，它囊括的范围极大，有死者的死状、现场的痕迹、嫌疑人身上的痕迹等，它与一些指向背景故事的线索应该是能够区分开的。这些线索往往会指明真正的凶手，或者帮助玩家还原案发时的一些细节。一个案件应该拥有足够多的痕迹线索，如果背景故事占比太多，案发时的细节太少，就会导致推理很难进行下去。

比如，玩家甲扮演的角色A曾经烧毁了一张写着秘密的纸条，那么"烧了一半的纸条"就可能成为指向A的证据被其他玩家发现。这里就一定要在给予玩家甲的人物剧本中写出这张纸条，让玩家甲知道这可能成为指向他的证据，好让他能提前想好如何向其他玩家解释和撒谎，而不应毫无提示就使关键线索凭空出现。

这样临时增加和硬塞的线索，会让部分玩家感到无所适从。

（3）建立证据联动

剧本游戏中的证据注定具有某种指向性，通过线索卡建立的证据必然应具有联动性。这种联动性是指证据与案情之间，以及证据与证据之间。举个例子。A 在 B 身上见到其上衣缺失一颗纽扣，而这个纽扣又恰好掉在案发现场，那么 A 就有足够的理由怀疑 B 去过现场。这是最简单的联动模式，更困难一点的话，可以设置有人私下摘下了 B 上衣上的纽扣，并将其遗弃在现场的情况。再举个例子。甲乙二人在过马路时，甲看到了红灯亮起于是停在了路边，而乙则横穿马路，因为乙看到的红绿灯都只显示一种颜色：灰色。由此，可以推断乙可能是一个色盲。

在追凶推理本的剧本游戏中的线索设定上，最好不要设定太明确的锁凶线索，如设置的推凶线索为：从某玩家身上搜出装有氰化钾的瓶子。但可设定为：从垃圾桶搜出装有氰化钾的瓶子，以及某玩家曾经到过垃圾桶附近。这样就给玩家留下了对关键证据的解释空间，这无疑可以让剧本和游戏更加出彩。

证据联动如线索 A+B=C。线索 A，在男甲的床上发现一根染成金色的长发；线索 B，这种金色头发跟女乙的闺蜜的头发相似；从而推出 C——女乙的闺蜜很可能在男甲的床上躺过。

或者线索 A=B。A，甲是乙的儿子，甲是丙的老公；可以推出 B，丙是乙的儿媳妇。

（4）合理地搜索

如果给出的线索太过离谱、不切实际，即便这条线索是合理且有用的，玩家也依然会有不适感。比如，创作者希望给出“乙曾经为甲堕过胎”这样的信息，但是不宜直接将这句话作为线索，因为这样的线索会让整个剧本显得缺乏设计感，甚至让部分玩家产生反感。而要体现出"堕胎"这一事件，可以采用医院检查单或者手术通知单之类切实存在的"物件"，这样效果会好很多。

激发玩家思考的线索卡比那些仅对故事、人物和发生场景进行说明的线索卡更为重要。毕竟，剧本游戏本身就是一个交互游戏，玩家获得线索卡以后，重点就在于与人分享、讨论，或采取行动。没有触发思考与选择的线索卡不会让玩家产生发言的兴致。

一般而言，线索卡以呈现三分之一左右的故事内容为宜，其余信息让玩家通过推理和还原得到。如果线索卡承载的故事信息太多，分布于人物剧本的故事信息势必太少，这样会让玩家在开始时因为掌握信息太少而难以了解剧情，难以进入角色；而如果线索卡承载的信息太少，玩家在搜证和获得线索卡之后，则难以展开有效的讨论，也不会有进阶之感，从而使玩家体验大打折扣。

4. 案件中的时间链与线索卡信息设计

谋杀之谜中的案件应当是整个剧本游戏最核心的部分，案件的构成各有千秋，其中以拥有时间链的那一类最为出彩，这也是最常见的模式。

除了明确标出时间的模式，时间链部分也有完全不提具体时间点的，而是采用事件作为时间点。如"《新闻联播》开播曲响起时""电影散场之后""一声惊雷"等，这种做法略微提升了难度，是一种比较巧妙的处理方式，使得游戏不再采用仅仅基于时间链的死板玩法。而且毕竟在现实中很少会有人记得每个时间点自己的所作所为。

单从时间链上，玩家根据人物剧本很难判断谁是真正的凶手，为此，通过线索卡另外增设如下线索。

甲：鞋底发现血印。

乙：住处有一笔巨款来历不明。

丙：办公楼的卫生间被清理过，留下一股消毒水的气味。

创作者自身需要有一个合理的思路去推导凶手的身份，无解的案件会彻底摧毁玩家的体验感。以上仅为极简版，线索的指向性过于明显，但正式的剧本当中对线索应采用带有隐晦色彩的语言进行描述。从游戏平衡性的角度来说，通常一个案件需要有多个可以怀疑的对象，否则凶手玩家的体验就会很差，要让其他玩家有动机去隐瞒某些和凶案无关的事情（比如乙的盗窃），尽量让每个玩家都有理由不是百分之百地说实话，这也是保证游戏趣味的重要方式。

另外，故事架构当中要写明的是：有几起案件，案件的先后顺序和彼此之间的关联是怎样的；有几个凶手，是单独犯案还是共谋犯案，抑或是不同的凶手在互不知情的情况下，先后犯下案件；每个凶手的动机分别是什么。

5. 线索卡的发放

剧本游戏有线上和线下两种"打本"方式。线上 App 提供的剧本大部分免费，少数精品剧本需要付费，玩家在同一个网络"房间"中以声音展开角色扮演；而线下实体店通常根据剧本设定布置场景，玩家同处一室，通过语言、表情、谈吐、肢体动作等表演故事。

玩家参与游戏也被称为"打本""盘本"。通常剧本游戏整个过程持续时间不定，但基本上需要数小时，线下实体店通常一天只能安排上午和下午各一场。

DM 给予玩家线索的过程，一般被称作"搜证"，大家为证明自己的清白，允许其他人来搜查自己的随身物品和自己的房间。线索卡的内容设定与发放直接影响玩家的游戏体验感。根据游戏流程和设定的要求，线索卡一般在每轮搜证与讨论之后进行有针对性的发放。比如，一般的游戏流程是：玩家阅读剧本—自我介绍—第一轮搜证—第二轮搜证—投票环节—故事真相。在这样的流程中，一般线索卡会分成两轮进行发放。

在自我介绍和简单讨论之后进行搜证，随后发放第一轮线索卡，这时发放的线索卡一般为人物角色线索卡。在玩家得到这类线索后，经讨论与推理，玩家可以了解故事背景和人物之间的某些关系。在讨论渐入佳境，需要更深层次的线索来推断凶手时，向众人发放第二轮线索卡。这时的线索卡一般为案发当日的场景线索卡，以此触发玩家进行推理与讨论，还原出凶手的作案过程。

三、剧情公示

所谓剧情公示，就是将剧本游戏中的某些剧情向所有玩家公开，这部分剧情也被称为"公共剧情"或"公开剧情"，为所有玩家所周知。令玩家周知的目标在于，玩家只有了解剧情的某些情节信息，才能参与其中。

剧情公示信息提供给玩家的一般是最基本的故事背景、角色和人物关系、主要的情节、谜题和任务方向，也具有暗示主题氛围的作用，或者是在游戏进行到某个阶段，介绍先行事件，制造悬念，推进游戏进程。

剧情公示在剧本游戏的进程中通常会出现在两个时间段。

第一个时间段是开场时间段，通常由 DM 诵读或者 NPC 演绎，叫法和出现形式多种多样，比如：最为常规的叫"故事背景""故事简介""缘起"；也可能借鉴新闻报道的方式，称"有一种传闻"或者"某地最近发生了一件蹊跷事"……这些都可被统称为"开场剧情公示"。

第二个时间段是游戏进展到某个环节，需要介绍一宗悬疑事件以启动后续流程，既可以是一段包含线索的介绍性文字，也可以是一段视听材料、一个特殊道具，还可以是真人表演。没有固定名称，常见的有"某媒体报道""关于……的一段奇闻"。常见的方式是由 DM 讲述、NPC 演绎某个所见所闻。这些公布的"传闻""报道"对于玩家进入新一轮剧情起到引导的作用，这些公开的信息可被统称为"先行事件剧情公示"。

无论剧情公示内容是叙述性的情景介绍，还是关于人物行为和事件经过的描写，开场剧情公示都要具备以下基本功能：

凸显主题，概括剧情，开启叙事；
介绍故事发生的背景及主要人物，因故事展开而形成新的人物关系；
确立本场游戏的基调和总体氛围。

而先行事件剧情公示则是一个相对独立的事件，围绕核心人物，展开相关事件的起因、经过与结果，呈现具体的人物与事件场景。重心在于交代事情是如何发生的，在场的人与这件事有何关联，这些人物有何表现，他们的最终命运如何……要给每个人制造悬念，促使他们产生改变和采取行动，形成情节链，否则就是无效的叙述。

事实上，剧情公示可以作为组织和推进游戏的一种有效工具。至于一场剧本游戏，其中的剧情公示出现的频次和形式并非固定不变。

在剧本游戏中任何一幕都可以出现剧情公示信息，即便是在组织者手册中出现的需要 DM 宣读的内容，也同样可以在玩家剧本中再次出现，以便玩家查阅。

四、组织者手册

1. 什么是组织者手册？

为了使得剧本游戏流程更加流畅，增强体验感，游戏专门设置了工作人员来主持游戏，即上文提到的 DM。DM 包括了导演、裁判、公证人等多种身份，在剧本杀里有至关重要的作用。DM 可查阅组织者手册，了解完整故事真相，清晰每个道具、线索的作用。当然，有些剧本杀游戏即使没有 DM 也能玩。

那么，什么是组织者手册？顾名思义，组织者手册是给 DM 看的，而不是给玩家看的。组织者手册通常也叫主持人手册，即游戏说明书。

组织者手册告诉 DM 要如何主持这场剧本游戏，帮助 DM 在开本时了解剧本游戏的内容和流程，掌握游戏节奏，同时熟悉创作者的创作意图，在玩家玩完之后能够做更加全面的分析和解释。简单来说，组织者手册就是告诉 DM：这个剧本是个什么本，应该怎么开，整体流程如何一步一步进行；每个阶段、每幕应该如何组织，需要做哪些必要的动作，向玩家发出什么指令，用到哪些道具、发布和公开哪些线索；DM 通过组织者手册能够了解这个剧本的整体故事线是怎样的，以及应该怎样去复盘。

组织者手册是创作者向 DM 说明游戏的主题氛围、流程、机制玩法规则、控场方法、演进节奏的提示文本。除了对流程进行说明之外，也有关于表演的内容；除了游戏中 DM 的台词与话术，也有线索和证据解析、诡计逻辑推理、锁凶依据搜寻、时间轴推断、谜案还原等内容；还包括玩家所扮演角色的出场顺序、动作、独白、道具运用，环境灯光声效提示信息等。

2.DM 组织的一般流程

实体店 DM 组织一次剧本杀的流程有十数个环节，分别是选本、DM 自我介绍、介绍剧本的背景和规则、剧本介绍、协助玩家选角、玩家换装（如有）、开场并引导玩家阅读剧本、引导玩家自我介绍、引导玩家公聊、引导玩家私聊（如有）、引导玩家搜证、引导玩家投凶、故事复盘、结束（见图 10-1）。

阅读剧本

了解自己所扮演…

自我介绍

各位玩家进行自我介绍，让大家互相了解彼此身份。由此，每位玩家就进入"戏中人"，玩家从人剧中人的性格和价值观去思考和行动。

第一轮搜证

在发放完线索卡后，玩家在讨论阶段可以更好地梳理出故事背景和人物关系。

公聊

玩家之间一定会有很多疑问需要了解的细节，这时候把这段时间交给玩家自由交结是非常必要的。

第二轮搜证

给出更多线索的环节，真相将会在一个线索逐渐开后解故事水面。

投凶

当DM认为真相已经被讨论得很清楚，或者玩家游戏同时引导玩家就投票来决推进捉凶手了。

结案

真相通过玩家之间的交谈连续出浮线索的环节就会进行一般复盘，也就是由DM将整个故事告知大家，宣布游戏结束。

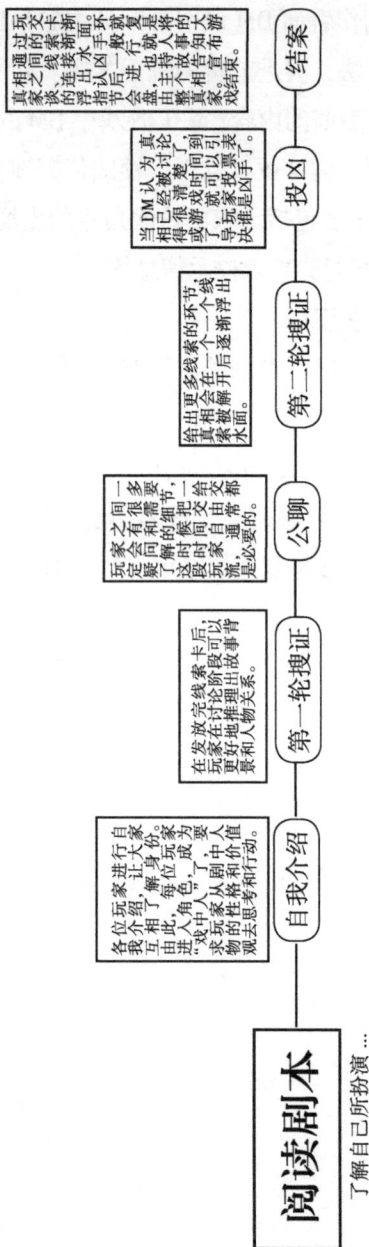

图 10-1　DM 组织剧本杀的一般流程

以下是一位实体店 DM 对自身所从事工作的流程和注意事项的总结。

选本：协助玩家选择剧本。清晰玩家性别构成、新老构成、游戏能力、喜爱偏好等，提前做好剧本准备，吃透关键节点，保证能应对剧本的证据、疑点、难点和玩家提出的疑问。要提前把需要安排的道具和线索卡放置好，有些实体店提供完整的沉浸环境，那就还要预先布置好场景。

自我介绍：欢迎玩家，并介绍自己。如："欢迎大家来到奇人馆，我是你们今天的 DM，大家可以叫我小薇，在接下来的过程中我将全程协助并服务各位，寻找真相。"

剧本介绍：向玩家介绍这次所玩剧本的基本情况。一般可以对游戏类型、游戏人数、故事梗概、关键设定等情况进行介绍。对于硬核推理本而言，一般会提示是否存在真凶以及凶手是否是 NPC 等情况，玩家获得的初始条件越多，就越容易盘出真相。比如 DM 告诉玩家这是变格本，玩家一开始就可以往非自然的方面思考了。

介绍剧本的背景和规则：不同的剧本可能会存在不同的规则，DM 需要向玩家解释清楚剧本的规则，以及游戏机制、道具使用方法和时间说明，必要时还应举例说明，并对客户在游戏中可能存在的问题进行解答。

协助玩家选角：可先由玩家根据角色特点介绍自行选择自己喜欢的角色。在玩家没有喜好的情况下，建议 DM 根据对玩家的了解或观察到的情况，将比较难的角色，用看似随意的动作分配给老玩家或者其他比较活跃的玩家；如果玩家的水平一致，可进行随机分配，但尽量不要让玩家反串，因为反串会影响玩家代入角色。建议为每个角色设置桌牌，有利于玩家尽快进入角色。

玩家换装（如有）：有些高级的剧本杀店提供角色的服装供玩家更换，增强沉浸感，DM需要引导玩家去换装。对角色个人的某些特别注意事项，DM可以在这时候私下提醒。

开场并引导玩家阅读剧本：这是游戏正式开始的第一个环节。从现在开始，DM要开始进入状态，尽量不说场外话。在遵循剧本进行开场白后，要引导玩家阅读剧本。建议不用"现在请玩家阅读剧本"等场外话，而使用"现在先请各位回忆一下发生了什么事"之类的措辞。

引导玩家自我介绍：玩家自我介绍是让玩家对其他玩家进行初步了解的第一个环节，通常都是必要的。建议不用"现在请玩家进行自我介绍"等场外话，而使用"我觉得你们应该先相互认识一下，建议大家先做个自我介绍"。

引导玩家公聊：在玩家自我介绍后，玩家之间一定积累了一些疑问或需要了解的细节，这时候把一段时间交给玩家自由交流。建议不用"现在请玩家进行公聊"等场外话，而使用"大家有什么疑问，现在可以相互沟通一下"等措辞。一开始尽量不要影响玩家聊天，让玩家自由交流。但如果玩家们偏离目标太远，建议通过一些不生硬的提醒，把游戏拉回正轨，或者暂时先进入下一步，给出更多的线索。

引导玩家私聊（如有）：有些剧本为了增强游戏性，可能会增加私聊环节，让玩家私下接触，谈论一些不适合在公聊中提及的事情。建议不用"现在请玩家进行私聊"等场外话，而使用"现在很晚了，大家先回房间休息吧！"DM需要为私聊的玩家提供隐秘的场所。

引导玩家搜证：搜证即搜集证据，这是给出更多线索的环节，真相会在一个一个线索被解开后逐渐浮出水面。对于非公开线索，DM 可以使用这样的提示语："为了找到凶手，我认为应该对在座的各位进行搜身。但是为了保证大家的隐私，搜身只在两人之间进行，如果搜身者认为被搜身者身上的物品与案情无关，可以不和大家说。"对于公共线索，DM 可使用诸如："现在我们一起找找这个房间有什么线索""我们警方找到了一些线索"。

值得一提的是公聊、私聊、搜证这三个环节是可以重复出现多次的，出现的次数一般取决于剧本的安排和 DM 的现场把控。

引导玩家投凶：当 DM 认为真相已经被讨论得很清楚了，或游戏时间到了，就可以引导玩家投票表决谁是凶手了。建议不用"现在请玩家进行投凶"等场外话，而建议使用"我认为，现在案情已经很清晰了，凶手肯定就在我们中间，大家觉得是谁？"

建议制作投凶卡，让玩家把凶手写在纸上，这样投凶过程更加隐秘，DM 也不用费心去统计和记忆谁投了谁。

故事复盘：无论真相是否被玩家盘出，DM 都需要把整个故事完整地解读一遍，回答玩家提出的疑问，对一些细节、证据、彩蛋进行解析。建议不用"现在我进行复盘"等场外话，而使用"根据大家提供的线索，警方开展了调查，事情是这样发生的……"如果剧本有音频或视频，需要在这个时段播放给玩家。最后，再留点时间给玩家回味整个游戏。

结束：宣布游戏结束。建议不用"本次剧本杀到此结束"等场外话，而建议使用"在大家的努力下，我们抓住了真凶，辛苦大家了，现在可以回家休息去了"。

在玩剧本游戏的过程中，也可以安排一些有趣的小环节，比如说小剧场、拼凑记忆、结尾独白、给某个人的一封信，可以起到渲染气氛、丰富情感的作用。这些虽然不是这个剧本游戏成功与否的关键因素，但绝对是锦上添花的，能够让玩家更好地沉浸在游戏之中。

DM 要在不同剧本、不同游戏模式、不同玩家等情况下，结合实际选择最好的组织方式，最终的目的就是给玩家最好的体验。

3. 组织者手册怎么写？

写剧本游戏一定要先明确自己想要表达的世界观和主旨是什么，然后明确故事背景、游戏机制、人物框架，然后再一步一步去展开、细化每个角色的故事线、时间线。

组织者手册是剧本游戏创作者与 DM 之间的一种互动方式。组织者手册又被称为"保姆手册"，意即创作者应该为 DM 提供保姆式的服务，最大可能地让每个 DM 都享受到全方位的贴心服务，让他们不需要额外追问就可以看懂所有剧本流程和内容信息。

DM 只有明了创作者的意图和整体设想，才能引导玩家进入游戏。所以，组织者手册虽然需要相对详尽地交代剧本游戏的有关信息，但必须做到简明扼要。如果，创作者表达的内容信息量大且混乱，就会让 DM 在拿到创作者手册后感到发蒙。

组织者手册需要向 DM 说明核诡和游戏的基本流程，以及游戏过程中的关键点，而如果组织者手册大篇幅地描写指导动作和规则，则往往会让 DM 无所适从。比如，要求 DM 根据组织者手册的指导："拿出 1 ~ 50 号线索卡，分配给玩家，规则如下……"然后是长达千字的解释说明。那么 DM 如何能记住这么多的内容？他在开本以后一定会有疏漏。

在人物剧本和整体故事构造完成的基础上，组织者手册应该并不难写，但是也有需要注意的问题点。组织者手册的写作有两个基本要求：

一是，涵盖关键点，力求全面；

二是，简洁高效，脉络清晰，去除冗余。

在每个环节需要给 DM 一些提示，让 DM 知道这个环节的关键点在哪里。比如，是公聊还是私聊，搜证的规则是什么样的，是否需要向某个方向带节奏，是否需要引导玩家投凶，不要让玩家偏移注意力到别的地方，等。

组织者手册逻辑如图 10-2。

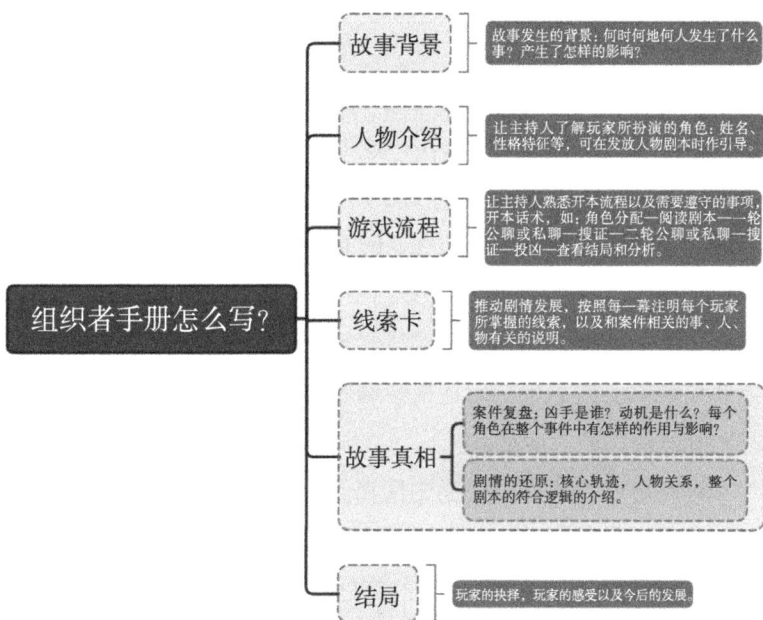

图 10-2　组织者手册怎么写？

　　组织者手册大致分剧本详情、背景介绍、物品清单、开本前的准备、游戏流程、复盘、线索解析等几个部分。

　　剧本详情：剧本详情就是阐述一下这个剧本的立意、故事梗概，以及一些注意事项。

　　背景介绍：包括剧本故事背景和出场人物，在玩家选本前会由 DM 给玩家介绍。

　　物品清单、开本前的准备：有时候线下本会有较多道具和线索，会出现漏发的情况。为了便于店家检查分类，作者最好将所有道具数量整理好，如果道具数量比较多，最好用表列出来，并交代清楚会在第几幕用到。

　　开本前的准备：开本前的注意事项也需要罗列出来。这些需要在组织者手册上写清楚，防止少数店家盲开，即现场和道具等没准备好就开玩，这容易影响玩家的体验。

　　游戏流程：游戏流程是其中最重要的部分。线下剧本通常有三幕以上，创作者要对自己所创作剧本的每幕的时间和进程有所掌控，流程里应写明每幕的建议时长，每幕线索如何发放、分几轮、每轮发几条。其中一定要标明哪些线索不能被哪个人搜查到。如果一条关于凶案的关键线索被扮演凶手的玩家隐藏，那就会导致推理证据不足，而让案情难以得到推进，最终会让其他玩家无所适从、陷入迷茫。

　　除此之外，还可以根据剧情和流程需要，教 DM 如何带动氛围和引导玩家。如需要玩家一起演绎小剧场，一定要在组织者手册中写出来，把 DM 需要配合的部分交代清楚。

　　复盘：需要说明案件真凶、人物关系、作案手法以及详细过程。可以采用问答的方式将剧中的所有疑点和伏笔交代清楚。

线索解析：用图表等直观的方式，在每条线索后写明解析。这样可以减少创作者的答疑工作。如果剧本有其他可触发剧情以及演员演绎部分，也需要详细罗列出来。

虽然组织者手册涵盖了流程环节、机制玩法、小剧场、案件解析等多方面的信息，但是其本质只是一份言简意赅的说明书，所以组织者手册务必简单明了。创作者需要切实考虑到线上或者线下实体店的实情，以及玩家的参与难度。

对于DM来说，认真通读一本手册需要几小时，而掌握一个游戏的开本流程则要花费一周左右，甚至是更长的时间。此外，每位DM也有自己擅长的风格和剧本类型，因此，找到对应类型的主持也是保障游戏成功的一个要素。

一般而言，在一个相对狭小和有限的时间里，即使是专业演员，要完成大段的台词和复杂的演绎，也是一件具有十足挑战的事情。所以，组织者手册必须告诉DM参与该剧本游戏的关键在哪里。将玩家们聚集在一起共度数小时，如果不能将玩家很好地带入剧情，那将是一场灾难。

五、玩法说明

1. 玩法说明的功能及与机制的分别

在创作者脑子里的游戏即使再精彩，也终究要落到纸上。除了人物剧本之外，创作者的某些想法，以及整个游戏中机制设定和玩法，都要被玩家所了解，这样一来玩法说明就必不可少。

尤其对于新手玩家而言，剧本游戏的玩法说明非常关键。玩家在清楚了解自己在剧本游戏里扮演的角色的有关信息之后，还需要了解游戏的规则、互动模式、技能使用方法、行动方式以及目标和任务等信息，而玩法说明就是指向玩家展示此类内容的文字说明。无论选择玩什么样的游戏，玩家都应该彻底了解游戏的规则。每个玩家都应该遵循自身所扮演角色的设定，这才能够在整个游戏的过程中获得更好的沉浸体验。

对于玩家来说，游戏机制是晦涩的，DM 的认知水平和职业技能也是参差不齐的，创作者又不能亲自到现场讲解，因此玩法说明尤为重要，这是创作者向玩家讲解规则是怎样、游戏怎么玩的唯一途径。玩法说明通常呈现为由一系列动作指令组成的文字。

通常来说，剧本游戏的机制主要有合作、对抗、欺诈、大富翁、玩家对战玩家（PVP）、玩家对战环境（PVE）等。只有在机制本与阵营本中才会涉及严格意义上的、贯穿始终的剧本游戏的机制。而在剧本游戏中，带有规则的普通流程则被称为"玩法环节"。

在剧本游戏尚未如此流行的时期，游戏并没有成形的机制，而只有一种玩法——推理，主要在于考验玩家之间合作的默契程度，以及玩家的观察力、逻辑思维和知识储备等。如今，随着剧本游戏的广泛流行，创作者将电子游戏中的概念运用到剧本游戏的流程中，把解谜、胜负制、点数制、回合制、奖惩随机制、竞速制等游戏机制植入剧本游戏的环节，组合并形成了丰富多样的玩法，某些规则被传承和发扬。

剧本游戏除了沿用电子游戏的玩法概念，还会出现情景推理玩法，最常见的为现场问答式的"海龟汤小游戏"[1]，即编剧设计一

1　海龟汤又称情景猜谜，是一种猜测情境型事件真相的智力游戏。汤面，是指题干；汤底，是指背后的答案。其玩法系由出题者提出一个难以理解的事件，参与猜题者必须以肯定疑问句的形式清晰地提问，即只能问很明确的问题，出题者的回答仅为"是""否""无关"三种之一。如果参与者问的问题无法用这三种之一的方式回答，而必须用描述性回答才行时，出汤面者就回答："无法回答。"

道假设题，玩家通过提问，向 DM 索取"是"或"否"的答案，得到线索，还原情境中发生的故事。

2. 常见的玩法及其组合方式

所有类型的剧本游戏都有可能出现玩法环节。玩法说明可以公开展示，也可以随机抽取或者隐藏，以下为几种常见的组合方式。

（1）奖惩制与解谜、随机制搭配。解谜用于环节之间的过渡，有拼图、字谜、记忆力比拼、迷宫等形式，完成解谜的主力玩家会获得奖励。随机制通常需要用到道具，玩家需要比拼运气，通过抽签、掷骰子等方式获得一个随机的结果，最终获得奖励或惩罚。

（2）胜负制与回合制固定搭配。玩家在这个环节会分为两个阵营，运用技能卡进行对战。技能卡的玩法说明包含击杀或防御的原则以及作用对象、使用时限、使用次数、使用风险、是否公开等提示信息。经过几个回合的较量，核算武力值和防御值的此消彼长，最终决出胜负。

（3）竞速制。剧本游戏中的竞速概念与电子游戏中的竞速概念有区别，比拼速度在剧本游戏中并不常见。常见的竞速分为两种：一种是在游戏进程中，缩短思考时间，制造紧迫感让玩家做决策；另一种是两个或多个玩家之间比拼积分的数量，积分的计算基于 AP（行动点数）。AP 在游戏中的常见叫法为"魔法值""财富值""体力值"等，也俗称"币"。在游戏中 AP 可被用于获得机会，购买、交换实用的信息（一般 1 条线索消耗 1 个 AP），以及实体道具，有的则是 DM 依据玩家的现场表现所记录、核算的数值。

（4）基于真假话的推理：逐项假设，循环对照。在追凶推理案件中，一般仅有凶手会说谎，其他无辜者都会坚持讲真话。遵循这样的前提，可以通过设置问题，对照个人之回答，再使用排除法，便可以推断谁是说谎者。

比如，某地发生了一起凶杀案，警察通过排查，确定杀人凶手为四个嫌疑犯中的一人，而在供词中仅有凶手才会说谎，其他嫌疑犯都会说真话。

四个嫌疑犯的供词如下。

甲说：不是我。

乙说：是丙。

丙说：是丁。

丁说：丙在胡说。

我们通过逐一假定每人说的是假话，而与其他人的供词进行对照，如此循环，直到找出仅有一个人说的是假话，其他人说的都是真话时，就可以得出正确答案，知道那个说假话者即为凶犯。

3. 撰写玩法说明的注意事项

在剧本游戏这个有趣的世界里，阅读玩法说明可能是最无趣的部分。所以，创作者需要更多从玩家的角度出发撰写玩法说明。在文字描述不够直观的情况下，可以采用画图形、列表、给出示例等方式，必要时还可以拍下教学视频供 DM 参考。

玩法说明是一份应用文，而不是小说诗歌。为此，创作者不能卖弄辞藻和文笔，需要一针见血地将游戏最鲜明的特点显露出来，将游戏的运作机制和玩法交代清楚。例如，这款游戏如果在于通过情节的拼凑、逻辑推理和人物关系的探索来还原一个完整的故事，为了让玩家目标明确地开始一场游戏，那么就需要将游戏的目的和总体任务放在开头，而不是将其淹没在繁杂无边的叙述里。

在行文中，注意尽量不要使用过长的句子，尽管那可能会让你的规则看起来无懈可击；也不要在同一个标题下塞入过多的内容，因为这样会让玩家感到条理不清。你可以将你所描述的内容分解成更小的部分，确保每个部分的指向都很明确，让玩家可以轻松地理解。即便他们产生疑问，也可以更清楚地指明困扰自己的具体问题是什么。如果在行文中提到某个 token[1]，或是卡牌上的某个标志，或是其他任何可以用图形指代的东西，就尽量用图形来表示。

在撰写玩法说明之前，要弄清"机制"和"玩法"的区别。二者都源于电子游戏的概念，是衍生关系。我们可以将游戏机制理解为游戏设计者与玩家对话的思路，信息如果没有经过加工就无法传递给其他人；玩法则是由设计者规定的、玩家与玩家之间的互动模式，可以是多种游戏机制的组合方式，通常表现为按照规则发言或者使用指定道具完成行动。

比如，剧本故事引申运用了铸剑师铸造雌雄二剑的传说。干将为楚王铸剑，因为用时太久触怒楚王，楚王随即将干将杀害。不承想，干将仅将雌剑献予楚王，私下藏起了雄剑。而干将之子赤欲用这把雄剑替父报仇……为此，创作者设计了一把名为"干将剑"、一把名为"莫邪剑"的攻击技能卡，在卡片上印着这样的文字："干将是春秋末期著名的铸剑师，奉楚王之命铸剑，采铁精金英，三月不能熔化，其妻莫邪乃断发剪爪投入炉中，使童男童女三百人鼓橐装炭，金铁乃濡，遂成二剑，阳名干将，阴名莫邪，阳作龟文，阴作漫理……"

---

1 token：令牌，在计算机身份认证中代表执行某些操作的权利的对象，一般作为邀请、登录系统使用。

　　显然，该技能卡描述了剑的背景和剑的传奇故事，却忽视了技能卡本质的用途。要知道，玩家关心的不是这把剑的来历和背景故事，而是它在游戏中有何用途、为谁所用、如何使用，以及这把剑的威力如何。在这两把剑的技能卡上，你只需写上物品名称"干将剑"和"莫邪剑"，以及"其锋无敌，削铁如泥，无护甲可防"即可，笔墨着重于交代剑的用法和威力，而不能让那些听起来很有趣的次要信息干扰了重点。

　　再比如，你设计了一个互动累计点数的玩法，规则为："玩家需要找到那把藏匿的雄性宝剑，而剑士之子赤听从母亲莫邪指点，'出门望南山，松生石头上，剑在其背中'。赤走出家门向南望去，不曾看见有什么山，只是看到堂屋前面石块上立有一松木，就用斧子劈开松木，终于得到了雄剑，获得五个财富值、配合道具红线和元宝。"但玩家拿到这张玩法说明后会产生疑问，赤必须听从母亲的指引才能寻得剑，那我无须多动脑筋。既然已经告诉藏剑之地的特征，找到这样的地方仅仅是考验眼力的事情。而财富值是什么？剑要怎么用？因此更准确的描述可以是："找到那把藏匿的雄剑，然后找到楚王去为父报仇。如佩剑接近楚王，可得五个元宝。"这样就把抽象的游戏机制变成描述具体的动作并获得具象的物品，让你的意图准确无误地传达出去。

　　表 10-2 是一个剧本游戏的文本示例，表 10-3 展示了该案件的线索卡。

表 10-2　剧本游戏《幽灵特快》文本构成示例

《幽灵特快》文本构成		
故事简介	在一趟开往埃及深处的列车上，有这么几个人并不平常，他们分别是身为富家千金的瓦伦、著名的古董收藏家哈娜、考古学家丽莎，瓦伦的保镖、退伍军人哈迪斯，私家侦探杰克。他们虽然和这辆列车上的其他大部分人一样是去那座金字塔内寻宝的，但是他们的身份太过光鲜，显得与这里格格不入。就在众人心怀鬼胎之时，灾难悄悄降临了。 　　瓦伦的丈夫迪克被发现死在了餐车中。究竟是谁杀死了迪克？凶手为什么要杀了他？这趟旅程将注定与平静无缘……	
人物清单	瓦伦：富家千金 哈娜：古董收藏家 丽莎：考古学家 杰克：私家侦探 哈迪斯：瓦伦的保镖，退伍军人 格里斯：列车长 帕尔尼奥：当地向导	
人物剧本	格里斯	你是这列列车的列车长，也是这列驶向金字塔的列车上唯一的司机。而且你是法老王组织的一员，你之所以会当这列列车的驾驶员，也是组织上的安排。 　　因为每天都会有异想天开的人想要去金字塔里面发一笔横财。你的任务就是把这些人的名单上报给你的组织。在到达目的地后自然就会有人解决他们，或者让他们回去，或者让他们与法老一样永远长眠于这片土地。今天你不明白为什么组织上直接把杀手派上了你的火车。但是因为是一个组织的人，所以你并没有说什么。让你意想不到的是，这个杀手竟然直接找上了你，让你协助杀掉这些旅客中一个叫迪克的男人。对此你虽然很不解，但是还是照做了。你们两个人一起在餐车把迪克杀掉了。
		人物秘密： 1. 你是法老王组织的一员； 2. 你是帮凶。 |获胜目标： 1. 保住自己的秘密； 2. 不能让其他人知道你是帮凶； 3. 阻止其他人找出凶手。

《幽灵特快》文本构成		
人物剧本	哈迪斯	你是一个退伍军人，长期在军队的生活让你练就了健壮的体魄。在退伍后，你当了瓦伦的保镖，一段时间后你发现瓦伦对你有些异样的看法，于是你们两个人在迪克不在的时候幽会！这次去埃及的旅程，你其实将其当作一次与瓦伦的度假，因为在你看来，没有什么事可以对你们构成威胁。毕竟你曾经是地下拳场的拳手，而且蝉联冠军。但正是因为如此，你才会遭人暗算，在一次比赛中，你失手打死了你的对手。正因为如此，你才会去给瓦伦当私人保镖，以寻求庇护。
		人物秘密： 1.你曾经是地下拳场的拳手而且失手打死过人； 2.你和瓦伦有不清不白的关系。　获胜目标： 1.保住自己的秘密； 2.找出凶手； 3.帮瓦伦找到开启金字塔的钥匙。
	哈娜	你是一个非常有名的收藏家，你的家中收藏着很多国家的古物，前些天你听说你的好朋友瓦伦得到了一张藏宝图，将要出发去埃及探险。作为收藏家的你不能放过这次能第一个发现宝物的机会，于是你马上找到了瓦伦，希望能和她一同前往埃及。这时，你们共同的好友丽莎也找到了瓦伦，希望一同前往。 但是让你意想不到的是，迪克竟然也在这里，并且迪克也会随行，这对于你来说简直就像一个噩梦。因为所有人都不知道，在瓦伦和迪克刚刚结婚的时候，在一次朋友间的聚会上，迪克强奸了你，并且还以此为要挟，常常在瓦伦不在的时候来找你。 但是毕竟已经和瓦伦讲好要一同前往，你没办法出尔反尔，临走时你的余光看到了迪克那淫荡的笑容，这让你很恐惧。但是幸好还有瓦伦和丽莎在，他总不会对你怎么样吧……
		人物秘密： 1.你曾经被迪克强奸； 2.你的行李里有开启金字塔的钥匙。　获胜目标： 1.保住自己的秘密； 2.找出凶手； 3.游戏结束时开启金字塔的钥匙在自己的手里。

		《幽灵特快》文本构成	
人物剧本	杰克	你是一个私家侦探,但是最近行业里的竞争太过激烈,导致你根本没什么收入,幸亏有你的爱人丽莎对你无私的帮助。 丽莎的考古工作一直不以赚钱为目的,更确切地说,考古是丽莎一直以来唯一的爱好。她的资金一直都由你来保管,所以这点你很清楚,最近的钱让你产生了怀疑,所以你开始调查。你知道了丽莎与迪克之间的交易,知道了这些的你却并没有打算和丽莎分手,因为她源源不断地给你的资金正是你目前最缺少的。而这次丽莎约你一同去埃及探险,你知道金字塔是一个遍地都是黄金的地方,在得到了足够的经费后你完全可以甩了丽莎。考虑到这些后你答应了丽莎。	
		人物秘密: 1. 你不爱丽莎,但是为了保持现在的经济状况,你要保守这个秘密; 2. 你知道丽莎和迪克之间的事,所以你想甩了她。	获胜目标: 1. 找到凶手; 2. 保住自己的秘密; 3. 找到进入金字塔的钥匙。
	丽莎	你是一个资深的考古学家,经常出没于一些著名的古迹和墓穴,对古文字很有研究,但是为了经费你不得不做出一些身不由己的事。前不久你听你的情夫迪克说他的老婆瓦伦花重金购入了一张藏宝图,而他的老婆正是你的好友!热爱考古的你马上找到了瓦伦,希望与她同行,你没想到的是你还碰到了哈娜,这个你们共同的好友。瓦伦很愉快地答应了你的请求,在临走时迪克朝你意味深长地笑了一下。在征得瓦伦的同意后,你叫上了你的男朋友,身为私家侦探的杰克。其实你并不喜欢迪克,和他在一起只是为了他的钱。杰克却不同,你非常爱他,但是你们的恋情却是地下恋情。无论是身为考古学家的你还是身为私家侦探的杰克都不希望别人知道你们的关系,这对你们的工作会有很大的影响,而且杰克的侦探社已经很久没有工作了。杰克在得知这个消息的时候很高兴地答应会与你一同前往。	

剧本游戏：
角色、故事、交互性及沉浸体验

续表

《幽灵特快》文本构成			
人物剧本	丽莎	人物秘密： 1. 你是迪克的情妇，而迪克会给你一定的经济支援； 2. 你和杰克是男女朋友关系，但是其他人并不知道你们的关系。	获胜目标： 1. 得知你的秘密的人不能超过 3 人； 2. 找到进入金字塔的钥匙； 3. 找出凶手。
	帕尔尼奥	你是法老王组织的杀手，前不久一个叫瓦伦的女人找到了你，和你说她想要去你家乡的金字塔探险，并希望你做他们的向导。你被瓦伦的美貌深深吸引了，你知道你已经爱上了她，但是法老王的沉睡不容别人打扰，于是你想在路上想办法把她们劝回去。出发时你发现瓦伦竟然已经嫁作人妻，这让你非常伤心，但是细心的你发现她并不爱她的丈夫。这让你看到了希望。于是你找到了同为法老王组织成员的列车长格里斯，希望他帮你杀掉瓦伦的丈夫迪克。这样一来，死人的阴影既会让这些人望而却步，又为你得到瓦伦扫除了一个巨大的障碍。格里斯答应了你，并且你们成功在餐车上杀掉了迪克。	
		人物秘密： 1. 你喜欢瓦伦； 2. 你是凶手。	获胜目标： 1. 最后一轮认为你是凶手的人不超过 3 人； 2. 阻止其他人得到开启金字塔的钥匙； 3. 保住自己的秘密。
组织者手册	游戏准备	1. 确定好举办的时间和地点，本游戏预计时长 2～3 小时； 2. 你需要和朋友们确定好时间和地点，避免朋友无法到场导致游戏无法进行； 3. 提前确定好每位玩家的角色并把剧本分给他们，本游戏一共五男两女，记住所有的玩家都有可能是嫌疑人； 4. 如果你愿意，你可以提示他们准备游戏服装，合适的服装更有益于游戏的开展。	

《幽灵特快》文本构成		
组织者 手册	游戏 规则	1. 游戏一共分为 3 个回合，每回合每名玩家拥有 10 个行动点； 2. 普通线索耗费 2 个行动点，带括号的耗费 3 个行动点，查空也耗费 2 个行动点；如果当前回合不使用完，下一回合行动点自动清空；每名玩家都不可搜查自己的线索； 3. 线索中有物品的存在，搜查到的物品会被自动放入搜查玩家线索包的最底层，待其他线索都搜索完毕时就会被拿走（也就是说，并不是拿到手就会一直放在自己身边）； 4. 请各位玩家在交流前务必要仔细阅读所有剧本，谨防剧透。

表 10-3 《幽灵特快》的线索表

地点	线索卡
瓦伦 房间	1. 一张自己和丈夫还有哈娜的合照； 2. 行李箱底部有一张藏宝图； 3. 与哈迪斯有几张合照； 4. 帕尔尼奥家乡的一些照片； 5. 很多暧昧的字条，署名是 H； 6. 一些当地关于法老王组织的资料； 7. 被撕碎的信，内容是迪克希望瓦伦能够资助他的一个项目； 8. 和丽莎、哈娜的合照，照片角落里有一个六角形的小盒子； 9. 半瓶红酒，杯子里的都喝掉了； 10. 红酒瓶上有口红的味道。
哈娜 房间	1. 在行李箱里有一个十分精致的密封小瓶子，能看出价值不菲，里面似乎有什么液体； 2. 钱包夹层有一张药店收据，购买物品是避孕药； 3. 一些十分精美的挂饰； 4. 和瓦伦的合照在桌上放着； 5. 一些镇静类药物，在车上这两天看起来还在服用该药物； 6. 箱子里面还有一张和瓦伦的照片，中间好像有什么人被抠掉了； 7. 钱包夹层有心理医生的名片； 8. 曾经预约过心理医生，并留下记录； 9. 最近似乎工作减少了很多； 10. 一个正六边形的盒子，是纯铜制作的，看起来很结实，上面有一个六芒星形状的洞（金字塔的钥匙）。

续表

地点	线索卡
丽莎房间	1. 一本个人账本上面记录着工资； 2. 账本里面记录的工资十分低； 3. 钥匙串上面有一个太阳形状的小挂饰； 4. 除了家门钥匙还有一把上面用白色标签写着事务所的钥匙； 5. 手机里面有好几条大额转账的消息； 6. 转账消息大约每隔五六天就会有； 7. 包里面的一些装饰物似乎都是打折品，生活很拮据； 8. 钱包夹层有好几张侦探事务所的名片； 9. 五天前曾和迪克通过电话，聊天时长有 10 分钟左右； 10. 一些考古用的专业器材。
杰克房间	1. 一把事务所的钥匙； 2. 一盒名片，上面印着自己的侦探事务所和个人介绍； 3. 最近事务所的账本，事务所已经入不敷出很久了； 4. 一沓纸里面写着关于当地宝藏的资料和一些介绍； 5. 最近账面上有好几笔大额进账； 6. 一个女人和男人背影的照片，连拍了好几张； 7. 两把探铲； 8. 一条别人织的围脖被随意扔在了一边； 9. 关于迪伦的介绍和一些私下调查； 10. 箱子里有一个小太阳的挂饰。
哈迪斯房间	1. 一些被撕碎的字条； 2. 一张自己和瓦伦夫妇的合影； 3. 照片后面还有一张自己举着腰带的照片，似乎是在拳击场的照片； 4. 一份和瓦伦签订的合同，主要内容是给瓦伦打工以寻求她的庇护； 5. 合同上面写着签订完会支付给他一张支票，支票却没跟合同在一起； 6. 一封解雇信； 7. 一封私下和解的书信，信里写着哈迪斯会赔偿对方一大笔钱； 8. 钱包里夹着一张瓦伦的照片； 9. 一沓关于本次行程的资料； 10. 一串钥匙，似乎都与瓦伦有关。

地点	线索卡
格里斯房间	1. 一张格里斯在海边照的全家福照片； 2. 照片上格里斯的胳膊上有一个文身，像豺狗的头； 3. 单趟车的旅客名单； 4. 一个笼子里面装了很多鸽子； 5. 墙上粘着一张图坦卡蒙王的画像； 6. 一个笔记本，上面记载着每天每趟车的旅客名单，与单趟车的旅客名单形成对照； 7. 一个小盒子里面有一些小纸条和带绳子的小铁桶； 8. 一张和帕尔尼奥的合影，背景金字塔； 9. 火车的时刻表； 10. 一个玻璃的小鱼缸，里面养着两只蝎子。
帕尔尼奥房间	1. 一枚六芒星勋章，一面雕刻了太阳，一面雕刻了阿努比斯头像（将勋章嵌入金字塔钥匙中可打开两本经书）； 2. 一个小的阿努比斯石像； 3. 一本书在颂扬图坦卡蒙王的功绩； 4. 一把匕首，造型很古朴，刀柄上镶着金丝，看起来像一个工艺品； 5. 一封被撕碎的信，碎片里有一块上面画着阿努比斯神的头像； 6. 一份菜单，上面洒了很多红酒，看不清上面的字； 7. 一件外套，胸前全是血迹； 8. 一张照片上面的人全都是黑衣蒙面； 9. 很多蛇皮还有晒成干的蛇肉； 10. 一把手枪。
现场	1. 尸体面朝下，趴在了桌子上； 2. 桌子附近有大量的血迹； 3. 四周除了血迹外很整洁，没有打斗过的痕迹； 4. 尸体面前有一份没吃完的苹果派，没有什么异常，是一份普通的苹果派； 5. 一份牛排，牛排的味道让人不敢恭维； 6. 一杯红酒，从红酒里面检查出了剧毒； 7. 死者身上的财物并没有少。

说明：《幽灵特快》的文本来源于网络公开的内容。

　　剧本游戏的文本内容，仅是创作者最后呈现给玩家和经营者的东西，关键信息散乱分布在不同的文本之中。为了便于理清自身思路和更全面、准确地传达自己的作品，创作者需要构建一个完整的叙事体系。一般需要遵循"故事的事件链—人物关系图—人物简易情节—设计公共剧情（案件与线索）—阵营与机制—结局"这样流程和环节，进行不断完善。

为了向渠道商和终端剧本游戏经营者解释清楚整个作品中的主题、故事、结构、玩法，创作者还需要制作进一步的图文说明，主要包括：（1）主框架：先用思维导图做出剧本的主框架；（2）故事背景介绍（以三五百个字介绍故事的主题与历史背景）；（3）关于每个人物及人物之间的关系；（4）核诡以及阵营或者机制设定；（5）主线故事与支线故事，包括案发时间表、空间地图等；（6）小剧场（如果有小剧场，为方便演绎，需要加在每个人的剧本中）等相关内容，最后输出完整的剧本。

剧本游戏的创作并不是一个奋笔疾书的过程，而是一个不断观察和发现的过程。

创作剧本游戏的最大挑战不是构想一个精彩的故事，而是要让这个游戏能够玩得起来。

剧本游戏容纳了创作者的想象、知识、阅历和人生感悟。但是，真正优秀的创作者不仅只是那些拥有完美创意并能够使它的点点滴滴加以实现的人，优秀的创作者需要从生活和世界的各个方面去寻找灵感，不断发掘各种可能性，发现有价值的事物，并让平凡的事物凸显出其价值和意义。

剧本游戏只有面向真正的玩家来发布，真正价值才能显露出来。文本资料仅是呈现剧本游戏的最初蓝图，还需要有美术师、音效师和其他技术人员的后续参与，由他们进行改进、测试、讨论和综合加工，才能把它搭建成一个能够完美运行的系统。

另外，剧本游戏的文本构成与形式并非一成不变，随着新兴沉浸性戏剧和剧本游戏自身的发展，也必然有文本创新的要求，新兴的文本也会产生。

剧本游戏创作中的文字量与游戏时长 [1]

一个剧本游戏的组成部分，按照写作文字量，可由多到少将其排序为人物剧本、组织者手册、剧情公示、线索卡、玩法说明。

剧本游戏不是读本大会，文本内容不宜字数过多。一旦一个人的精力使用到达极限，人的大脑就会主动拒绝接收和输出信息，一般一个人注意力集中的时间也仅仅在三四小时，否则玩家的疲惫感就会暴增，从而影响他们的参与热情，也降低了整场游戏的体验。

人物剧本的主要作用在于交待人物关系中的关键信息，帮助玩家解读核诡线索。不要期待玩家像读小说那样静下心来慢慢读剧本，在有限的时间内，创作者要惜字如金，一般人物剧本不得超过1万字。

线索卡旨在提供还原故事全貌的关键信息，不应对玩家形成信息轰炸。线索卡要提供的是关键信息，而不是信息碎片的堆砌。线索卡一般只是一张纸条，常规的提示信息在50字左右。一般不要在一张线索卡上写上数百个字甚至上千个字，因为这样玩家即使看了也记不住那么多内容，且不能让玩家聚焦于简洁有效的信息，这会阻碍玩家的有效讨论。另外，对线索卡的总体数量也应该有所控制。如果为一场六人剧本游戏设计了60张线索

1　本部分内容参考了聚本玩家文化传媒（北京）有限公司总经理、著名影视剧编剧源子夫的《字数不是王牌》一文。

卡，每张线索卡有 50 个文字，每人分享 1 张，且至少 3 分钟才能讨论完一张线索卡，那么讨论完 60 张线索卡就需要用去 3 小时的时间。再加上读本、演绎、复盘等用去 1 小时，整场游戏就需要用去 4 小时。由此，60 张线索卡是一个合理的极限。

关于一场剧本游戏的时长，主要的考量有两个方面：

一是玩家在参与游戏的过程中，一般能够头脑清晰地坚持多久？

二是店家在一天的营业时间中，一车人进来以后多久才能翻台？

对于玩家而言，参与剧本游戏本身是为了在工作之余得到放松和休闲，结果上车以后，则是痛苦的数小时，这种体验一定是很差的，甚至会出现炸车的情况；而对于店家而言，超长的游戏必然增加运营成本，如果在营业时间内不能开局，则会导致亏损。

因此，游戏时长对于创作者而言，是一个必须加以考量的内容，在创作人物剧本、线索卡、组织者手册等文本时，要合理分配文字内容，并控制文字数量。

11

犯罪心理学和核诡设计

在追凶推理类剧本游戏中，动机、诡计、证据是玩家锁定凶手的三大关键要素。证据具有有形的物质特征，而动机和诡计则是无形的。动机、诡计通过人的语言行为展现。如何从人的成长历史、人物关系以及生存环境去捕捉动机，并通过个人行为、时间链以及相关证据来识破诡计，这既是追凶推理本中故事叙述的技巧所在，也是游戏玩法的关键。

为此，我们应该对犯罪人的犯罪心理、行为特征、致使犯罪人实施犯罪的因素和条件，以及常规使用的诡计有所了解，以便在创作中加以合理运用。

一、犯罪心理学介绍

在推理小说和追凶推理类剧本游戏中，一个案件的主要构成要素是杀人动机、核诡和时间线。而核诡通俗来说，就是杀人者采取的让自己脱离刑罚的杀人手法。而寻找杀人动机同样至关重要，而找到动机也往往就找到了问题的根源。"以动机推断谁是凶手"也是核心玩法之一。事实上，这种追凶手段也符合理性与现实。

每个人的成长，都不只是身体外形的改变，更多是精神和内心的成长。"每个人都有一部属于他自己的心灵史。"

一个人为什么要造人间最大的孽去杀死另一个和自己同类的生命？这必须从内心去寻找到根由。在谋杀之谜剧本游戏中，找到犯罪动机就是要回答这样两个至关重要的问题：第一，死者为何死？第二，杀者为何杀？理由必须足够充分，甚至是"除此之外，别无他法"。因为杀和被杀是人世间最坏和最令人悲伤的事情。

既然剧本中的凶手也需要由玩家来扮演，所以创作者也需要给出凶手犯罪的充分理由，这样才能让玩家与之共情。否则，如果玩家从心理上拒绝扮演这样的角色，又如何能在游戏中更好地对其进行呈现？所以即便是凶手这样的角色，创作者依然要赋予其人性的光芒——他的心理在矛盾冲突中有坚实的根基，他的行动存在可被同情和理解的因素。当然，这不是在替他消除罪责。责任总是与人的行为相对应，犯罪最终应该得到惩罚。

当然，罪犯往往会遮掩、伪装或者美化自己的动机。而如何练就一双看透人心的眼睛，那就需要对心理学、犯罪学，以及由两个学科结合形成的犯罪心理学有所了解。这样才能让人物的行为符合其心理特征。犯罪心理是指支配犯罪人实施犯罪行为的各种心理特征的总和，如犯罪动机、犯罪人格、犯罪思维模式、反社会的价值观念等。而犯罪心理学是一门运用心理学的理论和方法，研究与犯罪有关的心理活动及其客观规律的科学，即从心理活动方面，探索犯罪原因的学科。

1. 犯罪行为与犯罪心理

犯罪行为是指犯罪人在一定犯罪心理支配下，所实施的危害社会、触犯刑法、应受刑法处罚的行为。一方面，犯罪心理与犯罪行为相互区别，各有自身特点。犯罪心理具有内隐性、独立性与预先性的特点；而犯罪行为则具有外显性、依存性与延后性的特点。另一方面，犯罪心理与犯罪行为相互联系，互为因果。其一，先有犯罪心理，才有犯罪行为。其二，要剖析犯罪心理，必须先了解犯罪行为。其三，犯罪行为的性质往往由犯罪心理状况而定。如《中华人民共和国刑法》中故意犯罪和过失犯罪即依据犯罪心理状况进行区分。

无论是犯罪心理的形成还是犯罪行为的发生，都离不开一定的生理机制；另外，犯罪也是一定历史条件下多种社会矛盾和利益冲突的综合反映。

比如，清代邹弢的笔记小说《三借庐笔谈》中关于名贼陈阿尖的故事。陈阿尖生于孤儿寡母的贫苦之家，幼时曾见人卖鱼而行窃，结果其母亲没有阻止和给予教育。由此，陈阿尖苦练行盗之技，终成飞檐走壁之功，行踪无痕，来去如风。为此，他屡屡得手，渐成大盗，犯下大案。然而，"常在河边走，哪有不湿鞋"，他终而被官府擒住，被判死刑。临行刑之际，母亲到刑场看望。陈阿尖对监斩官说，我有些话要对母亲说，否则死不瞑目。监斩官便让其母到刑场中间。只见陈阿尖靠近母亲耳边，然后猛地咬掉了母亲的耳朵，并恨恨地说："如果在我幼时，你教导我不要偷盗，我何至如此？！"

以上故事反映了一代名贼的成长历程。幼时家庭贫苦，善育不施，其母固然有责，但其临死之际将责任归咎于生身母亲，可见其未能克服推责的本能。

2. 犯罪心理学的发展历史

孟德斯鸠在其名著《论法的精神》中首次提出了犯罪人精神

有重大质变的说法，认为成为"悖德犯""色情犯"都是精神重大质变的结果与表现。刑事古典学派的切萨雷·贝卡利亚曾用自由意志的观点解释犯罪行为，认为犯罪行为是犯罪人按其自由意志自由选择的结果，并对刑罚心理问题提出一些精辟的见解。杰里米·边沁"趋利避害""避苦求乐"的功利主义行为标准对刑事古典学派的形成也有很大影响。

1872 年，德国精神病学家克拉夫特·埃宾出版了《犯罪心理学纲要》一书，这是第一本犯罪心理学著作，因而克拉夫特·埃宾被称为"犯罪心理学的始祖"，但是他的研究并不系统。

1876 年，意大利精神病学家、犯罪人类学派创始人凯萨·龙勃罗梭出版了《犯罪人论》一书，在这本书以后的各个修订版中，他将人类学与精神病学相结合，论述了关于犯罪心理的许多问题，提出了许多重要观点，极大地推动了犯罪心理研究的发展。

进入 20 世纪后，德国、奥地利盛行犯罪生物学，一些精神病学者利用犯罪生物学、精神病学的观点和方法研究犯罪人与犯罪心理问题，提出了诸如心理病态性格、犯罪人格等理论。这些理论都认为犯罪现象只是个人的一种病态。因此，"医疗模式"乃成为犯罪矫治与预防的基本取向。

精神分析学说的创始人西格蒙德·弗洛伊德用人的本能来解释某些攻击性的犯罪行为。阿尔弗雷德·阿德勒用自卑感、过度补偿来解释犯罪行为。其他一些精神分析学者如德国的弗朗茨·亚历山大，美国的埃里克·亚伯拉罕森、威廉·希利，瑞士的奥古斯特·艾伦霍恩等，用精神分析学说中的自卑感、恋母情结、罪恶感、受罚欲望、超我、刺激－反应原理、性格倾向等观点，来解释犯罪心理与犯罪行为。

1963 年，日本成立了犯罪心理学会，并陆续出版了多部专著，例如山根清道的《犯罪心理学》、安香宏的《犯罪心理学》、武森夫的《犯罪心理学》等。

从总体上看，欧美学者的主流观点是把犯罪看成一种综合性的社会现象，因而侧重于研究综合性的犯罪学与刑事司法，犯罪心理仅为其中的一个组成部分。相对而言，日本学者却很重视犯罪心理学的研究。

在我国，古代一些思想家也如同西方古代一些思想家一样，在人性善与恶这个问题上是有争议的，他们企图用先天禀性、后天学习以及社会教化等来说明人心的好恶，间接地涉及了有关犯罪心理学的一些问题，但是缺乏较为系统的论述。

3. 引发犯罪的因素和动机

事实上，出于安全、尊重和自我实现的需要，以及人内心隐藏的某种渴望都可能成为犯罪的动机和驱动犯罪的因素。在 2019 年托德·菲利普斯执导的剧情电影《小丑》里，主人公是陷入困境的喜剧演员亚瑟，他渐渐走向精神崩溃，在哥谭市开始了疯狂的犯罪生涯，最终成为蝙蝠侠的宿敌。影片对小丑的心理形成、引发犯罪的因素以及行为动机给予了充分的展现。

目前犯罪学界通常认为，影响犯罪行为的因素主要有三个：人的自身因素、社会背景影响以及犯罪行为所处的具体环境。

从犯罪者心理和人格构成方面来看，影响人类犯罪的因素主要有三个：人的自身因素、社会背景以及犯罪行为所处的具体环境。一般犯罪类型主要分为情欲型犯罪和信仰型犯罪。

一个道德品质良好的人，在一个并不公平的社会，在他食不果腹的前提下，就可能去偷去抢。比如，雨果《悲惨世界》里的冉阿让为了不让孩子挨饿而偷了面包，为此被判刑五年，他因受不了狱中之苦而逃跑，被抓回后又被追加了刑罚，可谓时运不济、命运多舛、受尽苦难。智利小说家罗贝托·波拉尼奥在其全景式长篇巨著《2666》一书中，写到了整个人类的暴力、贪婪、凶杀和所谓的正义战争，其中也写到了近200起针对女性的犯罪的具体案例，揭示出人性的贪婪、自私和凶残。这些事件以警方报告的形式呈现出某种真实性。

从犯罪人心理和人格构成方面来看，人类犯罪的因素有很多，但一般犯罪类型主要分为情欲型犯罪和信仰型犯罪。

情欲型犯罪主要是为了满足自身的情感和欲望需要而进行的犯罪，如偷盗、强奸、复仇等。人们追求金钱、攀附权贵，这就是贪婪和纵欲得以发展的环境。对于故事，我们引用赫乔·威尔斯的《侦探小说的技巧》关于动机的一段阐释："最令人感兴趣的动机当然就是'金钱''恋爱'以及'复仇'了。细分这些动机，还有憎恶、嫉妒、贪欲、保全自我、功名心、遗产问题等其他许多项目。总之包含了人类感情的所有范畴。"

执迷不悟而坚定的信仰，也可能导致某些人从内心产生一种奇异的激情，这种激情可能带来极大的破坏作用。信仰型犯罪主要是指因为受到某种意识形态的教育而形成某种顽固的观念和信仰，因此实施的犯罪行为。如某些邪教教唆人为了建立理想王国而实施恐怖行为。

在推理小说中，一个重要的主题就是犯罪动机。很多时候，如果知道真正的动机，罪犯也就会浮现出来。为此，作家们总是绞尽脑汁隐藏动机，也有不少作家创造出常人想不到的动机。日本推理作家江户川乱步说："除了一般意义的谜题诡计之外，也可能出现动机本身就是谜题诡计的状况。"

人类的愿望、优越感和自卑感、逃避痛苦和责任都可能导致犯罪杀人。在推理小说和追凶推理类剧本游戏中，选择单纯明了的动机往往才是聪明的做法，因为过于极端和变态的动机往往得不到读者和玩家的理解。

二、核诡的设计

和推理小说的写作一样，硬核推理剧本游戏需要以犯罪学、心理学、刑侦学、法医学等知识为基础，以侦破案件为主线，其核心玩法就在于对犯罪真相的揭示，让玩家以缜密的逻辑推理或事实推理找到凶手，还原故事真相。

侦凶推理剧本游戏一般从人物之间的关系、犯罪现场、犯罪时间、凶器、藏匿物等入手为玩家设置谜题，玩家通过人物关系分析、现场勘测、时间链推测、证据搜索获得线索，排除某些嫌疑者实施犯罪的可能性。

1. 何谓诡计？

侦凶剧本游戏之所以被称为剧本杀，就是因为这种社交游戏一开始是以凶案为核心事件而展开的、以推理为主的互动游戏。后来，发展出淡化推理元素、强化角色扮演等各种形态更为多样化的剧本游戏类型。

时至今日，案情推理与故事还原依旧是绝大多数剧本游戏的核心玩法或必要的元素。虽说剧本的推理性并不一定得通过诡计去实现，但在绝大多数情况下，都是由诡计来实现的。而引导玩家进行推理的犯罪诡计即被称为核诡。核诡，构成了推理的最终谜题,是故事中的"包袱"。

虽然在现实生活中,凶案大多不存在诡计一说。但在推理小说和剧本游戏中,为了满足读者或玩家对于逻辑推理的要求,经常会出现诡计的设定。简而言之,诡计就是凶手在犯罪之前、犯罪之时以及犯罪完之后,为了逃避罪责而实行的一种瞒天过海的计策。

对于推理小说来说,诡计往往是整个故事的核心所在。推理小说发展至今已有200多年,作家们已经设想了各种各样的诡计,甚至有"本格推理诡计已被用尽"的说法。其中核诡主要包括隐藏犯罪动机、伪装现场、藏匿或修改证据、编造不在场证明、利用非人凶手、异样凶器等。

像埃德加·爱伦·坡、阿加莎·克里斯蒂、埃勒里·奎因、阿瑟·柯南·道尔、吉尔伯特·基思·切斯特顿、范·达因、约翰·狄克森·卡尔、阿瑟·莫里森等推理小说大师都是从犯人身份、犯罪现场、犯罪时间、凶器、藏匿物等入手为读者设置种种诡计与谜题。

二战以后的最初四五年里,日本推理小说作家江户川乱步大量阅读了英美作家的推理作品。阅读时,他顺便把这些诡计记录在纸上。后来,江户川乱步参加了侦探作家俱乐部的例行聚会,他让在场的作家们相继把自己记忆中的作品和作者名字,根据分类列举出来。江户川乱步根据推理作家们提供的清单,剖析了800部英美推理小说中经常出现的各类诡计,最后连同之前完成的《诡计论》《英美短篇侦探小说吟味》《侦探小说描写的异常犯罪动机》,结集成《类别诡计集成》。《类别诡计集成》对800余种诡计进行归类,并加以解说。其中,经常出现于推理小说和剧本游戏中的诡计的主要类型有:

有关罪犯身份的诡计，如"一人分饰两角""其他意外的罪犯"等；

有关犯罪现场与痕迹的诡计，如"密室诡计""足迹诡计""指纹诡计"等；

有关犯罪时间的诡计；

有关凶器和毒物的诡计；

隐藏人与物的诡计。

关于罪犯身份的诡计中，野兽、鸟、昆虫等均能被乔装成罪犯，而这些动物仅是被人利用施行犯罪行为；与犯罪现场和痕迹相关的诡计，包括让凶器消失的冰子弹（用与死者相同血型的血做成的冰冻子弹射入人体后消失）；与犯罪时间相关的诡计，如使用交通工具、钟表、音响等进行推理设定等。

2. 剧本游戏中常用的密室诡计

密室推理是剧本游戏中最为流行的类型。什么是密室诡计？举个简单的例子，假设张三在李四的办公室杀死了李四（当然不一定非得在李四的办公室，真实的案发地点可能在任何地方），但是张三为了逃避罪责，将李四的办公室布置成了一个反锁的房间，而且办公室仅能从室内反锁，张三想以此来形成办公室是由李四自己锁死的假象，希望警方将案件认定为"李四在自己的办公室自杀"。张三之所为就是一个简单的密室诡计。

密室诡计也常常与其他诡计进行结合，形成剧本游戏最为流行的推理设定。

1　腹语术，也称说话术，是指一个人通过改变他或她的声音，使声音听起来仿佛来自其他地方的一种表演艺术。表演中通常存在一个充当傀儡的木偶。

3. 剧本游戏中的叙述性诡计

因为任何事件在被阐释和复述时，都会带有叙述者的主观看法。而创作者利用叙述者的主观性，刻意回避事件的关键点，对事件的某些方面予以省略、变形或曲解，让人与真实事件之间产生隔膜与屏障，从而形成错误认知。

叙述性诡计简称叙诡，说穿了就是"不露痕迹地隐瞒关键信息，仅说出部分真相"，让读者陷入自以为是的理解中。由于关键信息被隐瞒，读者自然无法顺利推理出真相，而真相揭露的一瞬间，又让人大呼上当。

阿加莎·克里斯蒂的《罗杰疑案》开辟了叙述性诡计的先河。在推理小说中，叙述性诡计指的是创作者利用文章结构或文字技巧，对读者进行刻意隐瞒或误导，直到最后才揭露真相，让读者获得谜底揭晓时的惊愕感。叙述性诡计一般独立于剧情之外，通过叙述形成一种误导和蒙蔽，而被误导和蒙蔽的不是作品中的侦探，而是读者。

利用叙述性诡计可以进行犯罪。比如，有一个盲人知道周围的人都说反话捉弄他，所以别人说什么他就按照反的来。罪犯就利用了这一点，有选择性地告诉了盲人真话，导致盲人跌落窨井。而罪犯向警方辩解说，自己是出于好心告诉盲人真相的，从而免责。

江户川乱步有一篇文章就是说，有一个人很喜欢用一些假意好心的话杀人。比如，面对一个火灾现场，凶犯暗示场外的一个妇人，她的孩子曾在着火的房子里，致使这位妇人冲进火场而丧命。可能他说的话仅仅是：火灾前的某个时候，那个孩子在房子里，而故意忽略有个邻居的孩子后来把那个孩子约出去玩了。这个施害者说的都是真话，但他遮蔽了某些真相，故意形成误导，促使受害人采取某些行动并因此而受到伤害。

在剧本游戏中，叙述性诡计利用了玩家阅读剧本时的默契和惯性思维，通过叙述制造出一个针对读者的信息不对称的事件，将其引入事先准备好的故事环境；或者通过运用语言上的歧义，以及偷换文字结构的方式，以达到误导玩家/读者的目的，最后通过指出读者的惯性思维误区，来让整个文章的逻辑完成一个巨大的逆转。

叙述性诡计通常采用的方法是人称、视角、时态和地点的任意转换，以达到模糊效果。概括而言，叙诡有如下几种常见类型（见表 11–1 ）。

表 11–1　叙诡分类

叙诡分类		说明
人物叙诡	性别叙诡	从人物装扮、表情、言语、行为等细节描写，让人形成性别认知错误。
	年龄叙诡	在叙述中让人形成年龄认知上的错觉，如被误以为是年轻人的人实际上却是老人。
	身份叙诡	从描写中，让人形成身份错觉，以为是这个人，但实际上是另外的人。
	物种叙诡	通过描述以为是个人，但其实是个动物，或者反之。
	一人多角	通过情节设置或者细节描述，以为是一人所为，结果是多人所为。或反之，以为多人所为，其实是一人所为。比如，同一个人以不同的名字针对不同的人行骗，给人以多个人在不同地方行骗的假象。
	多角归一人	将许多不同人做的事，通过描述，使读者认为是同一个人所为。

续表

叙诡分类		说明
人物叙诡	人称叙诡	通过人称视角问题制造错误信息,误导读者。如作者在行文时以某种特定的人称进行写作,由于受到人称的限定,关于案件的某些细节就无法在解谜阶段前给予读者。
	人物数量的隐蔽	通过描写使人误以为在某个事件中参与的人数比实际上参与的人数要少,或者反之。在这种情况下,往往被隐蔽的人物与案件核心因素有关(如双胞胎诡计,双胞胎在外表与行为特征上都有一定的相似性,容易做到隐藏人物)。 比如《占星术杀人魔法》一书中,读者本以为有7具尸体,但实际上仅有6个死者,被认为是凶手的第七具尸体其实是用其他尸体拼凑的。
时间诡计		描述事件时,故意混淆或者颠倒时间先后,从"时间点""时间长度"和"时间流逝方式"上,使人形成认知错觉。比如在行文中,以空间替换时间对事件进行描述,而使人误以为事件是按照时间顺序演进的。
空间诡计		描述事件时,故意模糊事件发生的地点信息,或者对多个相近的空间进行模糊处理,使人误认为案发地点是另一处。
认知方面的隐蔽		隐蔽所描述人物的关键信息,利用人们的惯常思维——忽视少数人所具有的特征,使人产生对事实的认知偏差。比如:从色盲者的角度描述所看到路口红绿灯的情况,而导致读者或玩家形成错误判断;某个阿尔茨海默病病人对某些表现进行描述,使人形成误判;电影《楚门的世界》中,主人公楚门身边的所有事情都是虚假的,他的亲人和朋友全都是演员,但他本人对此一无所知。
故事结构叙诡		通过故事结构形成诡计。如在叙事的顺序上采取倒叙、插叙等方式来构造诡计。还可以结合人物诡计,通过交换两个人的视角来达到目的。比如:在不同的故事场景中,形成故事中隐藏着故事,犹如俄罗斯套娃这样的结构;像搓麻绳一样,让两个情节线或多个情节线相互交错,然后形成某种关联。比如在《异邦骑士》中,失忆者在寻找记忆时,发现自己的人生极其悲惨,为此欲找仇人报仇,结果发现找回的记忆是人为安排的、是假的。

通过暗示或看似无意之举，将想要杀害的人一步步推向死亡的"盖然性犯罪"[1]，是一种高阶的犯罪方法，而利用叙述性诡计属于其中的一种。一般而言，多数作品都会结合多种叙诡，比如同时使用人称叙诡和认知叙诡，这样结合使用会造成很多复杂的场景。

另外，我们需要分辨清楚，作者利用叙诡来构建剧本中的谜案，与罪犯利用叙诡作为犯罪手段之间的区别。

在某些剧本游戏中，时常有"三刀两毒"[2]之类机制的运用与设置，技法就是让被害人受到多次多重伤害。而在追凶过程中，仅需寻找将被害人致死的犯罪人，即凶手，而将其他"杀人未遂者"视为无辜角色和清白角色。这显然是一种低级的设置手法。因为这种设置违背了"只要对他人实施伤害，就会构成违法犯罪"的事实，有损于"故事，就是生活的隐喻"这样的创作原则。

---

1 盖然性在《现代汉语词典》中的解释是：有可能但又不是必然的性质。高度盖然性规则的理论源自西方自由心证制度，其主张民事案件的证明标准只需达到"特定"高度的盖然性即可，即这种高度达到"法官基于盖然性认定案件事实时，应该能够从证据中获得待证事实极有可能如此的心证，法官虽然还不能排除其他可能性，但已经能够得出待证事实十之八九是如此的结论"的程度即可。
2 三刀两毒：指剧情中很多人都对死者动了手（有人施毒，有人动刀，甚至有人死后补刀），形成"究竟谁是真正致死者"的谜案。

12

剧本游戏中的博弈

　　尽管剧本游戏中每位玩家都有规定的人物剧本，但玩家在参与游戏的过程中，依然存在自我情感介入和智力抉择的问题。在多人参与的游戏当中，玩家之间和剧本角色之间，都广泛存在着不同形式的博弈。在追凶推理的游戏中，凶手与侦探、好人之间展开的是一种直接的博弈；在阵营本中，玩家之间的对抗时常也表现为博弈。因此，我们要对博弈的相关理论和实践做简要的介绍。

一、什么是博弈论？"囚徒困境"与"智猪博弈"

　　什么是博弈论？世事如棋，生活中的每个人都如同棋手，其每个行为如同在一张看不见的棋盘上进行"谋篇布局"。但愚鲁者常常沦为别人的棋子，成为别人谋取胜利的工具，而精明老到的棋手则会洞察人心与世象，布下诸多精彩纷呈、变化多端的棋局。在人人争赢的棋局上，在高手与高手之间，往往形成凡人看不透的天局，相互揣摩，相互牵制，步步惊心。博弈论就是指个人或是组织，在一定的规则约束下，依靠所掌握的信息，从对手的策略和行为选择来制定自己的应对策略，寻求有利于自己的条件。在经济学上，博弈论是个非常重要的理论概念。

博弈论，又称对策论（game theory）、赛局理论等，本是现代数学的分支，也是运筹学的一个重要学科。正如它的英文名字——game theory 一样，它可以被用来分析多人游戏中的行动和对策之间的交互行为。博弈论在剧本游戏中也常常有所体现，其中的关键理念，值得剧本游戏的创作者汲取和借鉴。

博弈并非仅仅在两者之间进行，也存在多方博弈的情形。

在美国的西部片中，我们除了看到双方对决的场景，也时常看到三方对决。比如杀手、罪犯和警长，三个人同时出现在一个暴露的广场上。在这样的场景中，每个人都无法躲避任何一个人射来的子弹。此刻，每个人的手都准备伸向枪套。他们三者之间因目标和动机的不同，而形成了如下的对立：

杀手与罪犯之间曾经结下梁子，罪犯一直寻找机会杀死杀手；

杀手是被人雇来杀死警长的，警长知道杀手有杀死自己的目的；

警长需要在不能活捉罪犯的情况下，杀死罪犯。

他们持枪相对，三者之间都面临着不同的行动选择。对于罪犯而言：他必须决定在杀手和警长之间，决定先攻击哪一个人。杀手也同样面临这样的选择：如果选择先攻击警长，则可能被罪犯杀掉；反之则被警长杀死。警长如果选择杀死杀手，则可能被罪犯所枪杀；反之则被杀手杀死。

这就形成了一种博弈的场景。每个人面临的选择情形如表12-1 所示。

表 12-1　三人博弈

人物及其选择	选项内容	原因
杀手的选项	A. 射杀罪犯	因为罪犯可能第一时间朝自己开枪
	B. 射杀警长	因为他本是被雇来杀警长的
警长的选项	A. 射杀杀手	因为杀手可能第一时间朝自己开枪
	B. 射杀罪犯	因为惩罚罪犯是他的职责和目标所在
罪犯的选项	A. 射杀杀手	为了复仇
	B. 射杀警长	防止被警长射杀

　　以上可以看出，杀手、罪犯和警长每个人都面临着两难选择。在这种对峙中，他们可能同时拔枪，真正留给每个人抉择的时间仅有一瞬。而每个人如果都对另外两人完全了解，则他们进行抉择则主要看另外两个人如何行动。对于警长而言，如果杀手选择朝罪犯开枪，则他就可以在杀手扳动扳机的同时，向杀手开枪；而如果杀手朝自己开枪，他即使朝杀手开枪，也难以逃脱挨枪子的命运。警长幸存的机会点，仅在于杀手选择朝罪犯开枪，而罪犯选择朝杀手开枪。在这样的情况下，他无论做何种选择都是无害的。而如果警长一定要牺牲，那他最好朝罪犯开枪，毕竟他是在行使职责、实现目标。所以在这一番博弈当中，警长会向罪犯开枪。

　　但是，且慢，如果杀手知道警长一定会朝罪犯开枪，那么他就一定会朝警长开枪。因为，警长会帮助自己杀死可能会杀死自己的人，而自己为完成目标就必须射杀警长。杀手生存的机会点在于，警察射杀罪犯的同时，罪犯也射向警长。

　　而对于罪犯而言，他知道警长会射击自己，为此，他选择射击杀手。因为，既然自己必死无疑，那就至少要向杀手复仇。

　　所以最后的结局很可能是三者全输，没有人能够在这种信息完全透明的情况下活下来。

　　而在另外一场博弈中：三人拔枪对决，甲乙丙枪法优劣递减。最后的结局将不取决于是同时开枪还是先后开枪，最优良的枪手倒下的概率将最高；而最蹩脚的枪手，存活的希望却最大。因为没有人会把威胁最小的枪手列为头号目标。在这里，后发制人的弱势者将胜出。以弱胜强，绝不是神话，这就是"王者的悲哀"。

　　博弈论描绘的正是这种人们思维之间的交互。在现实世界中，信息永远是不对称的，每个人都存在认知偏差。每个人也都不会将自身的信息全透明地呈现给他人，他们甚至会释放虚假的信息欺骗对方，让对方做出错误的选择而最终保全自己。

　　在博弈中，胜利者的光荣后面，往往隐藏着失败者的辛酸和苦涩。在剧本游戏中，这种三方博弈的局面很少出现，但像攻防和竞争这类双方博弈、只有一方能赢的"零和博弈"，却是常见的类型。此外，也会出现合作类型的游戏，几个玩家在某个目标上达成一致，从而出现"双赢"的结局。还有一种更为复杂的博弈，即既有竞争又有合作的类型。

　　从行为的时间序列看，博弈论可以被进一步分为静态博弈、动态博弈两种类型。静态博弈是指在博弈中，参与人同时选择，或虽非同时选择但后行动者并不知道先行动者采取了什么具体行动；动态博弈是指在博弈中，参与者的行动有先后顺序，且后行动者能够观察到先行动者所选择的行动。比如"囚徒困境"就是同时决策的，属于静态博弈；而棋牌类游戏的决策或行动是有先后次序的，属于动态博弈。

1."囚徒困境"的博弈模型

　　该模型两个嫌疑犯联合犯事，被警察抓住，被分别关在两个不同的房间受审。警察对每个嫌疑犯给出的政策是：如果两个犯罪嫌疑人都坦白了罪行，交出了赃物，于是证据确凿，两人都被判有罪，各被判刑三年；如果只有一个犯罪嫌疑人坦白，另一个人没有坦白而是抵赖，则以妨碍公务罪（因已有证据表明其有罪）再加刑两年，而坦白者有功被减刑三年，立即释放；如果两人都抵赖，则警方因证据不足而不能判两人犯罪，将给予释放。为此，甲、乙两名嫌疑犯面临的博弈，如表 12-2 所示。

表 12-2　甲乙面临的情况分析

甲	乙	
	招供	抵赖
招供	均获 3 年刑期	甲　0 年刑期 乙　5 年刑期
抵赖	甲　5 年刑期 乙　0 年刑期	均被无罪释放

对甲来说，尽管他不知道乙做何选择，但他知道无论乙选择什么，他选择"招供"总是最优的。显然，根据对称性，乙也会选择"招供"，结果是两人都被判刑三年。但是，倘若他们都选择"抵赖"，则两人都会被无罪释放。在上表的四种行动选择组合中，甲乙两人均选择抵赖是帕累托最优，因为偏离这个行动选择组合的其他任何行动选择组合都至少会使一个人的境况变差。但是，"招供"是任一犯罪嫌疑人的占优战略，是一个占优战略均衡，即纳什均衡（Nash Equilibrium）。不难看出，此处纳什均衡与帕累托存在冲突。

单从数学角度讲，两名嫌疑犯选择招供是合理的占优选择，但这在多维信息共同作用下的社会学领域显然是不适用的。比如从心理学角度讲，选择"招供"的成本会更大，一方"招供"害得另一方加刑，必然要考虑到事后的报复行为，以及因"出卖伙伴"

受到知情人的指责，这样的社会成本更大，因此，每个人的选择都面临更多因素的干扰。

"纳什均衡"与帕累托最优

纳什均衡是博弈论的核心理念。纳什均衡，即在一种策略组合中，所有的参与者都面临这样一种情况，当其他人不改变策略时，他此时的策略是最好的。也就是说，每个参与者都无法凭借独自改变自己的策略来获得更高的收益，那么这种策略配置就被称作纳什均衡。在纳什均衡点上，每个理性的参与者都不会有单独改变策略的冲动。

帕累托最优是指资源分配的一种理想状态，假定从一种分配状态到另一种分配状态的变化中，在没有使任何人境况变坏的前提下，使得至少一个人变得更好，这就是帕累托最优，又称帕累托改进。

在上述"囚徒困境"的例子中，两名犯罪嫌疑人都以"无论对手如何选择，都对自己最有利"作为策略选择的出发点，他们的纳什均衡就是共同选择"招供"。

而两名犯罪嫌疑人都选择"抵赖"，才是帕累托最优。就是说，每个人都跳出自身的利益立场来进行策略选择，才可能实现帕累托最优。而这就是双方进行合作的奥秘，唯有合作才可能创造真正的共赢。

纳什均衡在多人游戏中至关重要，因为游戏玩法往往会朝着纳什均衡的方向发展。纳什均衡是稳定和能够自我巩固的，因为玩家不需要做出任何改变，而非纳什均衡则需要玩家做出改变。

在剧本游戏中可能存在多种多样的策略组合，但时常被玩家所采用的也许只有纳什均衡。于是，游戏的体验将会由各种纳什均衡的情况所组成，其他策略组合则被忽视。

只含有一种纯粹纳什均衡策略的交互是剧本游戏设计的败笔。因为，最终只会导致出现相同的纳什均衡的现象。这对于玩家而言，唯一的选择已被创作者给定，这样也就不存在真正的选择。

而石头剪刀布和猜硬币是广为人知的"非纳什均衡"的机制，在剧本游戏中时常被采用。在玩"石头剪刀布"和"猜硬币"的时候，玩家总是会不断改变自己的出招。

在"猜硬币"游戏中，如果仅仅猜一枚硬币的正反面，那么每次只有两种选择——"正面朝上"还是"反面朝上"；如果觉得这种机制太过简单，则可以使用两枚硬币，可以由不同的两名玩家各自持有一枚硬币，猜"同一面朝上"还是"不同的面朝上"；还可以和其他玩法进行混合，这样可以增加玩家之间的交互性和趣味性。

2. "智猪博弈"模型

"智猪博弈"（Pigs' Payoffs）中有这样的设定，猪圈里有两头猪，一头大猪，一头小猪。猪圈的一边有个踏板，每踩一下踏板，在远离踏板的猪圈的另一边的投食口就会落下少量的食物。如果有一只猪去踩踏板，另一只猪就有机会抢先吃到另一边落下的食物。当小猪踩动踏板时，大猪会在小猪跑到食槽之前吃光所有的食物；若是大猪踩动了踏板，则还有机会在小猪吃完所有食物之前跑到食槽，争吃剩下的食物。

那么，这两只猪应该各采取什么策略呢？对于小猪而言，占优选择就是等待，即采取"搭便车"策略；而对大猪而言，则每次操作总会有所收益，为此，应该乐此不疲地奔忙于踏板和食槽之间。

这种"弱者搭强者便车"的现象在社会中普遍存在。比如，小企业在策略上一般不会选择产品创新，而是让大企业经过多番试错，当创新差不多成熟的时候，才跟进生产新产品。对社会资源配置来说，因为"小猪"未能进行前期投入，所以小猪搭便车并不是最佳状态。

出现"小猪躺，大猪跑"的现象，主要是由游戏规则所导致的。这样的规则设定导致了小猪的偷懒，和大猪"有私的奉献"。如果规则的设计者不愿看到有人搭便车，就需要对游戏规则的核心指标进行调整。而这个博弈模型中规则的核心指标是：每次落下的食物数量，以及踏板与投食口之间的距离。

（1）食物减量方案。如果投食量小于或等于大猪从踏板跑回投食口时，小猪能够吞食的量，那么，大猪每次奔忙就都只是为了小猪，自己则啥也吃不到。为此，小猪和大猪都没有动力去踩踏板。这样势必造成谁也不肯奔忙而都舒服躺着的困局。这样的游戏规则的设计显然是失败的。

（2）食物增量方案。投食量大于小猪从踏板奔回投食口时大猪所能吞食的量。这样，无论是大猪还是小猪去踩踏板，都可以得到食物。这势必造成，无论谁想吃，都会去踩踏板的情况。而如果每次投食量都大于无论谁踩踏板都会有充足的食物享用的量，这相当于实现了共产主义，它们的竞争意识就会大大降低。

对于游戏规则的设计者来说，这个规则的成本相当高，因为每次要提供充足的食物；而且因为竞争不激烈，猪们踩踏板的积极性也大大降低。

（3）组合方案：食物减量加投喂口移位。投食量仅为原来的一半，但同时将投食口移到踏板附近。结果是小猪和大猪都在拼命地抢着踩踏板。等待者不得食，而多劳者多得。每次的收获刚好消费完。对于游戏设计者，这不失为一个好方案，因为可以实现"劳者得"的公平目标。

3. 其他富有启发性和值得借鉴的博弈模型

（1）猎鹿博弈：两个猎人合作猎鹿获得的收益若远大于各自猎鹿的收益，利益联盟将开始。劳动合作本是件好事，不过这也取决于最后猎获的鹿——这一劳动成果（公共资源）的分配。如果分配得当，整体的效率将提升。如果一方主导分配，另一方在分配中受损，那么帕累托最优就无法实现，合作可能终将破裂。这也是说明制度对经济增长效率的影响。

（2）分蛋糕博弈：两个小孩如何分蛋糕？如果保持公正，最好的答案就是：一个分，一个选——权利的合理分配将有效促进公平与效率。不过分蛋糕的进阶模型却强调了讨价还价的策略，分蛋糕不是一次性的，而是多回合的，而且会出现新的成本：蛋糕在融化。

（3）斗鸡博弈：两只斗鸡在决斗的时候，无论是选择进还是退都是一个难题。因为纳什均衡已经给出了一胜一败的最优策略。在很多情况下，死拼将是得不偿失的，因为这很可能会给第三者机会。因此，博弈双方已经在战场的势力很可能自觉地遵循纳什均衡：当一方攻击时，另一方暂退。虽然退让方可能暂时受损，但较之于两败俱伤是好得多的。不过，要维持这一状况，必须保证下一次先期受损的一方发动攻势的时候，另一方同样选择后退。于是这样的攻击性行为只不过是两个巨头玩弄的游戏，目的是警告后来者。

二、洞察人性的幽微

泰南·西尔维斯特在其《体验引擎：游戏设计全景探秘》一书中说："类似'石头剪刀布'和'猜硬币'这样的设计模式只是游戏的框架，而游戏的情感价值需要通过框架之上的心理博弈得以体现。比如，你想方设法地让对手认为你会采取某种策略，使你可以采用另一种将其制约的策略。或者，你让对方认为你已经中了他的计，而实际上你只是将计就计。又或者，你使用了一种对方并不知道你已经具备的策略。类似这样的内容凸显出思维冲突过程中的激烈和紧密程度。"

刘润先生在其《商业洞察》中讲到的一个现实版"囚徒困境"的故事，是一个很好的心理博弈的例子。

英国广播公司（BBC），曾经有过一档节目，叫作《金球游戏》（Golden Balls）。在节目里，参与最后角逐的两个人会面对一笔巨额的奖金。但伴随巨额奖金出现的，还有眼前的两个金球。一个写着"平分"（split），另一个写着"全拿"（steal）。

游戏规则是：

如果角逐者都选"平分"，那么两个人平分奖金；

如果角逐者都选"全拿"，那么两个人什么都得不到；

如果一个人选择"平分"，另一个选择"全拿"，那么选"全拿"的人会拿走全部奖金。

在开始选择前，选手可以进行沟通。显然，这是一个关于人性的游戏。如果是你，你准备怎么做？满怀期待地信任对方，还是毫不留情地施展欺骗？在节目里，绝大多数角逐者都会表情生动而态度诚恳地告诉对手，自己会选择"平分"，但最后却都举起了"全拿"的金球，导致两人什么都得不到。

就这样在进行过许多轮比拼之后，累积的奖金已经高达 1 万多英镑。最后只剩下了亚布拉罕和尼克两名选手。尼克对亚布拉罕说，无论你如何选择，我一定会选择"全拿"。当时，观众都为之震惊。因为之前所有人都努力说服和确认对方选择"平分"，但是尼克却说自己要"全拿"——尼克的态度就是这样：不管对手是好人还是坏人，反正我是坏人。

尼克说："我现在就告诉你，我选'全拿'。但是，我也向你保证，如果你选'平分'，那么我拿到钱之后，会再分你一半（尽管没有法律义务，但给对方一个希望）。但是如果你也选'全拿'，那咱们就都空着手回家。你看着办吧。"

而亚布拉罕则对尼克说："我是一个好人，一定会选择'平分'，你可以相信我，也选择'平分'。这样，皆大欢喜。"

但尼克依然坚持说，他选择全拿。没办法，亚布拉罕被逼到角落，他只能对尼克说："你向我许下承诺。但我得先告诉你，承诺意味着什么。我父亲曾经跟我说过，一个人如果不守信用，就不配被叫作人。"尼克回答："我同意。所以，我一定选全拿。就看你自己怎么选了。"

不管亚布拉罕怎么说，尼克都寸步不让，始终坚持说"我要全拿"。

双方的金球打开了。最后，亚布拉罕选择了"平分"，因为这是对他最有利的选择。但意想不到的是，尼克也选择了"平分"。

尼克与亚布拉罕的博弈非常精彩！在谈判的战场，尼克选择了"先出价的强硬策略"，不给对手留下余地，将其逼到价值底线。这个"尼克一定会选全拿"的锚，狠狠扎进了亚布拉罕的心里。所以，亚布拉罕后面的所有讨论和决策，都会受到这个锚的影响。但是在人性上，我们可以感受到尼克看透了幽暗的人性。他极端强硬地抢到了主动权，逼着对方必须选择"平分"。既然你说你是一个好人，那我就逼着你做一个好人该做的选择。

可能有人会说，这个亚布拉罕也是一个言行一致的人啊，他一开始就说会选"平分"，最后也确实是这么做的，他本来就是一个信守诺言的人啊！事实上，节目结束后，亚布拉罕在采访中说，他根本就没有父亲。因为他从小就是被母亲养大的。也就是说，亚布拉罕在撒谎，他想欺骗尼克选"平分"，自己选"全拿"。也就是说，他才是一个事实上的"坏人"。

"谁能让现代的博弈行为接近野蛮，谁就在博弈中取胜。"现实生活的"坏人"未必是真坏人，而"好人"也未必是真好人。生活的复杂性蕴含在幽暗的人性之中。

在博弈论的实验中，用计算机模拟结果，重复对方上一次的动作，最终得分最高。在现实生活里，"以其人之道反制其人"也是最好的生存策略。无底线的善良，只会助长邪恶；无底线的邪恶，会被世人厌弃，最终反损其身。我们难逃博弈，所以需要博弈的智慧。你的善良，应该有些锋芒。

三、相信事实和数据，而不是凭个人主观判断

在博弈中，我们也时常遇到关于概率的计算问题。

概率，亦称"或然率"，它是反映随机事件出现的可能性大小。

随机事件是指在相同条件下，可能出现也可能不出现的事件。

电影《决胜21点》讲述了几位数学天才少年凭才智大闹赌城拉斯维加斯的故事。影片在开头部分提到了一个很有名的问题：假设你正在参加一个游戏节目，你被要求在三扇门中选择一扇，其中一扇后面有一辆车，其余两扇后面则是羊，你会如何选择（见图12-1）？

当然，每个人都希望赢得车，而不是羊。此时，假设你想选择其中一扇门，我们姑且称之为1号门。

显然，选择任何一扇门后面是车的概率都是1/3。

然后，知道门后面有什么的主持人开启了另一扇后面有羊的门，假设是2号门。然后他问你："你想选择3号门吗？"

面对已经被打开了有一只羊的门，你将会如何回答？

这是一个用概率论可以轻松搞定的问题，但历史上这个问题刚被提出的时候却引起了相当大的争议。

这个问题源自美国电视娱乐节目 *Let's Make a Deal*。作为吉尼斯世界纪录中智商最高的人，莎凡特在《游行杂志》（*Parade Magazine*）上对这一问题的解答是：应该换。因为换了之后有2/3的概率赢得车，不换的话概率只有1/3。

她的这一解答遭到了人们普遍的质疑，人们认为这个答案太荒唐了。直觉告诉人们：如果主持人已经打开一扇背后有羊的门，剩下的两扇门背后必然是一车一羊。原有的概率已经被新的现实所刷新，此刻的信息显示：无论哪扇门背后，有车的概率都是1/2。

持有这种观点的人很多来自数学或科学研究机构，有的人甚至有博士学位。还有大批报纸专栏作家也加入了质疑莎凡特的行列。

在这种情况下，无奈的莎凡特只好向全国的读者求救，有数万名学生参与了模拟实验。一个星期后，实验结果从全国各地飞来。统计后的结果是：换门赢得车的概率是 2/3，而非 1/2。

随后，麻省理工学院的数学家和阿拉莫斯国家实验室的程序员也宣布，他们用计算机进行模拟实验的结果，也支持了莎凡特的答案。

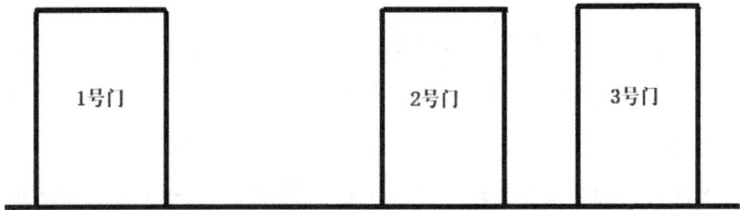

图 12-1　概率计算：主观容易将我们引向歧途

当然，原本的描述有一些含混不清的成分，但如果将关键点进行提炼，概率发生的条件就会变得更明晰，关于问题的量化判断就更准确：

参赛者在三扇门中挑选一扇，他并不知道门内的究竟是车还是羊；

主持人知晓每扇门后面有什么；

主持人永远只会挑有羊的一扇门；

主持人开启一扇有羊的门之后，会提供换门的机会；

如果参赛者挑了一扇有羊的门，主持人必须挑另一扇有羊的门；

如果参赛者挑了一扇有车的门，主持人随机在另外两扇门中挑一扇有羊的门；

参赛者会被问是保持他的原来选择，还是转向选择剩下的那一扇门。

遵照以上条件，这个问题可以被归结为如下三种有可能：

其一，参赛者挑一号门（羊），主持人挑二号门（羊），参赛者换门后赢得车；

其二，参赛者挑二号门（羊），主持人挑一号门（羊），参赛者换门后赢得车；

其三，参赛者挑汽车，主持人挑两头山羊的任何一头，转换将失败。

由此可见，转换选择增加了赢得车的概率。

这是一个概率论和人的直觉不太相符的例证。这告诉我们，在做基于量化的判断时，也要以事实和数据为依据，而不要凭主观来判断。而想当然的结果往往会在我们不自知的情况下，将我们引入歧途。

四、剧本游戏中利用信息偏差形成的心理战

心理战也是一种思维博弈的游戏。这种游戏通过预测对手的动向、欺骗对手，以便使用计谋获得博弈论数学因素以外的优势。

在剧本游戏中，玩家手中没有充分而完整的信息，总是会存在一些模糊和不可量化的边界地带，这些模糊边界让玩家能够规避单纯的数学计算，从对手掌握的或多或少的信息中，利用心理战让自己获益。

在剧本游戏中，玩家大多是通过互动而逐步获取信息，来

进行判断和决策。为此，彼此之间可以通过操纵信息来进行心理战，比如玩家拒绝向其他玩家提供他所掌握的信息，或者通过散布虚假信息来蒙骗对方。

在剧本游戏的创作中，可以借助角色本身拥有信息的不同，以便玩家在玩本时能够利用不同层次呈现的信息进行心理战。比如：某个玩家可以让他人认为自己掌握某些信息，而实际上可能完全不了解这些信息；可以让别人觉得自己没注意到某些信息，而实际上已经洞察一切。

五、常见的逻辑谬论

人们在推理过程中难免会犯错误。有时候，某些人因为知道自己没有充足的证据支持自己的观点，就会故意发出谬论。在逻辑推理中，我们应该避免逻辑谬论的出现。

现实中，最为常见的逻辑谬论有如下几种（见表 12-3）。

表 12-3　常见的谬论类型及其典型表现与实例

谬论类型	典型表现与示例
主观主义	我认为 A 是对的，A 就是对的。
诉诸多数	很多人相信 B 是对的，所以就 B 是对的。 典型例子即同侪压力，即在同辈人的互相比较中产生心理压力。同辈人团体对个人施加影响，会促使人改变其态度、价值观或行为，遵守团体准则。
诉诸情感	并非通过展现证据来证明结论正确，而是利用别人的情感。比如同情、害怕、愧疚，或其他的情感。
诉诸暴力	通过人身威胁（身体的或心理的）来令对方接受某个论点。

续表

谬论类型	典型表现与示例
诉诸权威	诉诸正确的权威并不是逻辑谬论，诉诸错误或不当的权威时才产生谬论。 如：吸烟无害，因为某电影明星就支持吸烟（电影明星并不是健康方面的权威）。
诉诸未知	仅因无人证明 F 是正确的，就推断 F 是错误的。如：迄今为止没人见过或证明外星人存在，就此推断外星人不存在。
人身攻击	不关注论证本身及其结构，反而攻击论证的发起者。
假两难推理	没有考虑到所有的相关选项。如：非友即敌，不支持我们就是反对我们。
轻率归纳	在证据不足的情况下轻易得出结论。如：当地导游很和善，所以那个地方的人很友好。
强加因果	将本无关的事情之间视为因果关系，将先行事件当作原因。如：B 先于 C 发生，所以是 B 导致了 C 的发生。
循环论证	在证明 D 的过程中假设 D 是成立的。如：高空跳伞是危险的，因为这不安全。
整体和部分谬论	部分不能代表整体，整体也不能代表部分。如：春种一株苗，秋收万颗籽，所以种地是暴利行业；我们班足球比赛得了第一，所以不要小瞧我的球技。
偷换（混淆）概念	在论证过程中改变或者混淆语义。如："每个人都是罪人。犯了罪的人都要去监狱服刑。因此每个人都应去监狱服刑。"前面的"罪人"是一种宗教意义上的"罪人"，后面的"犯罪"是法律上的"犯罪"。
偷换话题	改变论证的话题来转移焦点，或者先过度简化或歪曲对方的论证，然后进行质证。如：烟草税过亿万元，相当于当时的国防支出，所以吸烟是为了支持国防建设。

事实＋逻辑＝理性，理性＋洞察力＋想象力＝智慧。在现实生活中，常识与逻辑是人们交流的基础。不尊重常识与逻辑，必然会将人导向谬误、偏执和狂妄。剧本游戏在很大程度上是建立在逻辑推理之上和想象力之上，也是训练和检验人们逻辑推理能力、想象力和感受力的有效手段。

当然，前人推理得出的结论可以被后人用记忆力记住。一个人主要是靠记忆力在"思考"，还是更多地靠逻辑能力在思考？这是一个需要运用判别力进行判断的问题。但剧本游戏作为游戏项目而言，并不像严谨的科学测试那样需要较真，剧本游戏注重实际过程中"玩"的效果和玩家的体验感。

六、玩家在游戏中的竞争与合作

剧本游戏注定是一个需要玩家合作的游戏，他们只有通过彼此协作、分享信息，才能最终实现目标，取得胜利。剧本游戏的创作者，正是通过某种设定为玩家们提供了"博弈""竞争"与"合作"的机制。

然而，需要合作是一个问题，如何合作是另一个问题。人与人的合作不是人数的简单相加，人与人的合作要复杂和微妙得多。邦尼人力定律揭示出"一个人一分钟可以挖一个洞，六十个人一秒钟却挖不了一个洞"。华盛顿合作规律说的是：一个人敷衍了事，两个人互相推诿，三个人则永无成事之日。这类似于我们"一个和尚挑水吃，两个和尚抬水吃，三个和尚无水吃"的故事。

因为人不是静止的动物，而是拥有自由意志的生灵。这些自由意志犹如富有方向性的动量。人所不同，意志各异。如果同向而动，自然事半功倍；如果相背而动，则一事无成。在人与人的合作中，假定每个人的能力都为 1，那么 10 个人的合作结果有时比 10 大得多，有时甚至比 1 还要小。在现在高度竞争的社会里，生存的游戏就是利己主义和利他主义之间的博弈。利用人的自私心，照样可以实现利他，这是亚当·斯密在《财富论》中告诉我们的道理。

当然，良好的社会应该尊重人性的现实，承认人的自私性和每个人独立而自由的意志。我们可以使用道义上的引导和合理的利益分配，来寻求彼此正当的合作，拓展共同利益，而不能依靠"唯我独尊，听我号令"的蛮力，一味将其统一到自己的旗下。

剧本游戏的创作者需要重复利用人性中的幽暗与温暖，丰富剧本内容，触动玩家对人性和生活的洞察，从而带来沉浸感，引发他们的思考。

13

剧本游戏的测试

在创作初稿完成以后，创作者会逐渐发现作品中存在的各种过度规划或者思考不足所导致的偏差，我们需要正视和弥补这些疏漏。

创作者的视角固然深入而全面，但依然不能代表自己之外的人。

我们需要审视整个剧本游戏如下几个方面的内容：是否偏离了规划的主题？在情节设置上是否有矛盾而逻辑不能自洽的地方？在信息和线索设置上是否多余或者不足？机制运转是否顺畅？设置的关卡是否具有挑战性？隐蔽的信息是否能够被玩家所发现和理解？为此，我们需要对我们的剧本游戏进行完整的测试。

作为创作者，你应该保持足够清醒，尊重客观性，谦虚而又不失主见地去寻找作品的瑕疵，以求让它变得更为完美。修改，通常也是创作过程中的必然环节。在规划之初，我们可能想得过多，造成创作中出现凌乱和冗余。回顾整个过程，我们理应经历"由少到多"，再"由多到少"的过程。

思维的发散与收敛，时刻会出现。关键我们要清晰所有问题的要点。作为一个最终要交付给玩家体验的产品，成果的好坏最终也要由玩家说了算。创作者必须懂得对内容的取舍，每个好作品在成形前必然会经历这个过程。当然，要对每个问题进行具体的分析，客观理智地看问题，而不是仅凭个人感觉。

剧本游戏测试的目的并不仅仅是发现情节以及机制上的问题，也不只是收集市场数据，而是要让不同的人来玩游戏，观察哪些元素能奏效、哪些不能奏效，玩家会在哪里卡住，有没有哪部分让玩家觉得太难或者太简单，游戏节奏感如何，所需时间多长，玩家能否理解故事和剧情，设想中的创意点能否让玩家玩出彩……根据市场运行规则，如果大多数玩家都提出同样的问题，那么无论你认定的部分是否有问题，你都应该认真对待。毕竟，剧本游戏最终是服务于玩家，以玩家体验感为指导方向。

一、测试存在的误区与测试偏差

测试是我们接受来自不同玩家反馈的一种机制，它能够为游戏作品上市后稳定运行保驾护航。即使测试未必能精准地寻找到作品的所有问题，也依然是作品上市前不可或缺的一环。

显然，每个剧本游戏都有着特定的适应人群，不同的玩家对同一个剧本游戏的感受也可能千差万别。所以，测试本身是一个既能暴露作品问题，也可能毁坏作品的环节。

完成一次有效的测试并非易事，准确地了解一个剧本游戏的实际效果，会跟规划以及构建整个剧本一样存在困难。因为我们无法得知自己是否犯了错误，而某些有误导性的测试结果看起来也是合情合理的。

即使过程极为顺畅的测试，也不一定会帮助我们发现问题。顺畅的测试未必是一次效果良好的测试。比如，我们请一群"马屁精"朋友来玩这个游戏。在一番热情的款待之后，已经获知故事和关键信息的玩家们沟通顺畅、表演到位，气氛十分良好，似乎这个剧本游戏魅力无限，大家玩起来趣味盎然。然而一旦游戏上市，却可能立马分崩离析。因为，你所邀请的朋友并不代表真正的玩家，他们并不是诚恳的意见提供者。

错误的测试，只能带来错误的结果，隐蔽了剧本游戏中的致命缺陷。"精明过度"和"能力不足"的玩家一样，都会让你达不到测试的效果。

不能够反映真实玩家体验感的测试，还不如不做。因为这可能让创作者忽视了游戏中 bug（缺陷）和槽点，让创作者以为这个剧本游戏可以正常运行了。这种成功只是假象，我们不仅不能从错误中获得有益的教训，还获得了错误的经验。

假如，我们不对测试者加以筛选，那么测试者可能出现预期偏差。如果这些玩家连对剧本游戏的基本认知都没有，突然参玩这个预测本游戏，注定不会有好的体验；而假如，我们筛选一些富有经验的玩家，他们提供的意见就会大多雷同，而让我们忽视了那些普通的玩家；假如，我们提示玩家某些关键信息，或告知玩家要认真思考，又会使玩家的行为因此而改变。

事实上，我们往往也很容易把注意力放在具体的测试结果上。这会让我们以为亲眼所见就是游戏的全部。通常来说，在最终可能产生的大量各不相同的体验之中，第一轮测试的结果可能毫无意义。这就是说，正确的游戏测试往往意味着需要进行大量样本玩家的测试。除此之外，专业人士的意见也很值得听取。

二、剧本游戏测试的方式

虽然各种测试都有盲点与不足，但将几种测试方法加以组合，不失为一种更全面、更客观了解这个游戏作品的最优手段。

1. 测试对象的选择

对测试对象的选择会影响你收集到的数据，而游戏测试者之间的主要区别在于他们对于游戏的理解程度。

（1）专业人士：指的是从事剧本游戏开发、发行和运营的相关人员，主要有剧本游戏推广发行者、平台方和线下门店经营者，以及专门的试玩团队，这些团队的成员每天都会磨炼自己的技巧。

（2）目标玩家：通过前期规划，你的心中有一个玩家的群体画像，你可以适度选择你所创作的剧本游戏所针对的人群来参与测试。

（3）老司机玩家：那种精熟剧本游戏门路，极为老练的玩家。他们深刻体会剧本游戏的奥秘，能够洞察剧本游戏中的机理。这些玩家对剧本游戏拥有一定的发言权。如果我们想要测试游戏中的高级关节点和细微设置，就要要求玩家必须长时间深入地玩游戏。

（4）小白玩家：在这种测试中，参与测试的人都是第一次玩被测的游戏，通过这种测试方式能够揭示玩家初次接触这个游戏时的反应。

（5）随机样本玩家：还有一些方法是根据测试者对游戏的了解程度来分组，你可以选择拥有不同文化、经济、社会背景，或者不同兴趣的人们来测试游戏。一般来说，在和游戏的目标玩家相似的人群中选择一些作为测试者。

2. 自测

最简单的测试就是自己测试，即创作者自己来交叉扮演剧本游戏中的各个角色，玩自己设计的游戏。这样，通过自身的视角切换来体验整个游戏的运行情况，可以带来更加深刻的理解。自测相当于对创作过程的再次复盘。

因为创作者非常了解自己的游戏作品，自测能够更多去体会游戏流程、节奏，以及角色平衡的问题。此外，在自己测试的时候，也很容易发现各种机制、关卡等层面的缺陷。但由于个人视角的局限性，自测无疑也会存在让创作者难以发觉的盲点。另外，创作者的自信和自卑，也会遮蔽或夸大游戏作品中存在的问题。

3. 观察测试与意见征询

（1）观察测试

观察测试（over-the-shoulder play testing），即创作者以隐蔽的方式从侧面观察玩家玩游戏时的表现。比如，你可以邀请一些玩家在装有隐藏摄像机的房间里玩剧本游戏。

在观察测试中，你需要警觉，不能给玩家提供任何他们不应该知道的信息。这就是在绝大部分情况下，创作者在游戏测试过程中都应该保持沉默的原因。不要说笑，不要发出声音，不以任何方式表明你的想法。如果玩家问你些什么，你就用中立的语气对他说："抱歉，我无法告知你这个问题的答案。"

观察测试比自测更具有客观性的意义。被观察者更能代表真正的玩家。这可以让创作者走出自我，以旁观者视角来察看作品的具体效果，因为参与测试的人并不像创作者本人那样对游戏有深入理解。

观察测试，可以让我们发现玩家会在什么地方卡壳而无法将游戏进行下去，他们是否能够轻松或者富有难度地赢得挑战，机制设置是否得当，玩家是否可以找到那些埋植的线索、是否能够适当地使用道具，人物剧本是否能够让玩家代入剧情，通过人物剧本每位玩家是否有足够的表演空间，剧本的主题和氛围是否能激发玩家的兴趣……

测试过程不顺畅并非坏事，反倒恰恰是你寻找问题的关键。如果玩家必须得到某些提示，才能将故事演绎下去，那么你就需要在剧本中增加某些信息，以弥补游戏中的缺失。

通过观察游戏测试，我们可以了解大部分想知道的内容。测试者会将其在游戏中的失败告诉我们，游戏的哪个部分难度过高；他们也会通过轻松获胜来告诉我们哪里又太简单了。如果他们没看到信息提示和游戏剧本中提供给他们的突破机会，就说明那里的清晰性不足。

（2）征询意见的技巧

有时候仅仅观察是不够的，我们需要理解测试者想的是什么，这就要求我们主动去征询他们的意见。

征询意见，自然是在他们打过本或者认真阅读了整个文本之后。

测试者对创作者和测试环境的感受也会影响他们的判断。在玩过剧本游戏以后，玩家的记忆可能会被修改或重新制造。另外，参与体验的测试者为了显示自己是一个有主见的人，总会搜肠刮肚地提出一些意见和建议。因此，某些口头报告的可信度并不高。

所以，为了能从与测试者的交谈中获得有用的信息，我们必须非常小心细致地进行询问。

在游戏测试之后，我们应该如何去征询测试者的感受呢？他们在玩过剧本游戏之后，对于完整的故事和人物关系应该都有所了解。我们需要他们反映的是某些被我们忽视的细节。

比如，我们问："这个游戏让你有什么感到惊喜或者印象深刻的地方？"

这个问题就像是一个探测器。它揭示出游戏中的哪些部分会成为玩家体验的核心，以及被认为是较为重要的部分。

如果玩家陈述的不是我们预设的，这可能意味着我们的剧本中存在败笔。这意味着，我们希望给予玩家 A，可是玩家得到的却是 B。B 不是测试者期待的答案，甚至可能与期待答案相反。但这也是一种答案，可能是测试者完全没有想到的另一种答案。

在与玩家交谈时，我们要始终保持专业并且宽容的语气。我们需要有听取正反两方面意见的雅量。我们深信，经得起质疑的作品才是真正的好作品。而引不起不同意见的游戏作品，最大的可能是一个平庸无趣的游戏作品。

观察或者聆听玩家的反馈时，玩家没有像预期那样理解游戏，很容易让人变得沮丧。但在任何情况下，都不能流露出不满的情绪，这样就会让他们对内心真实想法缄口不语，从而有悖于征询意见的初衷。要知道，被征询者是在帮你的忙，所以要对他们保持热忱并心怀感激。

4. 测试规模

一个在某个玩家身上体现出来的 bug，是否也会被别的玩家发现？如果仅仅观察过少量的玩家的测试体验，那么我们很难做到准确评估。

其实获得真实的玩家体验非常简单，就是观察足够多的游戏测试。如果有几位玩家反映共同的问题，我们则应该给予其必要的重视，以此作为改进游戏作品的依据。只有拥有相对多数的共同体验之后，我们才能做出正确的改进决策。我们需要了解所有玩家在游戏中的经历，这样才可以发现游戏作品中的所有问题，并找到解决问题的方案。这意味着我们需要进行适量规模的样本测试。

对玩家所反映的问题点，我们需要重新审视这些问题点之间如何互相关联。有些问题可能是系统性的，有些问题只是局部性的。系统性问题会要求我们进行大量的修改，而对局部问题只需要小修改。规模测试呈现出来的玩家的共同体验，便于我们构造出一个更加完美的剧本和游戏进程。

然而，究竟做过多少游戏测试才算足够，没有统一的标准。我们必须根据具体的游戏作品而定夺。

5. 裸本测试

裸本，是指尚未附加美术和音效处理的单纯的文字稿。

一个完整的游戏作品需要经过美术加工，附加音效、视频等，而参与裸本测试的玩家仅能通过阅读文字感受和领悟这个剧本。

裸本阶段是剧本游戏的初始阶段，裸本可以由专业人士来审读，并考察其机制与相关设置。裸本测试，避免了后续美术加工和附加音效、视频的人力成本与时间成本，往往针对的是发行方和提供游戏作品供玩家打本的平台。在他们相中裸本以后，才会对这个剧本进行综合加工，使之成为完整的上市产品。

采用裸本，专业人士能够测试剧本游戏的大部分内容，包括各种剧本的情节是否合理、线索是否充足、分幕是否合理、游戏机制如何，以及虚构层面的氛围感和相关含义。

如果把全部音效和美术效果都准备妥当，而在游戏测试中却发现你的剧本毫无特色可言，之前的那些准备无疑是一种浪费。

为了避免这种情况的发生，裸本测试是剧本游戏必然要经历的一个过程。

裸本提供给玩家的体验并不完整，但是却能够检验创作者的文字呈现能力。缺乏美术和音效、视频的加持，人们的情感不会翻腾涌现，但人们可以更冷静地检测剧本的深层问题。

美术师和音效师也是通过裸本来感受整个剧本的，并将自己的才华和专业技能投入游戏项目的工作之中，为之添色加彩。

剥离了美术和音乐效果，剧本的缺点会被更多地暴露出来，这也给后续的美术与音效的加工提供了方向。在某些情节不足和流程控制不到的地方，可以用音效和视频推动玩家的情感，掀起情绪的波澜，从而实现一种平滑的过渡。这样也可以起到遮蔽作品中存在的机制缺陷的作用，创造出一种文本、美术、音乐混合的效果。

当然，在没有美术和音效、视频的加持下，裸本会显得极为简单、粗糙，缺乏吸引力，缺乏光环效应。就像素颜的影视明星，如果没有拉风的衣着、炫丽的目镜、跟班的马仔，在人流中也会被很多人所忽视。这种朴素、粗糙的感受会让人产生误判，从而失去深入了解的兴致。俗话说，"佛靠金装，马靠鞍装"，剧本游戏的文字稿更为渴望美工和音效等附加装饰。这样才能美我所美，各美其美，美美与共。

三、剧本游戏中文本的局限性

剧本游戏的剧本最终是由多样化的文本构成。但是，文字创作者所能提供的依然十分有限，其核心在于提供故事、玩法和机制上那些新奇的创意。文字创作者提供的是一个半成品，但包含了故事、角色、交互形式和沉浸体验等重要因素。

文本所包含的东西仅能靠人们的眼睛来吸纳。当我们看一个剧本的时候，我们的大脑需要填充缺失的画面和声音细节，我们通过想象力也许能做到这一点。于是，在看剧本时，在大脑中想象着具体画面，我们就能够得到一种与观看电影类似的体验。

音乐是一种能够激发全世界人类感情的语言。本雅明说，在技术复制方面，音乐有着文学所不具备的创造性元素。或许，因为文字虽然呈现了现实，但却带给我们强烈的虚构感，从而麻木了我们对真实生活的感知，而美术可以增强这样的真实感，让我们直面鲜活的现实。

但拥有画面想象力的人，未必同样拥有声音的想象力。而仅靠思维在脑海中去模拟一个全真的剧本游戏，也超越了绝大多数玩家的能力范围。

如果想通过阅读文本来获得最终的游戏体验，则不是靠想象画面就能做到的，我们还必须在脑海中模拟所有的游戏机制和玩家的选择，以产生更丰富的综合体验。一个在线上或者在线下供玩家打本的游戏，玩家所依靠的不只是"阅读"，创作者需要触动的是他们的五官和意识。当玩家离开阅读，我们需要给予玩家的将是包含"视""听""触""嗅""意"的更丰富的感受。

而文本所能提供的内容受到了局限，文本所能提供的仅是"视"与"意"。因此，剧本游戏的最终体验并不在于"阅读"，而在于具身去"玩"。

附录　专有名词解释

关于游戏组队的专有名词

车：一场剧本杀游戏的玩家所组成的团队。组织剧本杀活动的时候，习惯性称组一组玩家为组一车人。如六人本有 6 个玩家加入游戏，即 6 人为 1 车。

组车：一场剧本杀游戏一般需要数个或多个玩家，凑齐玩家才能开始游戏。将玩家人数凑齐的过程就是组车。

锁车：车组好准备开始剧本游戏，就是固定玩家的意思。

炸车：或者因为人没组齐及其他原因而无法开本；或者是玩家在游戏过程中，因为线索繁多、阅读文字量过大、时间过长，主动结束游戏。

跳车：车组齐后玩家突然爽约，或者游戏开始后玩家退出游戏。

翻车：有两种情况被称为翻车。其一是带头组车的玩家没组成局，翻车了；其二，对玩家来说是没抓到凶手，对凶手来说是被抓住了的情况。

公车：在剧本杀展会上，由主办方策划组织的剧本游戏玩家团队叫作公车。

私车：在剧本杀展会上，由发行方策划组织的剧本游戏玩家团队叫作私车。

野车：与之前不认识的玩家临时组队叫野车，参与这样的车队叫作"打野"。

固定车：由彼此熟悉且相对固定的玩家组织起来的游戏。

带车：DM 开始剧本杀游戏或者由某位玩家带着朋友一起玩。

测车：DM 在店内玩新到店的剧本游戏或者新写出来的剧本供玩家测评。

熟车 / 生车：玩家和 DM 已经熟悉的剧本游戏叫熟车，第一回玩、还不熟悉的剧本游戏叫生车。

自行车：不需要 DM，玩家自己组队玩的剧本游戏。

扶车：游戏过程中出现停滞时，DM 通过提示或提供线索进行协助，让游戏得以顺利进行。

打本 / 盘本 / 玩本：盘就是玩，是玩剧本杀的一种简称，通常语境为打一个本或者盘一个本。

修仙车 / 修仙局（battle until dawn）：泛指深夜打本。玩到半夜甚至天亮的这类玩家行为被称为"修仙"，于是就有了"修仙车"一说。与之对应的还有"养生车"，意思是这类玩家在参与游戏时还重视养生，比如打完太极回来，再泡一杯枸杞，然后开始玩游戏。

自爆：扮演凶手角色的玩家主动暴露了身份，或者 DM 严重失误，从而造成玩家体验感差，甚至完全没有体验感。

仙女局：由纯女性玩家组车的剧本游戏。

皇后局：一女多男玩家参与的剧本游戏。

皇帝局：一男多女玩家参与的剧本游戏。

关于剧本角色和装置的专有名词

OB（observer）：观察者，指不参与游戏的旁观者，或指处于边缘位置、没有参与感的玩家，类似于电竞游戏中的设置。

DM（dungeon master）：出自游戏《龙与地下城》（Dungeon&Dragons），译成中文为地下城城主，是剧本杀的主持人，负责协调和引导玩家进行游戏，负责故事进度、控制游戏节奏等工作，在剧本游戏中起到十分关键的作用。

MC（microphone controller）：意译为麦克风的控制人，即控制游戏节奏的DM，也是剧本游戏DM的另一种说法。

NPC（non-player character）：非玩家角色，真人道具。在剧本游戏中，玩家需要通过NPC的表演或者与其对话接收各类信息和任务。

C位：整场游戏中的主线人物。

白人：侦探角色，该角色不会杀人，也不会被指认为凶手。在某些本中会出现，侦探一般会有一些额外技能或者线索，来带领玩家进行探案。如果游戏开始时，DM没有告诉这场剧本游戏中有侦探角色，那么任何人都存有行凶的可能性。

凶手：是指杀害死者的人。在游戏中，无辜者可以适当隐瞒，但不可以说谎；凶手可以说谎，但往往需要按时间线编造一个合理的情节，或者寻找一个理由。

证据：是指剧本中给出的有关案情的线索。证据一般有很多，其中有些是误导性线索。玩家可根据每个人掌握的信息来推断案情，或根据人物介绍、人物关系、时间线、死者死亡时间辨别出误导性线索。

搜证：就是通过搜查证据来证明谁是真正的凶手。一般由

DM 主导，不同剧本有不同轮次的搜证，一般分为 1 ～ 3 轮。每轮只有一定的搜索行动点，玩家要合理利用自己的行动点。每个人物搜不到自己的房间；一些特别重要的地点（比如案发现场、死者房间等）凶手也会进行搜证，证据是选择性自主公开的，所以凶手和非凶手都最好抢先搜证这些地方。

互证：在案发时间，两个或两个以上的人物在一起，他们可以互相证明没有犯案时间。

线索卡：在游戏中供玩家抽取的线索卡片。根据规则，线索卡可以分享、隐藏、交换等，玩家也可以转述线索卡上的内容。在实景取证点中，玩家按照指定位置领取，或者按照剧情设置去不同的位置搜索。

公共线索卡：游戏中需要向所有玩家公开的线索卡。

深入线索卡：根据剧本设置，在游戏过程中，玩家可以通过扣除相应 AP 或不扣除 AP，额外再领取一张比该线索更深入一步的线索卡。这种便于推进探案的线索卡被称为深入线索卡。

小剧场：指的是剧本游戏中附带的微型剧目演出。玩家按照固定的内容演出一段小话剧，一般具有铺垫剧情、熟悉人物角色、设置伏笔等作用。小剧场的功能也在于破冰，引导沉浸，增强代入感。

带节奏：DM 帮忙一起玩。或者是一名玩家控场，让其他玩家跟着他的思路走。

推节奏：就是赶时间。有的玩家时间紧，DM 就会缩短环节与环节之间的时间。比如，原本需要四小时的游戏仅用三小时的时间完成。

核诡（核心诡计）：在案件中，凶手所采用的可以掩饰自己是杀人凶手的主要方式，一般包括空间诡计、时间诡计和身份诡计。剧本中的所有诡计都在为这一个核诡服务，玩家一旦想通了核诡，就会对接下来的剧情有很强的推动作用。

叙诡：叙述性诡计的简称，是推理小说的一种写作手法。指作者利用文章结构或文字技巧，刻意地向读者隐瞒或对读者形成误导，直到最后才揭露真相，从而达到震撼读者的目的。

摇摆位：一般出现于阵营本的角色，可以将其理解为墙头草。

侦探位：严格来说，侦探并不能算一种玩家类型，而是角色类型。大部分剧本杀都有推凶环节，要求其他玩家一起找出凶手，个别剧本中还会有一个侦探角色。扮演侦探的玩家一定是好人，剧本信息量通常比其他人更多，甚至会有一些角色技能，比如更高的投票权重等。侦探玩家需要带领其他玩家一起找出真相，属于 C 位角色，通常需要由高手担任。

抗推位：设定给凶手背锅的角色，具有大的嫌疑，往往会吸引玩家注意，引起误判。

天花板：指在某种类型的剧本游戏中极为出色、无人能够超越的剧本。

关于游戏原理、规则和技巧的专有名词

AP（action points）：行动点数，也被称为"币"，是用来找 DM 购买线索的交易用货币。很多时候 1 个线索就消耗 1 个 AP。

BP（battle points）：战斗点数，在某些剧本里，发生战斗的时候需要使用战斗点数。BP 与 AP 意思差不多，都是为了限制发动战斗的次数。

HE（happy ending）：所扮演人物拥有好的结局。

BE（bad ending）：所扮演人物拥有坏的结局。玩家们又提出一个"BE双飞"（取音比翼双飞）的概念，意思是恋爱本中出现两个人结局悲惨的情况。

BGM（background music）：背景音乐，通常是指在电视剧、电影、动画、电子游戏、网站中用于调节气氛的一种音乐，将其插入对话之中可以增强情感的表达，让观众拥有一种身临其境的感受。

时间线：案发时间段各个玩家所扮演角色的行动轨迹，即每个人在每个时间点做什么。因为凶手作案肯定需要时间，所以捋清时间线也是一个查找真凶的办法。

实锤：比喻强有力的证据，即可以锁定凶手的直接证据或者线索。

软逻辑：没有找到实际证据，只能根据杀人动机或者时间线来判定凶手的逻辑。

三刀两毒：常用的凶案套路，指剧本中的大部分玩家都对死者进行了惨无人道的摧残，大多数玩家在自身视角里都会以为自己才是真正的凶手，主要靠推理时间线以及作案手法来确定导致死者死亡的真正原因和凶手。

认刀：就是死者遭遇多重攻击，身上有多处伤口，一般每处都不是同一个人干的，然后讨论这些伤是如何形成的，就此推断出谁是凶手。

关于剧本类型的专有名词

本格：这是推理小说的一种流派，可以被称为正宗、正统、古典派或者传统派，以基于已知现实的、逻辑至上的推理解谜为主，强调证据最大。

变格：变格本虽然脱离现实的物理世界，但它们重视阴森气氛、病态行为，且手法夸张、内容怪诞。

新本格：本格剧本中的一个主要分支，新本格主要聚焦社会新事件，现在大多剧本的推理都属于新本格，模式独特，有动机、讲证据。

古典本格：本格剧本中的一个主要分支，密室杀人、荒岛模式等常见的经典故事都属于古典本格。

硬核本：案件复杂，逻辑烧脑，需要花较长时间来找出凶手，情感部分较少。

机制本：有特殊机制的剧本。

阵营本：游戏内分为两队或多个队伍进行竞争，不同阵营的获胜条件不同。

演绎本：DM 或者玩家代入角色，用表演的方式呈现剧情。

情感本：以感人的故事为母本，以情感沉浸为主要体验方式，部分会有凶案发生，但是更加注重还原故事的剧本游戏类型。这类剧本的特点就是会让较为感性的玩家获得情绪上的释放。

恐怖本：指以营造恐怖气氛为主的剧本。

欢乐本：以制造欢乐氛围为主的剧本。

哭哭本：指一些在玩的过程中让玩家动情流泪的游戏剧本。

关于玩家的专有名词

读本玩家：一般指那些过分忠实于人物剧本，读着剧本参与游戏的玩家。这类玩家在游戏时往往没有代入角色，发言时只会枯燥地念剧本，而不是根据剧本和角色性格来讲述自己的故事。这种行为会影响到自己和其他玩家的游戏体验，因此玩剧本杀非常不提倡玩家读剧本。读本玩家常常是萌新和一些性格内向，或者语言表达能力不强的玩家群体，其实只要玩的次数多了，大部分读本玩家都可以改变读剧本的习惯，更加投入角色。

情绪玩家：在玩游戏时带入自身情绪，不顾剧情设置来演绎的玩家。这类玩家不在乎物证、不在乎动机、不在乎时间线。在他们脑海中一直盘旋的是：这位玩家小哥哥看起来真的很帅，一定不是凶手。

逻辑玩家：指那些逻辑清晰、思维缜密、推理性强的玩家。这类玩家对推进整场游戏进度帮助极大，犹如一场剧本游戏中的航向灯。

推土机：类似电子游戏里的"速通玩家"，此类玩家玩剧本杀，往往只重视推理环节，一心一意只想找出真相，什么感情线、煽情桥段都不关心，推进度、推剧情、推真相，推就完事了。推土机玩家一般都是打本高手，对各种剧本的套路、机制、诡计了然于胸，往往四五小时的剧本，在他们手里两小时就能被推完。

戏精玩家：那些具有表演天性，用演技来释放自我、征服旁人的玩家。这类玩家拥有一定的台词功力，现场反应也堪称一绝。戏精玩家善于扮演各种角色，能够与剧中人融为一体。戏精玩家是另一种打本高手，也可以被看作推土机的反面。推土机一心一意只想找出真相，而戏精玩家更喜欢不断给自己加戏，误导、欺骗其他玩家，从而获得满足感。戏精玩家往往满嘴谎话，甚至会自己现编一个剧本。很多剧本杀都有对抗机制，例如凶手玩家与其他玩家对抗，或者是阵营本把所有玩家分成不同阵营对抗，而戏精玩家的存在，可以让对抗环节更加精彩。

高玩：高端玩家，将剧本游戏玩得出神入化的玩家，无所不能的玩家。

狗头侦探：是指那些引导全场走向错误方向的玩家，善于控场但会将路带偏。

水龙头：形容情感细腻、敏感的玩家，很容易在游戏过程中被剧情感动，泪流不止。此类玩家具有极强的共情能力，容易被煽情，玩哭哭本往往哭得稀里哗啦，就像水龙头一样。这类玩家自带演绎效果，大大提升了其他玩家的沉浸体验。

菠萝头：不带个人感情、几乎不会为剧本游中的人物和情节而动容的玩家。

空降兵：一般玩剧本杀都需要提前预约，空降兵是指在未告知店家的情况下突然到店开玩的玩家。

认亲大会：指剧本中大部分玩家都有着千丝万缕的直接或间接的亲戚关系。

气氛组：能够在现场烘托氛围的一帮玩家，善于根据剧情调节气氛。

关于流程和玩法的专有名词

公聊：所有玩家围坐在一起，依照固定顺序或随机顺序发言讨论剧情的行为。

私聊：在取证期间，一般是两名，最多不超过三名玩家，选择在隐蔽处私下交流信息的行为。有些剧本没有私聊设定，玩家可把握私聊机会，但也不要过于相信和自己私聊的玩家。

聊爆：发言或反驳时无意间暴露自己角色的秘密。

投凶：玩家在案情讨论之后，通过投票的方式判定谁是凶手。

盲投：在案件处于僵局时，疲惫的玩家想尽快结束游戏，根据猜测随意投凶的行为。

还原：通过情节碎片和证据拼接出完整的故事和人物关系。

复盘：游戏结束后，DM 给玩家还原故事的来龙去脉，回顾整个剧本的演绎过程，推导出故事原貌和核诡。

抗刀：本来不是凶手，但因为不敢说话或其他，让其他玩家投错凶手的行为。

开天眼：可能是某些玩家由于虚荣心作祟，提前查看了剧本杀的真相，获得信息优势；也可能是一些剧本杀店为了凑人，把玩过这个剧本的人强拉来凑数。这个了解了真相的或者玩过的玩家就是天眼玩家。推理解谜是剧本杀最吸引人的元素，被剧透不仅影响自己的游戏体验，对其他玩家也非常不公平，因此大家都会拒绝天眼玩家。

打场外 / 贴脸：一般指玩家利用剧本线索以外的因素进行推理，例如："你一定是凶手"，或是"我发誓自己一定不是凶手，我可以给你们念我的任务"等。这是一种利用剧本设定外的情绪或关系来使得自己处于有利位置的玩法，通常 DM 要使玩家尽量不要使用这种方法。

挂机：和电子游戏中"挂机"的含义一样，指一些在游戏过程中突然掉线、中途离场，或者心不在焉、低头玩手机的玩家。由于剧本杀的推理过程需要拼凑所有玩家的剧本内容，即便有一个玩家掉线也可能导致大家丢失一些重要线索，无法推进剧情，因此挂机行为在剧本杀游戏中是绝对被禁止的。

自曝：凶手或帮凶主动承认自己的犯罪事实。

吃瓜：把八卦以及剧情中有意思的事件称为瓜。

场外：讨论与剧本无关的话题。

反串：玩家在剧本游戏中扮演与自己性别不一致的角色，男扮女，女扮男。

有关终端和渠道的专有名词

店改：店家在购买盒装剧本后，以盒装剧本为游戏文本，修改流程、游戏机制、结局、添加符合自家店特色的内容，以提升玩家的体验。

村规：店家根据某种原因，对剧本设定和流程私下进行修改后制定的规则。

盒装本：剧本的类型，是每个店都可以买的盒装剧本，对玩家收费也最便宜的一类。

城市限定本：剧本的类型，是每个城市只能有少数几家店可以卖的游戏剧本，对玩家收费也会高一些。

独家本：剧本的类型，规定每座城市仅限一家店可以卖的游戏剧本。

参考文献

1.《编剧的自我修养》，顾仲彝著，2016 年 7 月，华中科技大学出版社。

2.《情节线：通过悬念故事策略与结构吸引你的读者》，简·K.克莱兰著，赵俊海译，2022 年 3 月，中国人民大学出版社。

3.《故事：材质、结构、风格和银幕剧作的原理》，罗伯特·麦基著，周铁东译，2014 年 9 月，天津人民出版社。

4.《对白：文字、舞台、银幕的言语行为艺术》，罗伯特·麦基著，焦雄屏译，2017 年 12 月，天津人民出版社。

5.《电影剧本写作基础：从构思到完成剧本的具体指南》，悉德·菲尔德著，钟大丰、鲍玉珩译，2002 年 6 月，中国电影出版社。

6.《戏剧（插图第 10 版）》，罗伯特·科恩著，费春放、梁超群译，2020 年 6 月，北京联合出版有限公司。

7.《故事策略：电影剧本必备的 23 个故事段落》，埃里克·埃德森著，徐晶晶译，2013 年 5 月，人民邮电出版社。

8.《巴赫金对当代西方文学理论的影响研究》，曾军著，2021 年 5 月，社会科学文献出版社。

9.《理解媒介：论人的延伸》，马歇尔·麦克卢汉著，何道宽译，2019 年 4 月，译林出版社。

10.《体验引擎：游戏设计全景探秘》，泰南·西尔维斯特著，秦彬译，2015 年 3 月，电子工业出版社。

11.《游戏大师 Chris Crawford 谈互动叙事》，克里斯·克劳福德著，方舟译，2015 年 5 月，人民邮电出版社。

12.《通关！游戏设计之道（第 2 版）》，斯科特·罗杰斯著，孙懿、高济润译，2020 年 3 月，人民邮电出版社。

13.《游戏情感设计：如何触动玩家的心灵》，凯瑟琳·伊斯比斯特著，金潮译，2017 年 2 月，电子工业出版社。

14.《游戏剧本怎么写》，佐佐木智广著，支鹏浩译，2018 年 8 月，人民邮电出版社。

15.《剧本游戏写作入门》，王曦、杜红军主编，2022 年 3 月，中国人民大学出版社。

16.《江户川乱步的推理写作课》，江户川乱步著，王耀振译，2022 年 5 月，天津人民出版社。

17.《诡计集成：江户川乱步的推理笔记》，江户川乱步著，陈冠贵译，2022 年 5 月，中译出版社。

后　记

产生写一本剧本游戏创作方法论的想法，是在 2019 年底。当时，无论是影视剧编剧、小说家和网文写手，甚至宾馆老板、景区管理员、沿街店铺业主、寺庙僧人都在谈论剧本游戏，他们对此表现出浓厚的兴趣，并跃跃欲试，也有人早已介入其中。

剧本游戏多元化发展的态势令人目不暇接，人们似乎突然间打开了一扇通往遐想世界的大门，看到一个瑰丽而壮阔的前景，召唤着人们的创造力。

剧本游戏不同于小说和影视剧本等文本形式。当初我脑海中浮现的第一个念头就是去寻找一本专门介绍剧本游戏的书，但是搜遍五湖四海却无果。于是，我便通过与专业人士的交谈、打本以及收看网络培训教程，来获得关于剧本游戏的知识。但最终的感受是，大家似乎都在盲人摸象，各说一端，所有的信息都过于碎片化，每种言说都有很大的局限性。于是，我只能更多依赖自己去梳理。

关于本书，我最初有一个设想：通过写一个完整的剧本游戏来谈剧本游戏。就像弗拉基米尔·纳博科夫写作小说《微暗的火》所采取的技法：自己创作了一首长诗，又编撰了创作这首诗的诗人的某些事迹。但在写作过程中，我却发现事实上很难以一个游戏剧本为样本来涵盖剧本游戏的各个方面。因为在论述时很容易脱离游戏剧本的个案而使写作蔓延开去，最终也很难将剧本写作与关于剧本游戏的理论和方法完美结合起来。

由于缺乏同类型的书籍作为参照，且这个行业本身也在开拓与探索之中，有无限可能而不限于既有，所以我仅能出乎其外，在交叉领域寻求灵感，加以揣测与思考。随着多方参照及深入探究，终于促成了这本阐释剧本游戏创作的书的诞生。就像你为了赏花而去栽花，却意外在赏花之后收获了一批果实。

从如今剧本游戏多元化的格局来看，"实践已远远地走在理论的前头"，需要有人加以概括总结。所谓"桃李不言，下自成蹊"，本书就是在桃李芬芳之下的那条小径。因为剧本游戏本身是一个涵盖甚广的主题，书中所涉定会有偏颇和漏失，我抛砖引玉，以期更多业内资深人士对剧本游戏加以研究，提供更好的文本。

在此，特别感谢浙江大学出版社责任编辑老师，在本书尚未完成初稿时就给予积极回应，并提供修改意见。最终在出版社同仁的共同努力下，本书得以顺利出版。